芥川龍之介論

――初期テクストの構造分析――

早澤正人

鼎書房

目次

凡例

一、芥川龍之介のテキストについては、基本的に初出の雑誌に掲載されたものを底本とした。ただ「VITA SEXUALIS」や「草稿ノート」、評論その他の作品などは『芥川龍之介全集　第一―二十四巻』（岩波書店、平成七―十年）に従った。
二、引用文の傍点・傍線は、特に指定のない限り、筆者によるものとし、旧漢字はすべて新漢字に改めた。ただ、旧漢字の一部（作品のタイトルに使われているもの等）には改めなかったものもある。
三、文献の表記については、単行本は『　』を用い、それ以外の小説、評論、論文、雑誌などには「　」を用いた。
四、雑誌に収録された論文のサブタイトルは省略しないが、単行本のサブタイトルについては一部のものを除いて省略した。
五、四名以上による共著を引用する場合は、最初の一名のみを記し、他は省略した。
六、文献の下に付す年号は、和暦を用いた。

序

本書で取り上げるテーマは、芥川龍之介の小説スタイルが一体どのようにして誕生したのか、その生成過程をめぐる考察になる。

周知のように、芥川文学の表現様式は大正四年十一月に「帝国文学」で発表された「羅生門」をもって確立されたといわれているが、それ以前にも、芥川文学には「老狂人」（明治四十一、二年頃）、「死相」（明治四十二、三年頃）、「大川の水」（初出「心の花」大正三年四月）といった、いわゆる習作とよばれるものが幾つか存在する。しかし、それらの習作をみると、「羅生門」とは違い、叙情的で感傷的な詩のような文体になっていることがわかる。――本書で取り扱う問題というのは、そのように叙情的・感傷的であった芥川文学の詩的文体が、一体いかなるプロセスを経て、「羅生門」のような理知的・分析的な散文的文体へと変容していったのか、またそれがその後どのような独自の作風として展開されていったのかという問題を、広く「手巾」まで射程に入れて考察することである。

もっとも、芥川文学の特徴を習作期にまで遡って考察しようとする試みが、これまでの研究で全くなされてこなかったわけではない。たとえば、関口安義『「羅生門」を読む』（小沢書店、平成十一年二月）や、佐藤嗣男『芥川龍之介　その文学の、地下水を探る』（おうふう、平成十三年三月）などは、芥川文学の源流を探り、それが芥川の学生時代の明治四十四年二月に行われた徳富蘆花の講演「謀叛論」にある事を指摘したものであり、また海老井英次も芥川文学の作風が、初期の叙情的・感傷的なスタイルから「大正三年、秋」における「精神的な革命」によって、理知的、分析的なスタイルへと変化した事を指摘し、「羅生門」に対する新たな読みを打ち出している。しかし、こうした研究は、あくまで作者である芥川龍之介の伝記的な問題に還元して考察するという、いわゆる作家作品論のレベルを脱却していないものが殆どである。

一方、友田悦生『初期芥川龍之介論』（翰林書房、平成六年十一月）は、「羅生門」や「鼻」などの初期作品における芥川文学の言説構造の問題に注目して分析したものであり、この点、それまでの研究に較べれば画期といえる。この論は、主に「人称」と「叙法」をめぐる問題をキーワードにしたものといえるが、友田によれば、近代文学の「三人称小説」とは、語り手が〈局外〉の立場から複数の作中人物を「一人称」的に描出し、またそのような複数の「一人称」（作中人物）による「意味の闘争」を生み出す様式の事であるとするが、芥川文学の「三人称」の場合、そうした「意味の闘争」は排除されており、構造的レベルでいえば「意味的に安定」した近代以前の「伝統的物語」の性質を帯びているとし、かかる観点から芥川文学の独自の表現のあり方について考察したものである。

こうした友田の論は、芥川文学の特徴を従来とは異なる角度から考察しており、十分に評価できるものであるが、氏の論は芥川の初期文学の特徴を、個々の作品の散発的な考察をもとに行ったという印象があり、「大川の水」をはじめとする初期習作から、時系列に沿って一つ一つの作品の繋がりを綿密に分析していくという点には、物足りなさが残るものとなっている。

その点、本書で試みるのは「大川の水」をはじめとする芥川の初期習作から「羅生門」を経て「手巾」に至るまでの言説構造の変容していくプロセスそのものを、主に物語論《ナラトロジー》の方法を手がかりに、より体系的で詳細に分析していくというもので、これまでの研究ではなされてこなかった試みとなっている。とりわけ、本書では単に芥川文学から抽出される表現機構の問題だけでなく、同時代的な流行との関係性や表現史のなかでの芥川文学の位置づけなども試みていくことで、これまでの研究とは違った新しい視座や問題を掘り起こしていくことを目指すものでもある。

そこで本論に先立って、まずは考察対象となる初期小説を確認しておこう。前述したように、本論の研究テーマは初期習作からはじめて、芥川の小説スタイルがどのようなプロセスを経て確立されたのかという問題を考察する事である。従って取り扱うのも、もっぱら「大川の水」をはじめとする初期習作から、その作風が確立されたといわれる「羅生門」(注1)、さらに「羅生門」以後の展開として、文壇デビュー作とされる「手巾」までを射程に入れている(注2)。以下、本書でふれるテクストを、執筆順に紹介してみよう。

①「老狂人」…明治四十一、二年頃
②「死相」…明治四十二、三年頃
③「大川の水」…初出「心の花」大正三年四月　※執筆は明治四十五年
④「VITA SEXUALIS」…大正一、二年頃
⑤「老年」…初出「新思潮」大正三年五月
⑥「ひよつとこ」…初出「帝国文学」大正四年四月
⑦「仙人」…初出「新思潮」大正五年八月　※執筆は大正四年七月
⑧「羅生門」…初出「帝国文学」大正四年十一月
⑨「鼻」…初出「新思潮」大正五年二月
⑩「芋粥」…初出「新小説」大正五年九月

⑪「手巾」…初出「中央公論」大正五年十月

※本文が残っていないもの。(「チヤムさん」「草苺の蔭に眠れる蛇と蛙の話」)

ここで①〜⑪までの作品史を、便宜上三つの時期に分けると、まず作家以前の習作時代から処女作⑤「老年」が誕生するまでを【第一期】(「老狂人」〜「老年」まで)、それから芥川の作風が確立されたとされる準処女作⑧「羅生門」の誕生するまでを【第二期】(「老年」〜「羅生門」まで)、さらに文壇デビュー作の⑪「手巾」が書かれるまでを【第三期】(「羅生門」〜「手巾」まで)とする事が出来るだろう。

もっとも、これは便宜的な区分であるが、必ずしもそのためだけというわけでもない。というのも、芥川の表現スタイル確立のプロセスは、節目となる⑤「老年」(処女作)、⑧「羅生門」(準処女作)を機にして、三段階の工程を経ているように思われるからである。

たとえば、⑤「老年」が誕生するまでの【第一期】(①〜⑤)は、芥川の文体が詩から散文へと変容していく時期にあたる。後述するが、この時期の芥川文学は(永井荷風や北原白秋に代表されるような)印象主義などの影響を強く受けており、その作風も叙情性や感傷性が強く打ち出されたものとなっている。たとえば、主人公の情感を謳いあげるように語った①「老狂人」のような作風や、主人公の死を象徴的に描いた②「死相」などは、小説というよりも、まるで散文詩のようなスタイルとなっている。しかし、こうしたスタイルが、その後の④「VITA SEXUALIS」になると、自伝的な事柄を叙事的な文体で語っていくような文体へと変容していくのであり、かかる変容を経て⑤「老年」という小説的な作風が生成されていく。ただ、このような【第一期】(①〜⑤)の諸相は、詩から小説へという文体が生成されるプロセスとはなっているものの、いまだ荷風や白秋、鷗外などの表現スタイルや文体を模倣しているところが認められる。

その後の【第二期】（⑤～⑧）は、芥川文学独自の小説スタイルが生成されてくる時期になる。というのも、先の⑤「老年」の段階では、まだ叙情的で感傷的な文体の影響が残っているが、こうした特徴は⑤「老年」以降、影を潜めていき⑥「ひよつとこ」、⑧「羅生門」と時代を下るにつれて、次第に語り手が作中人物の心理などを、分析的・批評的に語っていくような理知的・分析的な文体に変容していくからである。

従って、芥川文学における小説スタイル生成のプロセスとは、その文体が詩から散文に変容していく時期を【第一期】（①～⑤）とし、叙情的・感傷的な文体から、理知的・分析的な芥川独自の文体に変容していく時期を【第二期】（⑤～⑧）とみなすことが出来る。

もっとも、本書ではそのようにして誕生した芥川の小説スタイルが、その後さらにどのように展開していくのか、という問題も補足として加え、文壇デビュー作となる⑪「手巾」までを【第三期】（⑨～⑪）とし、三つの工程に分けて考察していくことにしたい。

以上、取り急ぎ、本書の概観について簡単に紹介したが、もちろん芥川文学の小説スタイルは、その後も変容していくから、本書の考察だけをもって、芥川文学の特徴のすべてを言い尽せるわけではない。ただ、芥川文学の初期スタイルの考察を通じて、その根幹となる特徴や、後年に続く問題点を提示する事はできるのではないか。——そのような考えのもと、本書は、初期習作の段階から時系列に沿って、具体的なテクストの分析を行うものである。

注1　「手巾」は当時、文壇の登竜門とされた「中央公論」に発表されたという点で、「文壇デビュー作」といってよい。

2　「老狂人」「死相」「VITA SEXUALIS」の執筆時期については、葛巻義敏編『芥川龍之介未定稿集』（岩波書店、昭和四十三年二月）に従った。

第Ⅰ部　習作時代

第一章　感覚の変容

――「老狂人」「死相」から「大川の水」へ――

一、はじめに

芥川龍之介は「大川の水」（初出「心の花」大正三年四月）をもって、散文デビューの嚆矢とされている。しかし、彼はそれ以前にも、未発表ながら習作と呼べるような作品を幾つか書き残している。葛巻義敏編『芥川龍之介未定稿集』（岩波書店、昭和四十三年二月）の分類に従うと、明治四十一、二年頃には「老狂人」、明治四十二、三年頃には「死相」という作品が、それぞれ執筆されており、また原稿は殆ど残されていないが、「チヤムさん」「草苺の蔭に眠れる蛇と蛙の話」といった作品なども執筆されていたようである。

これらの初期習作は、どれも一人称の形式で書かれており、また感覚描写が多く用いられている点に特徴がある。たとえば「あか〳〵と秋の夕日がさして」（老狂人）、「向日葵が黄色い花弁」（死相）、「コーヒー色をした皮膚」（チヤムさん）などというのは、視覚に訴える色彩表現といえるし、「ひく声がごと〳〵」（老狂人）、「絶えずもの、声が聞えて来た」（死相）などは、聴覚に訴える表現である。ほか「揺籃のやうに軽く体をゆすられる心ちよさ」（大川の水）、「暖な日の光」（死相）といった触覚表現や、「冷やかな潮の匂い」（大川の水）、「あまい香」（老狂人）といった嗅覚表現など、彼の初期テクストには、作中人物である「私」（一人称）の視点から、五感（視覚・聴覚・嗅覚・味覚・触覚）を用いて描写していくというレトリックが非常に多く目につくのであり、それが抒情的で感傷的な初期のスタイルを特徴づけている。

従来の先行研究では、こうした芥川の初期のレトリックに、北原白秋や永井荷風との影響関係も指摘されているが、(注1)テクストとよばれるものが、小説を取り囲む様々な時代的、文化的、社会的なコードに囲繞されているものであるとすれば、芥川のかかる表現スタイルも、単に固有の作家からの影響というだけでなく、もっと広く同時代的な文脈《コンテクスト》の流れの中で考えてみる必要もあるのではないか。

実際、この当時、一人称形式や感覚描写の表現法は、文壇で流行し始めていたスタイルでもあった。たとえば、この当時の文芸雑誌などを見ると、「一人称で書く作が此頃は多く出る」（田山花袋「近頃読んだ小説についての感想」「文章世界」明治四十五年五月）、「短い文章などになつては殆ど一人称と極つたもの、やうに見える」（「一人称と三人称」「文章世界」明治四十四年四月）、「一人称の描き方は近頃非常に多くなつた」（生田長江編『文学新語小辞典』新潮社、大正二年十月）などといった指摘はよく見られるものであるし、また藤井淑禎が指摘しているように、「明治四十一、二年頃」を境にして「感覚描写」はしだいに作家の間で用いられるようになっていき、大正二年頃には田村俊子を筆頭に「『感覚芸術』ブーム」も起こっている。(注2)「新しい描写は常に感覚的でなければならない」（相馬御風編『新描写辞典』新潮社、大正六年十一月）、「描写は其れ自ら感覚的でなければならない」（中村星湖「岩野泡鳴氏に答ふ」「早稲田文学」大正元年八月）、「今の文壇に情緒を唱へる声がかなり高く聞える。自己の感じを感じたままに出さうとする作者も多い」（「新らしき情緒」「文章世界」明治四十四年四月）などといった感覚についての言及も、この時期多く見られるものである。

では、なぜこの時期、このような〈一人称ブーム〉や〈感覚描写ブーム〉が文壇で起こり始めていたのか。それについては、この頃、ヨーロッパから輸入された印象主義の影響が挙げられよう。周知の通り、明治四十年代から大正初頭にかけて、我が国の文壇では自然主義の運動が徐々に下火になっていき、それに代って感覚や印象、官能を重んじる「気分本位」なる印象派の文芸が台頭してきていた。

この印象主義というのは、従来の自然主義のように、自己を透明にして、ただありのままの現実をありのままに描き出す、という客観的手法とは異なり、むしろ自らの主観に映じた現実の姿を重視し、自らのインプレッションをありのままに描き出す、という点に特徴があった。

文学芸術に於ける自然主義は種々変遷して印象主義となつた、即ち自然の状態を其のまゝに描写したのみでは宜しくない、自然の現象が吾人の脳裡に印象したるもの即ち印象其のまゝを現はすが宜しいとするのである。
――桑木厳翼「実証主義と理想主義」（「太陽」大正二年七月）

…描かむとする或るもの、内容、それが持つて居るこゝろもちといふやうなものを描き表さんとするのが印象派の祈願ではありますまいか。（傍点ママ）――岡田三郎助「印象派画談」（「文章世界」明治四十二年四月）

このように印象主義は、それまでのいわゆる「事実本位」なる客観重視の文学から「気分本位」なる主観的な文学へ、という方向の転換を文壇に齎したのである。もっとも印象主義といっても、これは固定的なスタイルを持ったものではなく、自らの印象を読者に伝えさえすれば形式は問わないものとされている。(注3) いわば自由形式なわけで、かかる印象主義的な態度を素地として、象徴主義、神秘主義、耽美主義、享楽主義といった様々な主義が、この時期次々と生まれていったのである。(注4)

さて、先に述べたような感覚描写のムーブメントもまた、このような印象主義の風潮のなかで生まれたものである。藤井は「印象主義（描写）」と「感覚描写」とは、同種の問題を含んでいるとしたうえで、本間久雄『新文章入門（上）最新描写法講話』（新潮社、大正三年十二月）の以下の文章を紹介している。

描写的即ち印象的である、更に一歩を進めて考へて見ると印象的といふ事は感覚的といふ事である。感覚とは視る、聴く、嗅ぐ、味ふ、触れる――即ち五感のはたらきで、人間のあらゆる知識の土台はこの感覚である。印象とは心に映つた物の象といふ事であるが、心に映るといふのは、云ふまでも無く、この感覚を通じてである。（略）つまり、描写といふ事は印象を重んじる、而して印象は感覚に訴へて成り立つ、即ち描写とは、感覚の上になり立つものである。（略）此意味から、新しい文章は感覚的になつたといふ事が出来る。

ここで本間が指摘しているように、五感（視覚・聴覚・嗅覚・味覚・触角）の働きは認識の土台となるものであり、心象の基礎となるものである。従って、描写の「感覚的であること」は「印象的であること」に通じているのであり、この時期に感覚描写が盛んに行われたのも、そうした自己の印象に忠実であろうとした結果であろう。また、そのように自己の感覚を伝えるためには、三人称形式よりも一人称形式の方が都合がよいという事から、感覚描写だけでなく、一人称形式も流行するようになったのではないかと思われる。

いずれにせよ、このような文壇状況やムーブメントは、芥川龍之介の文学的出発点において、大きな影響を齎したものとして注意しておく必要があろう。彼の初期習作に特徴的な感覚描写や一人称形式も、そのような時代の影響のもとにあったに違いなく、またそこに芥川の習作期における表現意識の問題があったと考えられるからである。――ただ感覚描写の影響といっても、その受容の仕方は作家によって異なるであろう。たとえば田山花袋の平面描写のように「ただ見たまま、聞いたまま、感じたままを書く」という自然主義的な受容の仕方もあれば、永井荷風のように情緒や官能に重点を置いた耽美主義的な受容の仕方もある。また、単に「…見えた」とか

「…聞こえた」とか書くだけなら、それ以前の文学から存在していたはずで、この時代特有の感覚描写に関する認識や技法もあったろうと思われる。――つまり、一口に感覚といっても様々なあらわれがある。本章が取り上げるのは、このような明治四十二年頃から起こった〈感覚描写ブーム〉の内実を確認する事と、芥川の初期習作におけるその受容の仕方についての考察である。

二、感覚の交錯

前節でも見てきたように、明治四十二年頃から、わが国では〈感覚描写ブーム〉が起こっていたが、藤井はこのような流行の背景に、当時の心理学の影響があった事を挙げている。藤井の説くところによると、この当時、わが国ではヴントやジェームズなどの心理学の紹介が盛んに行われ、かかる心理学の知識によって、作家たちの感覚に対する認識や表現の仕方にも変化が与えられたという。

たとえば、藤井がそこで例としてあげているのは、夏目漱石「それから」（初出「東京朝日新聞」、「大阪朝日新聞」明治四十二年六-十月）における感覚描写と当時の心理学との関係である。元良勇次郎『心理学綱要』（弘道館、明治四十年四月）なども指摘しているように、感覚というのは刺激によって生じる肉体的なものであるが、それは気分や情調といった心理的な要因を左右するものでもある。藤井は、漱石「それから」もまた、そのような感覚のメカニズムと合致するかのような描写が見られるといい、たとえば「蒼色や緑色の水に接すると代助の『情調』が鎮静化する」などという現象は、このような感覚のメカニズムの表れであるという。また「それから」には、「刺激」「聴覚」「視感鋭敏」「聴神経」「神経」といった専門用語もふんだんに盛り込まれており、まさに「心理学の時代」にふさわしいテクストになっているとする。

たしかに藤井の述べる通り、心理学の発展は、感覚表現のあり様にも影響を与えていたといえるのだろう。ただ、心理学の知識は、単に作家の感覚や感情に対する認識を変えただけに止まるものでもない。一方で、この当時の作家たちは、従来の人間の気づかなかった新しい感覚を求める傾向も持っており（『文章世界』明治四十四年七、八月参照）、心理学の発達は、作家たちがそのような新しい感覚を発掘していく方向性とも、密接な関わりを持っていたと考えられるのである。

たとえば、厨川白村『近代文学十講』（大日本図書、明治四十五年三月）は文明が発達し、様々な刺激的な物質に囲まれた生活をするようになると、次第に人間の感覚は麻痺してくるようになり、その結果、我々は常に新しい刺激、感覚を追い求めるようになると述べている。そのようにして神経が鋭敏になり、病的になった人間はデカダンと呼ばれるが、白村によると、このデカダンは普通の人間には理解しがたい異常な感覚を持つようになるとし、その代表的な例として、A・ランボーの「母音」という以下の詩を紹介している。

A noir, E blanc, I rouge, U vert, O bleu, voyelles.
母音よ、Aは黒、Eは白、Iは赤、Uは緑、Oは青

この詩は「音」のなかに「色」を感じる、という異常な感覚を綴ったものであるが、これは当時、白村だけでなく、多くの日本人から好奇の目で眺められ、様々な雑誌で紹介されていたものでもある。もっとも、このような感覚は身体の異常から来るものではなく、心理学の用語で色彩聴覚というものであり、より広い言い方をすれば、共通感覚と呼ばれるものの働きによるものである（注・共感覚などということもあるが、筆者はここでは共通感覚という語を採用した。その理由等については、注5を参照されたい）。

この共通感覚というのは、常識（コモン・センス）の語源であり、アリストテレスによって唱えられたもので

あるが、この時期、心理学の問題とも相即して注目されていたようである。これはどういうものかというと、かいつまんで言えば、五感を有機的に統合する感覚の事をいう。中村雄二郎の定義に従えば、「五感（視覚・聴覚・嗅覚・味覚・触覚）に相渉りつつそれらを統合して働く総合的で全体的な感得力」という事になる。[注6]たとえば、酸っぱい臭いを嗅いだ時、それと同時に口からヨダレが出てきたり、乾いた音を聞いた時、それと同時にカサカサした手触りのようなものも同時に感じたりするのは、嗅覚と味覚、聴覚と触覚とを根源的なところで統合しているこの共通感覚の働きによるのである。五感とはそれぞれ独立した感覚としてあるのではなく、この共通感覚の働きによって根源的なレベルで統合され、相互に関係しあっている。従って、A・ランボーの「音」のなかに「色」を感ずるという現象も、このような共通感覚の働きによるものとも解されるのである。

さて、こうした共通感覚の概念もまた、当時の表現描写のあり様に影響を与えた知識の一つであったといえるのではないか。たとえば、生田長江ほか『近代文芸十二講』（新潮社、大正十年八月）は、この当時の象徴主義における感覚描写の特徴について、以下のように紹介している。

> …象徴主義芸術の技巧に見らる、最も著しい特色は、「官能の交錯」といふ事である。つまり近代人の神経過敏から来たものである。詩人ランボオが、「母音」といふ詩を作つて、「母音よ、Aは黒、Fは白、Iは赤、Uは緑、Oは青」と歌うた事、ボオドレエルが、「香と音と色とは一致す。」と云つた事などは、有名な話である。（略）「黒い悲しみ」とか「紅の怨」とか色感をもつて、或る情緒を象徴した例は、古来少くないが、象徴主義の芸術に於ては、いたる所にかうした技巧が見られる。斯うした官能と情緒の交錯ばかりで無く、官能と官能との交錯も、頗る著しい。色と音、即ち視覚と聴覚との交錯は、心理学の方で色彩聴覚といはれてゐて、彼の「母音」の歌もこれを示したものである。「黄いろい声」などと云ふのも、最も有り触れた其

> 一例であらう。更に又、香や味や肌ざはりなどとの交錯――たとへば「紫の香」とか、「花の香のやうなさゝやき」とか、「甘つたるい声」とか、「冷たい色」とか、「暖かな声」とか、さうした表現が頗る多い。つまり、視覚、聴覚、嗅覚、味覚、触角及び情緒若くは観念が、互に相交錯して来るのである。

ここで「官能の交錯」として説明されている現象が、共通感覚の働きに他ならないことは言うまでもない。もっとも、このような共通感覚のレトリック――すなわち、五感を相互に交錯させて、複雑で微細な感覚を描写していくという書き方は、ほかにも永井荷風「夜」（「早稲田文学」明治四十三年六月）や、吉江孤雁「旅行記の面白味」（「文章世界」明治四十四年十一月）などで紹介されており、また創作の場においても、蒲原有明『有明集』（易風社、明治四十一年一月）のなかに「光の匂い」とか「生温きその香」といった表現が見られる。これは、すなわち「色」（光）のなかに「臭」を感じたり、「臭」のなかに「触」（生暖かさ）を感じたりするという感覚交錯のレトリックであり、また北原白秋『思ひ出（序文）』（東雲堂、明治四十四年六月）にも、「甘酸ゆい燐光の息」などといった描写があるが、これなどは「味覚」（甘酸ゆい）＋「視覚」（燐光）＋「触覚」（息）といった三感を交錯させている。もちろん、この時代のすべての感覚描写が、こうした特徴を備えているわけではないが、単に「…見える」「…聞こえる」と書くのではなく、五感をそれぞれ交錯させながら描写していくという技法は、当時の描写革命における一側面を表す新しい方法であったことに違いはないだろう。

では、このようにして五感を交錯させて描写していくことで、作家たちは一体どのような効果を狙っていたのだろうか。それについては、単に感覚を複雑化させて新しい感じ方を探求していくというだけではない。その一方で、五感よりも深い根源的な感覚であるこの共通感覚を掴むことによって、自然の神秘を感じ取ろうという表現意識もあったのではないか。たとえば、当時の雑誌に以下のような記述がある。

触覚に色彩と形体とが伴つて来る。楽の音に陰影があり、香気が伴ふ。一つの感覚に受けた刺激は漣波の漂ふ如く広がつて他の感覚にそれ相応の反応を起させる。一感覚の刺激につれて他の感覚が醒めて来る。五つの感覚が互に影を投じ合ひ、その感化影響が相紛糾して来ると五つのセンス以外のある感じも生じて来るかも知れない。

——吉江孤雁「旅行記の面白味」（「文章世界」明治四十四年十一月）

言葉や挙動や五感やが受取る有形な印象のみが、果たして我々が自然や人から受けるすべての印象であらうか。言葉や五感は、一層複雑な無形の印象を起こさせる媒介であつて、我々は此の媒介によつて、自然や他人との交渉から起こる複雑な内的経験を遂げて行く。（略）自然や人との交渉によつて一たび自我生活の中心が刺激されゝば、そこに忽ち彼我生命の躍動が感ぜられる。（略）目に映る花や葉を通して、其の奥に又は其の内に動いてゐる不可思議な生命の力を感ぜざるを得ない。

——金子筑水「生命力の交感」（「太陽」大正二年九月）

このような感覚に対する言及を見ると、当時の作家のなかには、五感の働きによって自己の主観に映じた印象を摑みとるというだけでなく、五感を媒《なかだち》としながら、さらに五感を超えた感覚にまで到達しようとする意識、さらにはその感覚によって自然の底にある神秘の領域にまで踏み込んでいこうとする意識もあったことがわかる。

実際、共通感覚というのは、世界と人間とを有機的に結びつけている根源的な感覚でもある。中村雄二郎によると、共通感覚とは、いわば「世界に対する人間の全体的な関与の働き」であり、「人間と世界との根源的な通路づけをもたらすような一種の感受能力」であるという。（注7）従って、共通感覚を喪失した離人症患者は、世界と自己との生き生きとした関わりを喪失し、激しい自己喪失、自己解体に陥ってしまう。共通感覚は我々が普段何気なく用いている感覚で、意識化されることのない感覚ともいえるが、人間が現実世界と関わっていく上で、もっとも重要で根源的な感覚なのである。

三、述語的統合

三―一、芥川初期テクストにおける感覚描写

ところで、見てきたように、この当時の感覚に対する認識は、自然科学や心理学的な知識に基づいているが、本稿がこれまでそうした〈感覚描写ブーム〉のなかの一側面である共通感覚の問題について注目してきたのは他でもない。芥川の初期習作にもまた、このような表現技法が取り入れられており、またかかるレトリックが、芥川の初期習作における表現の問題を考察する上で、重要であると考えられるからである。

実際、芥川の初期習作にも、見てきたような共通感覚のレトリックが用いられている。たとえば、「大川の水」には「ぶつぶつ口小言を云ふ水の色」という描写があるが、これは「色」のなかに「音」を一緒に感じるというもので、見てきたような「視覚＋聴覚」の交錯であり、また「碧玉の色のやうに余りに重く緑を凝してゐる」「緑色の滑な水」「青銅のやうな鈍い光」「川の水の光が殆、何処にも見出し難い、滑さと暖さとを持つてゐる」というのは、「色」のなかに「重さ」や「手触り」を感じるというもので、これも「視覚＋触覚」という感覚の交錯といえる。ほか「吐息のやうな、覚束ない汽笛の音」などというのも、「音」のなかに「手触り」（吐息）も一緒に感じるという「聴覚＋触覚」の交錯といえるかもしれない。

もっとも、こうした共通感覚のレトリックは、どちらかといえば「大川の水」に顕著にみられるものであって、それ以前に執筆された「老狂人」や「死相」においては、その限りではない。実際、これらの習作では「青い毛布を腰にまいて、黒い皮の表紙」「豆をひく声がごと〳〵」（老狂人）とか「栗色の衣に、青藍色の帯に、黄色い

皮の袋に、白い眉」（死相）、「その黒ずんだ、紫の唇」（死相）といったように、視覚のみ（あるいは聴覚のみ）に訴える描写が中心になっている。もちろん、一部で感覚の交錯しているような描写も見られるが(注8)、基本的にはあくまで一つの感覚のみに訴える描写であって、「大川の水」のように他の感覚と交錯したり、複雑で微妙な感覚の襞を描出したりするようなものではないのである。

したがって、「老狂人」「死相」から「大川の水」にいたる感覚描写の変化としては、前者に比べて後者では感覚描写が、より（五感の交錯した）複雑なものになっており、より微細な感じを伝えようとするレトリックになっているといえる。もっとも、こうした違いには様々な要因も挙げられようが、やはり同時代的なものの影響が大きかったといえるのではないか。冒頭でも指摘したように、この時期、印象派が大きく台頭してくるのであるが、「老狂人」や「死相」が執筆された明治四十二年前後は、いまだ自然主義が主流で「自然主義が根本の要求とする態度の革命は、殆んど完全に成された」（「明治四十二年文芸史料」「早稲田文学」明治四十三年二月）などとあるように、自然主義が全盛である。しかし「大川の水」の執筆された明治四十五年頃になると「官能的快楽派の傾向が（略）著しく読書界の耳目を誘ひ来つ《ママ》た」（「明治四十四年文芸史料」「早稲田文学」明治四十五年二月）となり、耽美派、官能派、情緒派が、急激に躍進してきている事がわかる。また、この時期「スバル」（明治四十二年創刊）や「三田文学」（明治四十三年創刊）も相次いで発刊し、北原白秋『思ひ出』（前掲書、明治四十四年六月）のような印象派の文章も発表されている。いわば、二、三年の間で文壇の勢力図が大きく転換していくのであり、芥川の初期習作における感覚描写が「老狂人」「死相」から「大川の水」にかけて（五感を交錯させつつ）、より複雑で微細になっていくのも、このような時代の移り変わりとも無縁ではないだろう(注9)。

もっとも、注意したいのは、芥川の初期習作における描写は、見てきたような感覚交錯のレトリックだけが問題というわけではないということである。一方で、芥川の初期描写は、印象派の本質に迫るような性質も備えており、それが本作の表現の特徴ともなっている。では、そのような描写の特徴とはどのようなものか。次にかかる問題についてみていくことにしよう。

三―二、「触覚」との交錯

すでに確認してあるように、「大川の水」は明治四十五年に執筆され、大正三年「心の花」に掲載された散文である。内容は「自分」の少年時代から続く隅田川（大川）に対する思慕の情について綴ったもの。全体は一行空ける形で区切られた三つの章に分かれており、第一章では大川を愛する理由について、第二章では大川を取り巻く町について、第三章では大川の匂いや音について語られている。ストーリー性はなく、大川の「臭い」や「音」や「色」について語る感覚描写が中心の、印象派的なスケッチとなっている。もっとも、その感覚描写は「老狂人」や「死相」のように単純なものではなく、「ぶつぶつ口小言を云ふ水の色」（聴覚＋視覚）とか「青銅のやうな鈍い光」（触覚＋視覚）といった具合に、感覚が相互に交錯しあい、複雑に入り組んだ表現となっている点が特徴的であり、共通感覚のレトリックが多く用いられている。

このようなレトリックは、様々な感覚が錯綜しているため、〈脱―中心化〉された五感の表現ともいえるが、こうした感覚の用い方は、市川浩『身の構造』（青土社、昭和五十九年十一月）が「述語的統合」とよんだ身体モデルの様式と類似した問題も孕んでいる。以下、このような感覚モデルについての市川の説明を引用したい。

> 一般的にいえば、感覚や情動や気分は述語的統合の性格が強いといえるでしょう。つまり性質や関係やはたらきといった述語的なものの類似性や近接性にもとづいて、主語的なものが受動的にゲシュタルトとして浮き出してくる類比的癒合の形式をとります。たとえば目を閉じて、触覚や嗅覚や聴覚で対象の像を浮かべようとしてみると、述語的統合の特徴がよくわかります。これは前―主体的―非―中心化的な統合ですから、

まとまった像をいだくことはなかなか困難です。視覚も発生的には述語的統合の性格を帯びていて、先天性盲人の開眼の例からみると、対象は最初からはっきり視覚的に分離したものとしてとらえられるのではなく、対象にたいする行動や操作と、その過程で視覚が諸感覚と統合され、照合されることをとおして、分離され、対象化されるようです。そういう過程をへて、成人では、目を開けるやいなや対象がはっきりとしたまとまりをもったものとしてとらえられ、私に対するものとして対象化されます。この意味で視覚は、より分離的・主語的な統合の面が強いといえるでしょう。

つまり諸感覚相互のあいだにも、より癒合的・述語的統合の性格が強い触覚的統合から、より分離的・主語的統合の性格が強い視覚的統合にいたる成層があります。（十六、十七頁）

ここで市川は諸感覚の統合のタイプとして、①視覚を中心にした「分離的・主語的統合」と②触覚を中心とした「癒合的・述語的統合」のある事を指摘しているが、「大川の水」の感覚描写もまた「分離的・主語的統合」の性格が強い視覚というより、触覚に比重を置いた「手触り」「匂い」「音」などによって対象と癒合する「述語的統合」のモデルに近いものといえるのではないか。

実際、「大川の水」の感覚描写は触覚が重要なものとなっている（この事は小林一郎も指摘している[注10]）。たとえば、「大川の水」には「濁つた黄の暖み」「冷な青」「緑色の滑な水」「重く緑を凝してゐる」などという色彩表現があるが、これは〈暖かさ〉や〈冷たさ〉、また〈滑らかさ〉〈重々しさ〉といった触覚によって捉えられている。これによって、大川の水の色は泥濁りしていたり、生暖かかったり、滑らかであったり、重々しかったりするのであって、確かな質感をもって伝えられるのである。またその聴覚表現も「手ざはりのいゝ感じ」を持っていたり、「つぶやくやう」な音だったり、「拗ねるやう」な音だったりしているが、こういった聴覚表現にも「音」のなかに触感が潜まされている。さらにいえば、大川の「匂い」もまた、「冷な潮の匂」とか「青く平に流れる潮のにほひ」などとあり、やはり〈冷たい感じ〉や〈漂ってくる感じ〉といった触感によって捉えられている。このように、「自分」は大川に直接触れているわけではないが、「色」や「音」や「匂い」といった感覚のなかに、手触りや肌触りを感じ取っており、またこうした触感によって、大川の水とつながっている。――言い換えれば、触覚との交錯によって、大川の「色」や「音」や「匂い」は、「自分」にとって馴染みやすいものとなっているのであり、かかる触感の手触りによって、大川の水に「ヒューマナイズ」された懐かしさや「人間化された、親しさ」を覚えるのだといえる。

こうした感覚の統合――触覚に比重を置いた諸感覚の統合は、視覚のように〈目をつぶれば対象との関係を遮断できるような〉対象物と分節化された上での主語的な統合ではなく、対象物と直接にふれあうような相互主体的な感覚の統合といえ、これによって「自分」と大川とは、述語的なレベルで結びつくのである。

もっとも、こうした触覚の優位性は「老狂人」や「死相」においては認められないものでもある。すでに確認してあるように、「老狂人」や「死相」の場合は、視覚や聴覚に訴える感覚描写が全体のなかで圧倒的に多く、「大川の水」のように触覚によって世界と繋がっていくという感覚ではない。したがって、芥川の初期習作における（「老狂人」から「大川の水」への）感覚描写の発展は、感覚の交錯というだけでなく、このような「述語的統合」（触覚中心の感覚統合）への変容としても説明できるのであろう。

ちなみに、この触覚については、先の中村雄二郎も重視しており、印象派の画家「セザンヌ以降、触覚の回復が自覚され」、従来の〈視覚中心主義〉から〈触覚中心主義〉へという「五感の組換え」が行われるようになった事を説き[注11]、本間前掲書のなかでも、触覚は「描写の上にもっとも重要な働きをなす」と記されているが、芥川も印象派的な感覚描写を摂取していくうえで――あるいは〈自然の世界〉と〈人間の世界〉との癒合した「大川の水」の世界を描いていくうえで——重要だったのは、この触覚だったといえるのだろう。

四、むすびに

以上、本稿は芥川の初期習作における感覚をめぐる問題について、当時の流行やムーブメント、また具体的な作品における感覚描写のあらわれ方を中心に考察を進めてきた。見てきたように、芥川の文学的出発点となる明治四十一、二年頃から、明治四十五年という時期は、印象主義が隆盛し、「三田文学」や「スバル」といった新興文芸が台頭、それに伴って感覚や情緒を重んじる「描写革命」も起こり、作家の表現意識は自己の内面に向かい、描写はより主観的な傾向を深めていた。

今回、本稿が注目したのは、そのような当時の「描写革命」の一側面を表わす共通感覚をめぐる問題であるが、「大川の水」もまた「ぶつぶつ口小言を云ふ水の色」（視覚＋聴覚）とか「緑色の滑な水」（視覚＋触覚）といったように、五感のそれぞれが交錯しあうという現象が見られ、見てきたような同時代的な表現意識の強い影響を受けている事が窺えた。

もっとも、「大川の水」の場合、このように錯綜する感覚のなかでも、とりわけ触覚が優勢な感覚になっており、これによって「自分」と大川とが述語的レベルで相互主体的に関係しているのではないか、という事であった。そうして「大川の水」では、手触り、肌触り、重量感、質感といった触覚をはじめ、「色」や「音」や「匂い」といった、五感のすべてを用いて（あるいは、それらを交錯させて）、全身で大川を捉えていくことによって、それまでの「老狂人」や「死相」のような「視覚・聴覚型」の感覚から、「触覚（を含む『体性感覚』）型」の感覚へ、という「五感の組み換え」が行われていた。

また、このような「感覚の組み換え」によって、「大川の水」では「自然のもつ生命そのもの」とより根源的なレベルで関わっていく、という描写レベルでの深化も生まれている。――「視覚的統合」（主語的統合）から「触覚的統合」（述語的統合）へ、というかかる重心の移動は、いわば述語的感覚を媒体とすることによって、「語り手―読者―大川」を、〈間―身体的なレベル〉で結びつけるのである。

注1　北原白秋と芥川の初期文学との関係を論じたものとしては、佐々木充「竜之介における白秋」（「国語国文研究」昭和四十七年十月）や佐藤嗣男「『大川の水』小論―白秋的世界との同質性と異質性」（『芥川龍之介　その文学の、地下水を探る』おうふう、平成十三年三月所収→「表現研究」昭和五十四年三月）などがある。また永井荷風からの影響については、松本常彦「『大川の水』論」（「原景と写像」昭和六十一年一月）、田中麻理子「『大川の水』再考―永井荷風『歓楽』との影響を中心として」（「二松学舎大学人文論叢」昭和六十二年十月）などが挙げられる。

2　藤井淑禎『小説の考古学へ』（名古屋大学出版会、平成十三年二月）は、感覚描写の試みが明治四十一、二年頃から作家の間で次第に行われるようになり、大正二年頃に隆盛したと指摘している。

…風葉の『青春』と葉舟の『響』はいずれも明治四十一年、さらには真打ち登場ともいうべき葉舟の『微温』の刊行は明治四十二年だから、だいたいこの明治四十一、二年頃を境として感覚描写の試みは目立つようになってきた、とみていいだろう。それが、先に見た大正二年頃の「感覚芸術」ブームに向けて滔々たる流れをかたちづくっていくのである。（七十八頁）

3　印象主義が自由形式であることは、永井荷風「佛国における印象派」（「文章世界」明治四十二年三月）の以下のような説明にも表れている。

…印象派といふのは作者それ自身の内容の態度であつて、形式その他何ものにも捉はれず、自己の人生に触れた感想を自由に憚る所なく流露せむとする態度を指すので、これを芸術として発表するに当つては形式その他の選びかたはそを選らばむとする個人の随意である。

4　印象主義が象徴主義や神秘主義などの基体になっている事は、蒲原有明「文学に於ける印象派」（「文章世界」明治四十二年三月）のなかの「印象的といふことは新しい文芸の素地で、其上に作家の性向に応じて象徴的にもなり、神秘的にもなつて行くべきもの、またなつて差支へないものだと思ふ」という説明にも表れていよう。このように、印象主義といっても、主観の度合いによって象徴主義になったり、神秘主義になったりする。これらの境界は必ずしも明瞭ではない。

5　色のなかに音を感じたり、手触りのなかに匂いを感じたりする現象は、共感覚と呼ぶのが一般的である。ただ、中村雄二郎『共通感覚論』（岩波現代選書、昭和五十四年五月）も述べているように、共通感覚は共感覚と深い関わりを持っていながら、その区分には不明な部分が多い（三百九頁参照）。本稿は「大川の水」の感覚表現を単なる五感の交錯というだけでなく、観念と感覚の交錯、肉体と精神の交錯といった具合に、より全身で捉えているという意味合いを持たせたかったので、共感覚ではなくこの用語をあてた。また中村が引用している木村敏の見方（三百十頁）も参照しつつ、共通感覚を共感覚を含む総合的なそれとして捉えた。

この共通感覚のあらわれをいちばんわかりやすいかたちで示しているのは、たとえばその白いとか甘いとかいう形容詞が、視覚上の色や味覚上の味の範囲をはるかにこえていわれていることである。すなわち、甘いについていえば、においに関して〈ばらの甘い香〉だとか、刃物の刃先の鈍いのを〈刃先が甘い〉とか、マンドリンの音に関して〈甘い音色〉だとか、さらに世の中のきびしさを知らない考えのことを〈甘い考え〉だとか、など。またアリストテレスでは、共通感覚は、異なった個別感覚の間の識別や比較のほかに、感覚作用そのものを感じうるだけでなく、いかなる個別感覚によっても捉ええない運動、静止、形、大きさ、数、一（統一）などを知覚することができるとされている。その上、想像力とは共通感覚のパトス（受動）を再現する働きであるともされている。さらにすすんで、共通感覚は感性と理性とを結びつけるものとしても捉えられている。

（八、九頁）

6　中村前掲書、七頁

7　中村前掲書、四十四頁

8　「老狂人」においても「鈍いおもい響」（聴覚＋触覚）とか「あまい香」（味覚＋嗅覚）といった表現があり、また「死相」にも「鮮かな［葉］の上に、暖な日の光を吸つてゐた」（触覚＋視覚）のような表現がある。しかし、これらは「黄色い声援」のように、あくまで慣用句的な使い方にすぎないもので、基本的には「…見える」「…聞こえる」といったように一つの感覚に訴える描写がベースとなっていると考えたい。

9　高村光太郎「感覚の鋭鈍と趣味生活」（「文章世界」明治四十四年七月）は、印象派の影響について以下のように述べている。

　印象派が出る迄は、仏国の画家も自然を見る眼が単純であつた。あの派が出て来て、初めて鋭い感覚で自然を描写する様になつた。初めは罵倒を加へた連中も、其絵を見た後、自然に対してから自然が複雑なことを語つた。単純に緑色とばかり信ぜられてゐる木の葉にも、コバルトもあれば、紺の様なウルトラマリンも混る。

このように印象派は事物から受ける感覚をより複雑にする傾向があるが、芥川の「老狂人」「死相」から「大川の水」にかけて感覚が複雑化するのも、こうした印象派による影響があるのではないか。

10　小林一郎「『芥川龍之介』論―『大川の水』について」（「文学論藻」昭和五十四年十二月）もまた、「大川の水」の感覚のなかで、もっとも優勢を占めている感覚として、「触覚」的な表現をあげている。

11　中村前掲書、五十五–五十七頁

第二章　「大川の水」試論
――その修辞的技巧をめぐって――

一、はじめに

「大川の水」（初出「心の花」大正三年四月）は、芥川龍之介の散文のなかで、はじめて雑誌に掲載されたものとして知られている。内容としては、少年時代からの隅田川（大川）に対する思慕の情について綴ったもので、この当時流行した「追懐文学」と呼ばれるスタイルで書かれたものである。(注1) 全体は一行あける形で三つに区切られた章から構成されており、第一章では大川を愛する理由が語られ、第二章では大川を取り巻く町についての思慕が語られ、第三章では大川の「匂い」や「音」について語られている。ストーリー性はなく、大川の「匂い」や「音」や「色」について語る感覚描写が中心の、いわゆる印象派的なスケッチとなっている。

先行研究では、しばしばそのレトリックについて注目され、主に感覚描写をめぐる問題が考察の対象とされてきた。たとえば宮坂覺「『大川の水』論―〈揺籃〉としての〈大川の水〉の世界」（「国文学」平成四年二月）は、「大川の水」のレトリックが五感によって捉えられているとして、芥川は「視覚、嗅覚、聴覚、触覚などの五感を総動員（尤も味覚はないが）して、〈大川の水〉を全身全霊で体感している」と説き、そこに「〈母性に対する愛の無限性〉に出会う〈揺籃〉」があるとし、また小林一郎「『芥川龍之介』論―『大川の水』について」（「文学論藻」昭和五十四年十二月）も、その表現に五感が多く用いられていることを指摘して、そのなかでもとりわけ触覚の表現に注目。「大川の水」は、触覚という感覚が、五感の中でも最も重要になっており、この感覚によって根源的なもの（水のもつ女性的特色）につながっていると述べている。

…「視覚」「聴覚」「嗅覚」を通した世界で『大川の水』をとらえると共に、それ等の言葉の中にも、何処かに「触覚」につながる形を見せていたことである。「味覚」のことは出て来なかったが、こうした感覚のすべてに訴えるものとして隅田川をつかもうとしているのであり、最後には、この「大川の水」に触覚的にふれることによって安心しようとしている。真の愛撫と慰めとを得ようとしている芥川の姿勢を感ずるのである。（略）身体と心の隅々まで膚にふれてひろがり深まって行く水の触覚が、芥川の魂にひびいて行ったのである。

こうした論考は、語り手である「自分」が、五感（視覚・聴覚・嗅覚・味覚・触覚）を媒《なかだち》とすることによって、大川と身体の深いレベルで結びついている事を指摘したものであるが、その一方で、こうした見方とは逆に、本作の表現描写が文飾に過ぎており、実感が希薄になっていると指摘する論者もいる。たとえば、浅野洋「『大川の水』と二十歳の選択―〈虚構〉の祖型」（「方位」昭和五十七年五月）が、「大川の水」の文体について「《にほひ》を媒体とする感傷的な懐旧の情」を吐露しながら、その内実は希薄であるとして、以下のように述べているのが、その例である。

《なつかしい》という修辞を重ねつつも、かすかな《にほひ》の中にしか幼少時への回心を仮託し得ない精神は、いかにもはかない。そこには、〈なつかしさ〉を裏うちする現実的基盤は極めて脆弱であり、いわば実体不在の周縁を言葉だけの〈なつかしさ〉が飛び交っている。同時に、この〈にほひ〉は、〈なつかしさ〉の出処を明かす実体というより、その希薄さを意味する概念でしかない。（略）現実の風景ははるか後方に押しやられ、もっぱらペダントリイに支えられた観念の海が全景を埋める。その海の美しさもまた、〈本の中〉の形容によって塗りこめられた観念による修辞の世界であって、この観念の画幅の前で書き手の実体はいよいよ希薄になっていく。

こうした指摘は、先ほどの（宮坂や小林の）読みとは、反対の立場に立ったものといえるだろう。すでに見てきたように、宮坂や小林は身体の根源的なレベルで「自分」が大川と結びつこうとしている姿勢のある事を指摘するのに対して、浅野はそれとは逆に修辞の世界への自己韜晦の姿勢を見ており、両者の立場は対照的なものになっているのである。

では、「大川の水」の文体は、なぜ論者によってこのように捉え方が大きく異なってしまうのであろうか。もし両者の主張に妥当性が認められるとすれば、「大川の水」の文体は虚飾にすぎた文章（実感に乏しい文章）でありながら、一方で根源的な感覚を伝える文章（感じ方の深い文章）でもある、という矛盾した性格を備えている事になるだろう。これは一体どういうことなのか。本章はこのような問題も踏まえたうえで、「大川の水」におけるレトリックの問題について考察する。

二、比喩表現

佐藤信夫『レトリック感覚』（講談社、昭和五十三年九月）によると、表現への欲求がある限り、そこには修辞的技巧というものが必ず存在するという。我々は通常丸いものを「丸い」といい、うれしいことを「うれしい」

というように、形容詞を用いてものごとの様子を表現する。しかし日本語の語彙にも限りがあり、形容詞の数も限られている。したがって、自己の特有の感じ方や名状しがたい事柄について語る際には、既成の言語だけでは足りないことがある。その場合、我々の用いるレトリックの一つが比喩——とりわけ、直喩表現というものになる。

直喩というのは、一般的に物事の様子を表現するために、「XはYのようだ」「Yそっくりの X」という具合にたとえる表現形式のことであるといわれている。これは「X」と「Y」という「ふたつの物事の類似性」に基づいており、たとえば「獅子のような王」という直喩表現ならば、「獅子」（X）と「王」（Y）との類似性のうえに成り立っている。もっとも、こうした表現は、一方で「X」と「Y」の間に共通する項を見出し、両者の等質なイメージを照射するという働きを持つものでもある。たとえば、上記（獅子のような王）の場合、「獅子」（X）と「王」（Y）の間にある差異を後景化させ、むしろその共通点（強さ、雄々しさ、気高さ、など）の方を前景化させる。また、このような類似性の強調によって、「獅子」のイメージは「王」のそれに近づき、「王」のイメージは「獅子」のそれに近くなるわけで、両者のイメージは止揚する形で結びつけられる。直喩とはこのようにして二つの異なる物事を、相互に感応させあうという働きも持っている。

さて、こうした直喩表現の特徴——すなわち二つの物事の類似性を強調するという直喩の特徴は、「大川の水」におけるレトリックの機能を考える際にも、重要な問題を提起するものである。というのも、本作の描写の対象は、もっぱら「自然」「人間」「人工」という三つの世界に対して向けられているが、これらもまた、それぞれ直喩（…ような）で結びつけられることによって、お互いに類似したものとして感応し合っていると考えられるからである。

その具体的な例として、まず「人間」と「自然」とが、直喩によって結ばれている表現の、幾つかを挙げてみよう。

A・如何に自分の幼い心を、其岸に立つ楊柳の葉の如くをののかせた事であらう。

丁度、夏川の水から生まれる黒蜻蛉の羽のやうな、をのゝき易い少年の心は、其度に新な驚異の眸を見はらずにはゐられないのである。

この「A」群に集められた文章は、自分の「幼い心のをののき」（X）が「楊柳の葉」や「黒蜻蛉の羽」（Y）に譬えられているケースになる。先にも指摘したように、直喩表現は二つの物事の類似性に基づいているので、これらの文章もまた、「幼い心のをののき」（X）と「楊柳の葉」や「黒蜻蛉の羽」（Y）との類似性（共通性）が前景化され、またこのような類似性の強調によって「幼い心のをののき」（X）は「楊柳の葉」や「黒蜻蛉の羽」（Y）のイメージに近くなるのであり、「楊柳の葉」や「黒蜻蛉の羽」（Y）は「幼い心のをののき」（X）のイメージに近くなっている。このようにして自然と人間の差異は後景化し、両者の間の類似するイメージが止揚される形で結びつくのである。

もちろん、こうした現象は「人間」と「自然」の間だけではない。本作では、大川をはじめとする「自然」と、大川を取り巻く町の「人工物」、またそこに生きる「人間（自分）」といった、さまざまな物事が、直喩（…のような）で結びつけられ、それぞれが類似したものとして語られている。以下、その事例をいくつか紹介する。

B・銀灰色の靄と青い油のやうな大川の水

磨いた硝子板のやうに、青く光る大川の水は、其冷な潮の匂と共に、昔ながら南へ流れる、懐しいひゞきをつたへてくれるだらう。

――低い舷の外は直に緑色の滑な水で、青銅のやうな鈍い光のある、幅の広い川面は、遠い新大橋に遮られるまで、唯一目に見渡される。

吾妻橋、厩橋、両国橋の間、香油のやうな青い水が大きな橋台の花崗石と煉瓦とをひたしてゆくうれしさは云ふ迄もない。

C・吐息のやうな、覚束ない汽笛の音と、石炭船の鳶色の三角帆と、――すべて止み難い哀愁をよび起す是等の川のながめ

「B」群は「自然」（大川）を「人工物」（油、硝子板、青銅、香油）に譬えている例、「C」は「人工物」（汽笛）を「人間」（吐息）に譬えている例である。こうしたレトリックも、先ほどと同じく「自然（大川）」と「人工物」、あるいは「人工物」と「人間」との間に存在する差異を後景化させ、それぞれを類似したものとして結びつける効果を持っている。

以上を見れば明らかなように、「大川の水」では、「自然」「人間」「人工」は、それぞれ別々のものとして存在しながらも、直喩（…ような）によって結びつけられることで、各々の類似性が強調され、相互にイメージがシンクロし合っていることがわかる。これは中村三春『修辞的モダニズム』（ひつじ書房、平成十八年五月）が「統

合」と呼んだレトリックと似た様式で、「自然」「人間」「人工」の間にある境界線を曖昧にしてしまう修辞的技法の一つともいえる。「大川の水」は、このような直喩によって、いわば〈人間のような自然〉、〈自然のような人間〉、〈人工のような自然〉が、それぞれの世界を浸食し、〈人間の世界〉と〈自然の世界〉との相互に感応し合う世界が展開されているのである。

もっとも、このような世界の描出はまた、本作で擬人法が用いられていることにも表れている。たとえば、以下のようなケースである。

D・大川は今の如く、船宿の桟橋に、岸の青蘆に、猪牙船の船腹に懶いさゝやきを繰返してゐたのである。
さうして、同じく市の中を流れるにしても、猶「海」と云ふ大きな神秘と絶えず、直接の交通を続けてゐる為か、川と川とをつなぐ掘割の水のやうに暗くない。眠つてゐない。何処となく、生きて動いてゐると云ふ気がする。

この「D」群は、いわば擬人法が用いられている例である。ここでは自然が人間のように振舞っており、先の直喩より、「人間-自然」の同化が、もっとはっきりとした形で表現されている。もっとも、自然が人間のように振舞っているというだけではない。ほかにも「切ない程あわたゞしく、動いてゐる自分の心をも（略）とかくし《ママ》てくれる」のように、人間（の心）が水のように表現（液状化＝溶解）される場合もある。これは擬人法ではないが、人間が自然のように振舞う技法の一つといえるかもしれない。いずれにせよ、ここでは直喩や擬人法を駆使することによって、人間と自然は似ているのだ、というものの見方が提出されているのである。(注2)

三、直喩の逆説

前節では、主に「大川の水」の直喩表現をめぐる問題について考察した。一般的に直喩表現は、あるもの（X）を別のもの（Y）によって譬えるという修辞的技法となるが、こうした技法は単に形容するというレベルにとどまるものでなく、「X」と「Y」の間の差異を後景化させ、両者の共通性を強調するという働きも持っているという事であった。そして「大川の水」では、このような直喩の技法を駆使することによって、「自然」「人間」「人工」のそれぞれは、類似性によって結びつけられ、相互に感応しあい、〈自然の世界〉と〈人間の世界〉とのシンクロしあう世界が描出されているという事であった。

ところで、このように直喩表現を考える際に欠かせないキーワードともなる類似性であるが、ここでもう一つ問題があろう。それというのも、「大川の水」の場合、「X」と「Y」の直喩による結びつきが、必ずしも常識的な範囲に限定されているわけではなく、時に意外なものが結び付けられているというケースも少なくないからである。

たとえば、先に引用した直喩表現のなかにも、以下のような表現があった。

丁度、夏川の水から生まれる黒蜻蛉の羽のやうな、をのゝき易い少年の心は、其度に新な驚異の眸を見はらずにはゐられないのである。

注意したいのは、ここでの「黒蜻蛉の羽のやうな、をのゝき易い少年の心」という表現である。これは「X」（黒蜻蛉の羽）と「Y」（少年の心）との間に類似性を認めた表現という事になるが、問題としたいのは、はたして両者の間に類似性が存在するのかどうかという事である。

一般的にいって、「黒蜻蛉の羽」と「少年の心」とは、結びつきにくいイメージといえるのではないか。仮に両者の類似性をあえて挙げるならば、黒蜻蛉の羽の持つ透明さや複雑に入り組んだ模様と、少年の心の持つ繊細さや純粋さとの類似性という事になるであろうか。――あるいは黒蜻蛉の羽の色と少年の心が持つおののきから、そこに暗い影（不安や死のイメージ）といった類似性を認めるという事になるだろうか。――ただ、これは推測にすぎず、どうもはっきりとした要領を得ない。しかし「…ような」で結び付けられていることによって、ここでは「黒蜻蛉の羽」と「少年の心」は似ているという、特異な見方が提出されているのである。

もっとも、こうした問題については、直喩に関する考察の中では、しばしば取り上げられるもので、佐藤信夫も前掲書のなかでふれている。佐藤もまた、直喩の〈組み合わせ〉が必ずしも常識的なレベルにとどまるものではない場合のある事を指摘し、その例として川端康成の以下の文章を引用している。

「駒子の唇は美しい蛭の輪のやうに滑らかであつた。」（川端康成「雪国」）

佐藤が注目しているのは、ここでの「美しい蛭のような唇」という直喩表現である。はたして「美しい蛭」などというものが存在するのであろうか。蛭というのは――筆者は見たことがないが――佐藤の認識によれば「《吸血》といういやなイメージしかもたらさぬ、薄気味悪いもの」であるという。しかし、ここでは、そのような蛭が美しいと形容され、さらにそれが駒子という魅力あふれる女性の唇として譬えられているのである。

しかし、佐藤はこのような「美しい蛭」と「唇」との間の類似性という点に疑問を抱きながらも、その一方で「X」（美しい蛭）と「Y」（唇）のような一見非常識と思える類似性でも、「…ような」で結合されていれば、それは作者特有の感受性の問題として受容され、正当化されてしまうのではないかとし、このような直喩の働きを以下のように分析している。

> …この直喩（注・美しい蛭のやうな唇）は、「…のやうに」という結合表現によって、非常識的な類似性を読者に強制していることになる。それを受け入れるかどうかは読者の自由であるから、強制というのも妙な話だが、とにかく、ここでは、直喩によって類似性が設定されているのだ。《直喩》や、次章の主題である《隠喩》は、《ふたつのものごとの類似性にもとづく》表現である、というのが、古典レトリックの定説であった。しかも、現代的なレトリック理論でも、この考えかたはつねに認められている。けれども、ここで私はそれを逆転させ、類似性にもとづいて直喩が成立するのではなく、逆に、《直喩によって類似性が成立する》のだと、言いかえてみたい。「美しい蛭のやうな唇」という直喩によってヒルとくちびるとは互いに似ているのだという見かたが、著者から読者へ要求されるのである。（六十四頁）

ここで佐藤が指摘しているのは、直喩が持つ逆説的な機能である。つまり、類似性があるから直喩が存在するのではなく、直喩があるから類似性が成立するという事である。

これは一体どういう事なのか。一般的にいって、我々はまず「X」と「Y」の間に類似性が認められて、然る後に「…ような」で結合するのが直喩表現であると考えがちである。――しかし、事実は必ずしもそうではない。表現者にとって直喩による〈組み合わせ〉は、逆に新しいものの考え方や独自の感じ方を生み出す際の方法の一つともなり得るという事である。たとえば――極端な言い方をすれば――どんなものでも直喩（…のような）で結びつけてしまえば、そこに類似性のある事が正当化される。すなわち「死」（X）と「生」（Y）といった何の類似性もない二つの物事でも、「死のような生」（X＋Y）と直喩で結んでしまえば、そこにもまた、何らかの類似性があるという事になり、独特な感性の表現という事になるのである。直喩というのは、このように言葉の〈組み合わせ〉という形式上の操作のほうを先行させて、内容の類似性を後から見出していくという創造的な性格も持っているのである。

さて、本稿がこのような直喩の持つ逆説的な機能について注目したのは他でもない。かかる言葉の〈組み合わせ〉の問題は、「大川の水」のもつ方法論的な課題とも通底した問題を孕んでいると思われるからである。というのも、すでに確認してあるように「大川の水」では、「自然」「人工」「人間」という三つの世界のそれぞれ感応しあう世界が描出されているが、かかる感じ方も最初からそこにあったというより、むしろ比喩表現によって結合された結果、生まれた感性であるように見えるのである。たとえば「黒蜻蛉の羽のやうな、をのゝき易い少年の心」という前出の表現や、「岸の柳の葉のやうに青い河の水」とか「ぶつぶつ口小言を云ふ水の色」とか「磨いた硝子板のやうに、青く光る大川の水」などといった表現をみると、最初にそのような感じ方があって、その感じ方に適合するような表現を探した結果、生まれたレトリックというよりも、これはやはり様々なものを直喩（ないし隠喩）によって組み合わせていこうとした結果、生まれた感じ方とみなした方が自然であろう。

ある言ひまはしを考へるとは、ある考へ方を考へる事である。ある比喩を見出すとは、従来見出されなかつた二つの事情の間に感情上の一致を見出すことであり、これによつて社会的な考へ方に一つの新しい見方を導入することを意味する。修飾は単なる技巧ではない。（略）いくつもある言ひまはしのうちの一つを採る、といふのは、いくつもある考え方のうちの一つを採るといふ事を意味する。文章修飾の創造は新しい考へ方の創造である。（三十四、三十五頁）

これは佐藤も参照している波多野完治『国語文章論』（明治書院、昭和八年十二月）からの引用であるが、文章修飾の創造は、何も「新しい考へ方」の創造というだけはない。それは同時に「新しい感じ方」の創造でもある。すなわち「あるもの」（X）と「別のもの」（Y）を結合させようという形式上の操作が内容に先行し、両者を結合させる事によって新しい内容（感じ方）が生まれる。——もちろん、すべての直喩が形式を優先させているわけではないが、「大川の水」の直喩表現に非常識な類似性に基づいているケースの少なからずある事を見れば、本作における直喩表現は、「自然」「人間」「人工」を結合させていこうとする修辞的意識が先行しているといえるのではないか。

四、シニフィアンの〈組み合わせ〉

本稿はこれまで「大川の水」におけるレトリックをめぐる問題について、主に直喩表現に着目して分析してきた。見てきたように、直喩表現というのは、一般的に「X」と「Y」との類似性に基づくレトリック（「X」のような「Y」）であるが、それは二つの物事の差異を後景化させ、その類似性を強調するという働きを持っていた。「大川の水」もまた、直喩の表現が多く用いられているが、「自然」「人間」「人工」は、それぞれこの「…のような」で結合されることによって、その類似性、共通点が強調され、これによって相互に交感されているという事であった。もっとも、それぞれの類似性は必ずしも常識的な範囲に限定されているわけではない。たとえば「黒蜻蛉の羽のやうな、をのゝき易い少年の心」とか「ぶつぶつ口小言を云ふ水の色」といったように（「黒蜻蛉の羽／少年の心」「口小言／水の色」のような）、一見非常識と思えるような結合も見られる。しかし、こうした非常識な類似も、「…ような」で結合されていれば、作者の独特な感受性の問題として正当化されるという事であった。佐藤信夫は「類似性によって直喩が生まれるのではなく、直喩によって類似性が生まれる」と述べているが、「大川の水」もまた、「自然」「人間」「人工」を様々に結びつける直喩によって、はじめて「人間と自然は似ているのだ」というものの見方が産出されている——すなわち、本作では様々な物事を結び付けようという方法意識が内容に先行しているのではないか、という事であった。

ところで、見てきたような記号《シニフィアン》の〈組み合わせ〉の問題については、J・クリステヴァ『記号の生成論　セメイオチケ2』（中沢新一ほか訳、せりか書房、昭和五十九年八月）が「意味素の結合」として論じた考察とも通底した問題を孕んでいる。クリステヴァもまた、シニフィアンの結合原理に優位を置いている論者であるが（注3）、彼女によると、シニフィアンは単なるシニフィエの運搬というだけでなく、それ自身、独自の振舞いを持っており、時にシニフィエを伝えなかったり、その受け渡しを邪魔したりすることもあるという。そして文学テクストというのは、かかるシニフィアン独自の働き（結合、合体、再構成など）によってあたらしい意味を産出し、言語《ラング》の秩序を再配分（破壊‐再構成）していく装置でもあると述べている（注4）。

実際、このような理論を展開するなかで、クリステヴァはルーセルのテクストを挙げ、そこで様々な対立要素がシニフィアンのレベルで統合され、新しい意味を産出している例を挙げている。たとえば「死‐生」「自然‐非自然」「運動‐停止」といった対立要素は、論理的には決して結びつかないシニフィエであるが、クリステヴァはテクストの「統辞法」という線条的論理性が、このような対立要素を結合し、「真実らしく」してしまうという働きを持っていることを指摘している。

こうしたクリステヴァの理論は非常に難解なものであるが、強調しておきたいのはクリステヴァもまた、新しい意味の産出——先ほどの波多野完治の言葉でいえば「新しい考へ方」の創造——が、シニフィアンの組み換え、結合、配列のレベルで行われる、と考えている事であろう。——これはどういう事か。具体的にいうと「平和」（X）と「戦争」（Y）という論理的には結び付かない二つの意味素の場合でも、シニフィアンのレベルでは「平和な戦争」（X＋Y）といった形で結合することが可能であるという事である。テクストの統辞法（線状的論理性）は、対立する意味素でも結合し、「真実らしく」してしまう働きを持っているのであり、またこのようなシニフィアンの〈組み合わせ〉が、既成の言葉《ラング》とは異なった新しいものの考え方や感じ方を生みだすのである。

…所記《シニフィエ》の両立不可能性は能記《シニフィアン》相互の牽引力によって克服される。能記は、論理による禁止をこえて「届き」、論理の（あるいは歴史、社会の）配置の固定した情景［図表］を動かし、その配置を束の間のものに替え、別な論理的（歴史的、社会的）情景――これにとって、はじめの配置はたんにもとになる先行物でしかない――へと変換するように強制しているのである。真実らしくすることは、したがって、量的に制限された所記をさまざまな意味素の（意味を産む）組み合わせによって再配分することである。――クリステヴァ前掲書（百九十一、百九十二頁）

したがって、このようなシニフィアンの結合は、錬金術的な言語ゲームの要素も含んでいるといえよう。たとえば「神」（X）と「悪魔」（Y）という二つの意味素を合体させて「神々しい悪魔」（X＋Y）とでもしてみれば、これで新しい感じ方になる。また「光」（X）と「闇」（Y）という二つの意味素も、「まぶしい暗闇」（X＋Y）とでもしてみれば、やはりこれで新しい感じ方になる。また「胸がドキドキする」といわないで「ドキがむねむねする」と言葉の順序を言い換えてみたらどうだろう。これもやはり語の配列を変えることによって、別の意味を生み出すレトリックの方法である。さらにパロディーや本歌取りといった間テクスト性をめぐる問題も、形式上の操作によって新しい意味を産出する手法といえる。――このようにシニフィアンのレベルで、様々に記号を結合させること、組み替えること、こうした形式上の操作が、言葉《ラング》の体系を動態化し、再配分化（破壊―再構成）

し、その内容を更新していく基体となる。

さて、このような言語ゲーム――テクストの統辞法によって、あらゆる意味素を組み合わせる言語ゲーム――の要素は、「大川の水」のレトリックにもまた、見られるものである。先ほどの例でいえば、「黒蜻蛉の羽」（X）と「少年の心」（Y）を結合させて「黒蜻蛉の羽のやうな、をのゝき易い少年の心」（X＋Y）としてみたり、「口小言」（X）と「水の色」（Y）を結合させて「ぶつぶつ口小言を云ふ水の色」（X＋Y）としてみたりするのがそれである。

もっとも、こうした言葉の〈組み合わせ〉は、なにも直喩（…のような）だけに止まるものでもない。たとえば「大川の水」における感覚描写もまた、「緑色の滑な水」（視覚＋触覚）とか「重く緑を凝してゐる」（触覚＋視覚）といった具合に、それぞれの感覚（視覚・聴覚・嗅覚・味覚・触覚）の〈組み合わせ〉によって描写されている。このように感覚が相互に交錯するのは、前章（「感覚の変容―『老狂人』『死相』から『大川の水』へ」）でも指摘したように、共通感覚の働きによるものといえるが、「大川の水」もこのように感覚を組み合わせる事で、共通感覚のレベルで（＝根源的なレベルで）、大川の水と結びつく感じ方が産出されており、これも「大川」（自然）と「自分」（人間）との一体化を深めるレトリックになっている。（注5）

また、「感覚」と「感覚」の間だけではない。「大川の水」では、他にも「感覚」と「自然」が隠喩的に組み合わされたり（注6）、「知識」と「感覚」、「東洋」と「西洋」が組み合わされたりといった具合に、様々な記号を結び付けていこうとする身振りも見られる。たとえば、以下のような場合である。

E・自分は何時も此静な船の帆と、青く平に流れる潮のにほひとに対して、何と云ふこともなく、ホフマンスタアルのエアレエプニスと云ふ詩をよんだ時のやうな、云ひやうのないさびしさを感ずる

F・其濁つて、皺をよせて、気むづかしい猶太の老翁のやうに、ぶつぶつ口小言を云ふ水の色が、如何にも落付いた、人なつかしい、手ざはりのい、感じを持つてゐる。

「E」の文章では「云ひやうのないさびしさ」（感情）が「ホフマンスタアルのエアレエプニスと云ふ詩をよんだ時」（観念）のそれに譬えられている。語り手は「さびしい」という感情をストレートに表現せず、いったん観念（ホフマンスタアルの詩）を迂回してから自己の感情を表わしている。これは衒学的《ペダンティック》な表現といえるが、三好行雄も指摘しているように、「感情」（X）と「観念」（Y）とを比喩を媒介にして結びつけた表現であるといえよう（注7）。また、「F」の文章では、本稿でみてきた擬人法、直喩法、共通感覚（感覚の〈組み合わせ〉）が複雑に織り込まれた表現となっている。これには詳細な考察も必要であろうが、やはり比喩の働きによって、「自然」と「人間」と「感覚」とが複雑に交感した文章になっているといえる。

いずれにせよ、このように記号を組み合わせる事によって、本来別の領域に属するもの（人工―自然、観念―感情、視覚―触覚、云々…）でも、テクストの「統辞法」――とりわけ比喩（直喩、隠喩、擬人法、共通感覚、云々…）によって、様々に結合していこうという意識が「大川の水」の修辞にみられる。本作では「自然」「人間」「人工」「観念」「感覚」が、このような〈組み合わせ〉のレトリックによって、互いに複雑に交錯しあい、交響しあっている。「自然の呼吸と人間の呼吸が落ち合って、いつの間にか融合」するという「自然―人間」の一体化されたような世界の描出は、修辞的には見てきたような様々に事物を組み合わせていく比喩的技巧によって可能となっているのである。

五、むすびに

以上、本稿は「大川の水」のレトリックの問題について考察してきた。すでに見てきたように、「大川の水」の修辞的方法は、シニフィアンの〈組み合わせ〉に優位性が置かれており、様々な事柄や事物をシニフィアンのレベルで組み合わせる事によって、〈人間の世界〉と〈自然の世界〉とが交感しあっているような感じ方、あるいは共通感覚という根源的なレベルで自然と結びついた感じ方、さらには「自然」「人間」「人工」「感覚」「知識」等が複雑に交感しあっている感じ方が生みだされているという事であった。もっとも、これはシニフィアン優位の文章なので「虚飾をほどこした文章」（進藤純孝）などともいえようが、一方で深い内容も生みだしているので「根源的なものにつながる」（小林一郎）ともいえる。冒頭において先行研究では矛盾したような読み方が提出されている事を指摘したが、それは本章で分析した本作のレトリックの表裏（シニフィアン／シニフィエ）を、それぞれ言い表わしたものに他ならないことがここで明らかになろう。

ところで、「大川の水」に見られるこのようなレトリック――「自然」「人間」「人工」「感覚」などを様々に組み合わせていくレトリック――は、この当時、文壇で流行した表現描写でもあった。たとえば、既に前章（「感覚の変容―『老狂人』『死相』から『大川の水』へ」）でも紹介したように、生田長江ほか『近代文芸十二講』（新潮社、大正十年八月）が、この当時の象徴主義芸術のレトリックの技法を「視覚、聴覚、嗅覚、味覚、触覚及び情緒若くは観念が、互いに相交錯して来る」という書き方にあったと指摘しているのは、その一例であるが、この他にも「事象」と「気分」との未分化した印象を生み出す技法について論じた昇曙夢「気分の文学と事実の文学（アンドレーエフの芸術を論ず）」（「早稲田文学」明治四十四年六月）や、五感のすべてを交錯させたり、「感想と情緒と智的活動と感能の働きと総てを引くるめて」「対境と自己との間に一味共通感興を発見」せねばならないと説いた吉江孤雁「自然より発見する新生命」（『文章世界』明治四十四年六月）などといった考察もあり、この当時、「感覚」と「感覚」だけでなく、「観念」と「感覚」の交錯、さらに「事象」と「（人間の）気分」の交錯といった具合に、「事物」や「人間」や「感覚」を様々に感応させていこうとする主張は、しばしば散見されるものなのである。

さて、「大川の水」に見られる〈組み合わせ〉のレトリックもまた、このような当時の象徴派などの表現意識による影響と考えられるが、かかる試みは一方で形式を操作する事によって新しい内容を生みだし、それによって現実に新しいものの見方（感じ方）を加えていこうとする当時の作家達の創造的な意識と結びついたものでもあったと考えられる。周知の通り、この当時「観照の芸術」といわれた自然主義が現実に対する働きかけを失って、下火になっていったのに対し、印象主義とよばれる新興の文芸が台頭してきていた。たとえば、金子筑水「四十四年の文壇」（『太陽』明治四十四年十二月）は、このような文壇的気分のなか、文学の進むべき方向性を以下のように捉え直している。

> 先頃文壇の二三の人によつて、事実と想像といふ問題が掲げられた。問題の要点は、創作は、客観の事実を其のまゝに描写すべきものか、将た想像によつて、或は事実の真を穿ち、或は事実らしきものを造出すべきか、といふにあつた。（略）言葉どほりの科学的描写を主張したナチユラリストは、事実を事実のまゝに再現すれば、芸術の能事は夫れで終ると考へた。斯かる起原《ママ》の精神に立脚して、近代の文芸は、ひとへに客観の事実を重んじ、事実の真に徹底するといふことを、文芸の主眼と解釈した。（略）ネチユアーの写真は、必しも芸術の主眼でない。むしろ芸術家独特の想像力によつて、仮令現存の事実を材料としても、事実らしく見え、又は事実たる可能性を備へた、一種新しい芸術的事実を創造するが、芸術の主眼である。芸術の生

命は、自然の複写ではなくして、むしろ新しい自然を造出する所に存する。（略）作家は、現実界に存在した事実を、其のまゝ消極的に発見し又は複写すべきものではなく、むしろ現実界の事実に接して、作家の内生命の中に経験され玩味され創造された独特の世界を描出すを主眼とする。斯くして芸術家は、新しいライフと新しい価値とを、現実の世界に加へて行く。（略）現実の複写は、必しも芸術でないとは言はれないが、むしろ新しい現実の創造が、芸術の最高の使命であると。

ここでは、文学というものが単に現実を模写するだけではなく、作者の主観というフィルターを通すことによって「新しい現実」を創造し、それによって現実に働きかけていくものだと説明されている。いわば、自然主義のように傍観者的な態度に徹するのではなく、自らの主観によって現実に改良を加えていく事が「芸術の最高の使命」だとするのである。

いずれにせよ、「大川の水」における表現——記号の〈組み合わせ〉によって新しいものの見方や感じ方を産みだしていく表現もまた、このような同時代の表現意識——新しい感覚や新しい現実を創造していこうとする当時の表現意識の影響下に成立しているといえるのではないか。しばしば、その独創性の疑われる事もある「大川の水」であるが、そのレトリックは、この当時の修辞的技巧や表現描写を研究する際の格好のテクストともなっているのである。

注1　「追懐文学」がこの当時流行していたことは、「近頃続出する追憶文学」（高村光太郎「新著三種」「文章世界」明治四十四年九月）や「近頃の文芸界に、自己告白が旺になった」（長谷川天渓「自己分裂と静観」「太陽」明治四十三年二月）などといった当時の文学者の発言にも窺われる。

2 「大川の水」におけるこのような「人間」「自然」「人工」の未分化された感じは、当時の印象派の影響によるものと考えられる。たとえば当時の雑誌にこのような記述がある。参考までに紹介しておく。

印象派の自然描写は自然と人間とを離して居ない。人間を自然の一部分として見て、ある時は草や木と同じやうに人間を見ることを憚らない。従つて自然が自然として出て来る。人間が見た自然といふよりも、まことの自然に近い自然が出て来る。（略）知識が加はつて来るに従つて、天然は段々人間に近くなつて来た。今では人間は自分は自然の一部分で、草や木や鳥や獣と同じやうに生活してゐると思つて来た。自然の描写法も変つて来ない訳には行かない。

山、川、海、草、木――これ皆な人間と同じ存在である。唯、存在してゐるばかりである。各其の意味なき意味を以て存在してゐるばかりである。（略）今日の時代では、自然描写も情を景に託する位の程度には留まつて居られないと思ふ　――「自然の描写」「文章世界」（明治四十四年四月）

3 J・クリステヴァの理論がシニフィアンに優位性を置いている事は、西川直子『クリステヴァ』（講談社、平成十一年二月）においても説明されている。西川はクリステヴァの「テクストはシニフィアンのなかの、シニフィアンにかんする実践である。」（「定式の産出」）という言葉を引用して以下のように解説している。参考までに紹介しておく。

つまり、意味生産性の空間であるテクストにおいては、シニフィアンが意味の産出者の位置に置かれるのである。シニフィアンの優位性が生産性としてのテクストを特徴づける、といってもよいだろう。テクストは、シニフィエや表象に還元しえない、シニフィアンのドラマ、シニフィアンの戯れの場として現れてくる。たとえば「シニフィエはつねにすでにシニフィアンの位置にある」という『グラマトロジーについて』のひとつの結論も、このシニフィエはつねにシニフィアンの優位性を前面に押し出している。（五十頁）

4 西川前掲書における以下の解説を参考にした。

現実を表象すること、意味することに甘んじていないテクストの言語は、シニフィアン自体を、意味を生産する装置として、差し出している。このようなテクストの特性を考えるさいに、クリステヴァが有効とみなしている方法論のひとつに精神分析学があることは、見逃してはならないだろう。（略）ラカンは、無意識がおこなう意味作用を、シニフィアンとシニフィエの対称性からなるソシュール的な記号のレヴェルではなく、あくまでもシニフィアンの連鎖というレヴェルから考察している。無意識は意識的主体の外部にあるシニフィアン独自の秩序にしたがって語っているという考えは、テクストはシニフィアンの網目からなる意味生成装置であるという考えと、一致することになるのである。（五十三、五十四頁）

5　このような感覚相互の結びつきというのも、「ある感覚」（X）が、それとは「異なる経験領域」である「別の感覚」（Y）を修飾しているので、比喩（＝異質なものの関連づけ）の一つといえる。

6　隠喩表現などもまた「…のような」という「なぞらえ信号」がないだけで、直喩と同様、文脈の異なる事柄（異なる意味体系に属する事柄）同士を結びつけるという働きを持っている。以下の文章を見てみよう。

　大川の流を見る毎に、自分は、あの僧院の鐘の音と、鵠の声とに暮れて行く以太利亜の水の都――（略）ヴェネチアの風物に、溢るゝばかりの熱情を注いだダヌンチヨの心もちを、今更のやうに慕はしく、思ひ出さずにはゐられないのである。

ここでは「大川の風景」から「以太利亜（水の都）の風景」が類推されているが、このように「ある事柄」（X）を文脈の異なる「別の事柄」（Y）に「見立て」て喩えたりするのも、広い意味での「隠喩（メタファー）」＝「異質なものの〈組み合わせ〉」に基づいた修辞といえる。隠喩《メタファー》というのは、直喩と同じく「もともと結びつかないものを類似性の発見によって結び付ける認識」のことで、R・ヤーコブソンも述べるように「代置・範列」を基盤とした「相似性」に基づく比喩なのである。（この点、「部分―全体」「原因―結果」へと隣接していく換喩《メトニミー》とは区別される。）

7　三好行雄『芥川龍之介論』（筑摩書房、昭和五十一年九月）は、この文章について比喩的な結合によって「観念」と「感覚」が癒着している事を指摘している。

…このペダンティズムは単純な知的装飾ではなくて、一種の比喩としての機能をもつ。つまり、龍之介は自己の感情や想念の表出にあたって、しばしば感覚的な比喩、というより、観念的な感覚の移動を試みるのである。（略）ダヌンチヨの心もちを追体験することと、ダヌンチヨを読んだときの心もちを追体験することとに差はない。すくなくとも、みずからそれを区別しえないほど、両者の境界は不分明である。ダヌンチヨの心もちを追体験することで、あるいは、ダヌンチヨへの感性的な自己仮託をくぐりぬけることで、大川の水にたいする自己感情のあかしが手にはいる。そうした芥川的な簡明な原理によって、観念と感覚とはみごとに癒着する。（十二、十三頁）

第三章「VITA SEXUALIS」論

——換喩的文体へ——

一、はじめに

　芥川龍之介の習作期における文体模倣《スタディ》は、他の作家の強い影響下に成立している。たとえば、「大川の水」（初出「心の花」大正三年四月）は、永井荷風の「歓楽」（初出「新小説」明治四十二年七月→発禁処分を受けて同年九月に易風社から短編小説集『歓楽』を刊行）や「海洋の旅」（初出「三田文学」明治四十四年十月）、また北原白秋『思ひ出（序文）』（東雲堂、明治四十四年六月）からの影響が指摘されており、[注1]処女作「老年」（初出「新思潮」大正三年五月）なども、森鷗外「百物語」（初出「中央公論」明治四十四年十月）や、永井荷風「すみだ川」（初出「新小説」明治四十二年十二月）、「冷笑」（初出「東京朝日新聞」明治四十二年十二月–翌年二月）の影響があるといわれる。[注2]ほか「バルタザアル」（初出「新思潮」大正三年二月）や「春の心臓」（初出「新思潮」大正三年六月）なども、翻訳という形を通じて、A・フランスや、W・B・イエーツの表現描写を模倣する試みであったといえる。

　そして、今回取り上げる「VITA SEXUALIS」（大正一、二年頃執筆）もまた、森鷗外「ヰタ・セクスアリス」（初出「スバル」明治四十二年七月）と深い関係のあることが指摘され、[注3]芥川の習作を代表するといってよいものである。鷗外のテクストと同じく、いわゆる「性欲的生活」（VITA SEXUALIS）について書かれた本作は、幼少時から中学校二年時に至るまでの「性」についての赤裸々な体験が、一人称の告白体で語られ、男色、女色、強姦、覗き、犯罪、といったスキャンダラスな話が、暴露されたものである。もちろん、その記述がどこまで事実に基づくものなのかは定かではない。しかし、本作に登場してくる人物名や、主人公の年齢、境遇などは、芥川の年譜的事実に符合しており、多少の潤色が加えられていたとしても、内容的にはほぼ事実に近かったのではないかと思われる。(注4)

ただ、こうした「VITA SEXUALIS」は、従来の研究者からは、なぜか殆ど無視されている。その主な理由としては、「VITA SEXUALIS」が作品として完成されていない、という点に求められるようである。以下の記述を見てみよう。

> これは芥川龍之介が森鷗外のVITA SEXUALISにならって認めた自分の性への芽ざめの記録である。令甥、葛巻義敏氏によると、芥川は大正一年、二年ごろに及ぶまでの性の記録を幾冊ものノートをして記していたが、大正一五年の夏、ここに発表する一冊（幼年時代より中学二年まで）を除いて、自からの手でことごとく焼きすてたという。芥川がこのノートを素材として作品VITA SEXUALISを執筆することを意図していたかどうかそれは不明である。
>
> ――「文学」（昭和四十一年六月）

> 幼稚園の頃から中学二年頃までで《ママ》、だんだんと性欲的なものに興味と関心を強くしていくことが淡々と書かれている。性欲を対象としながら醜悪的、露悪的になってはおらず、また性から恋や愛を思うという内容でもない。森鷗外の『ヰタ・セクスアリス』や堀辰雄の『燃ゆる頬』のように、性の歴史とか物語としてのはっきりとした形をとっているものでもない。断片的ノートである。
>
> ――「芥川龍之介主要作品ノート」（『批評と研究　芥川龍之介』芳賀書店、昭和四十七年十一月）四百八頁

ここで「芥川がこのノートを素材として作品VITA SEXUALISを執筆することを意図していたかどうかそれは不明」とか、「断片的ノートである」と説明されているように、「VITA SEXUALIS」は、いわゆる作品としては、未完成な「断片的ノート」として扱われてきたのである。そして、そのような理解が「VITA SEXUALIS」の研究的価値を落としている要因の一つとなっているようでもある。

しかし、「VITA SEXUALIS」を単なる未完成な「断片的ノート」として片付けてしまってよいものなのだろうか。確かに本作は断片的なエピソードが、時間軸に沿って配列されただけのもので、その点、草稿ノート類の資料のようにも見える。しかし断片的な記述を並べて全体を構築していくという手法は、この当時流行したゴンクール兄弟の作品などにも認められるものであり、芥川自身、後年「保吉の手帳から」（初出「改造」大正十二年五月）や「大導寺信輔の半生」（初出「中央公論」大正十四年一月）などで断片式記述法を用いている。断片的であることが直ちに草稿ノートとなるわけではないのである。

また「性の歴史とか物語のはっきりした形を取っているものでもない。」ともあるが、後述するように「VITA SEXUALIS」は、主人公の「性」に対する認識や、周囲との「性」関係の次第に変化していくプロセスは、しっかりと描かれており、断片式の記述ではあるが、幼少時から中学二年時までの「性」にまつわる記録としての形は備わっているといえる。

いずれにせよ、このような事情も踏まえて、本稿では「VITA SEXUALIS」を単なる「断片的ノート」として切り捨てるのではなく、それなりの完成度を備えた習作として考えてみることにしたい。もっとも、本作をそのようなものとして扱うことは、芥川の小説スタイルの生成過程の問題を考察するうえで有意義でもある。すでに本書の序でも述べてあるように、芥川の初期習作は「老狂人」や「死相」、「大川の水」のように、叙情的・感傷的なスタイルで書かれた散文詩的なものから、「ひよつとこ」「羅生門」「鼻」と時代を下るにつれて、しだいに理知的・分析的な小説的スタイルへと変容していく傾向があるが、「VITA SEXUALIS」は、そのように芥川の作風が変容していく過渡期に書かれており、その表現様式確立の影響関係を考える上でも重要なのである。本章はこうした問題も視野に入れた上で、「VITA SEXUALIS」における表現をめぐる問題や、またこのような本作にいかなる読みの可能性が秘められているのか、という問題について考察する。

二、換喩的文体

二―一、換喩的レトリック

前章でも述べたように、本稿は「VITA SEXUALIS」をそれなりの完成度を備えた習作と捉え、主にその表現的特質について考察していくものであるが、こうした本作を読むにあたって、まずはその文体的特徴についての確認から始めてみたい。

さて、そのような観点に立って「VITA SEXUALIS」を眺めた時に、一読してすぐに眼につくのは、その夥しいアルファベット表記の数である。一つ例をあげてみたい。

女は目をつぶつて眠つたやうになつてゐるが　男は目をあいてしかも口もとに微笑を含んでゐる　Zeugungsgeschäft の愉悦を具体的に表したものであらう　次は眉を落した年増が立膝をして煙草をのんでゐる所である　白地の浴衣の前がはだかつてそこから Schamrinne を見えてゐる　最後のは一面に大きく Schamrinne を描いて其前へ手が出してある　Schamrinne を女自身がいぢつてゐる所か又は男が戯れてゐる所か　一寸見当がつかない　自分は幼い時はよく母や叔母につれられて女湯へ行つた　従つて　子供は大人と違つて Schamrinne に haar がない事はしつてゐる　子供の Schamrinne が唯腹から足につゞく間に一

すぢの縦の裂口を存するだけなのをしつてゐる　しかし大人のSchamrinneは黒いShamhaarの外に何も見た事がない　そこでこの絵を可成な好奇心で熟視した　しかしこれに甚しいexagerationが施してあると云ふことは　一度もそれを見た事のない自分にも感ぜられる位明な事であつた　けれども白い陰阜と紅の陰核とそのまはりのhaarとに施されたexagerationは反つて人を挑発せしむるeffectに富んでゐた　自分はこの絵を何度もはじめから繰反して見ながら　そつとSchamgliedをいぢつた

ここに見られる夥しいアルファベットの表記は、森鷗外「ヰタ・セクスアリス」でも用いられているドイツ語であり、おそらく鷗外テクストからの援用と思われる。語の意味は、それぞれ「Zeugungsgeschäft」（生殖行為）、「Schamrinne」（陰部）、「haar」（陰毛）、「exageration」（誇張）、「Schamglied」（陰茎）で、内容の際どい箇所は、すべてこのようなアルファベットで表記されている事がわかる。

海老井英次は、こうしたアルファベット表記には、内容をカモフラージュするような機能があると述べている(注5)が、これは正しい指摘であろう。実際、この当時のわが国におけるドイツ語の普及率を調べるまでもなく、一読してこれらのアルファベット表記を解読できた者など、ほとんどいまい。これは一種の伏字のようなものであり、前後の因果関係から意味を類推させるレトリックなのだといえる。

もっとも、このように際どい内容を文脈（前後の因果関係）によって類推させるという書き方は、何もアルファベット表記だけにとどまるものでもない。他にも、たとえば以下のような描写も、一種の類推の上に成り立つレトリックといえる。

木版の鮮な色彩がまづ眼にはいつた　それから妙な姿勢をとつてゐる　男女のゐるのがわかつた　男は髷に

結つてゐたやうに覚えてゐる　細い白い delicate な手や足のもつれあつてゐるのが此絵に非常な複雑した感じを与《ママ》つたやうな気がした　自分は単なる curiosity に釣られてもつとよく見やうとした　さうすると傍にゐた他の雇人が「馬鹿野郎　そんな絵を小供に見せるもんぢやあない」と云つてひつたくつてしまつた　その時に陰部などに殆　注意しなかつたのは事実である　唯極めて朧げな交接と云ふやうな概念が頭のどこかへ流れこんだのにすぎない

ここでは「鮮な色彩」と「妙な姿勢をとつてゐる」男女の姿態の木版画が描写されているが、これがエロティックな内容の画である事は、この後の語り手の説明（「朧げな交接と云ふやうな概念が頭のどこかへ流れ込んだ」など）を見ても明らかであろう。もっとも、このような描写は、前後の因果関係だけでなく、絵画の部分的描写や雇人の部分的な台詞によって（エロティックな画の）全体を類推させる表現ともなっている。

このように「VITA SEXUALIS」には、伏字（アルファベット表記）を用いて、文脈（前後の因果関係）で意味を類推させたり、絵画や台詞などの部分的な描写で全体を類推させたりする、という修辞的技法が多く用いられているが、かかる技法は言語学では換喩《メトニミー》とよばれる比喩法になる。この換喩《メトニミー》というのは、一般的には「隣接性」に基づく比喩の事とされ、「部分-全体」（あるいは「入れ物-中身」）、「原因-結果」で物事を類推させる修辞の事をいう。たとえば「一本の木や枝の様子を記述して武蔵野の落葉林全体の様子を言い表すのは『全体-部分』または『入れ物-中身』という『隣接性』に拠った換喩」であり、また「木の葉がそよぐのは微細な風が動いたことを、林の中がぱっと明るくなるのは雲間から陽光が差したことを表す［原因-結果］の換喩」とされる(注6)。「VITA SEXUALIS」における描写もまた、見てきたように断片式の記述や、絵画や台詞の部分的な描写で全体を類推させたり、前後の因果関係（文脈）で、物事を類推させたりしているから、この換喩《メトニミー》的な表現が多く用いられているという事になる。

二―二、隠喩的文体から換喩的文体へ

前節では「VITA SEXUALIS」が、換喩《メトニミー》的レトリックを多く用いている事を指摘したが、ここで想起されたいのは、こうした換喩《メトニミー》を隠喩《メタファー》と並ぶ修辞の二大概念と位置付けたR・ヤーコブソン「言語の二つの面と失語症の二つのタイプ」（『一般言語学』川本茂雄監修、みすず書房、昭和四十八年三月所収）の主張である。

ヤーコブソンは同論のなかで、失語症の研究から言語構造に二つの軸がある事を指摘し、一方を「換喩（構造）」、もう一方を「隠喩（構造）」であるとした。ここで換喩《メトニミー》と対置せられている隠喩《メタファー》というのは、「もともと結びつかないものを類似性の発見によって結び付ける」修辞の事で、たとえば「眼前の犬吠崎を、それとは別の意味体系」の風景に見立てたり、「想像力によって眼の前にあるものの意味を全て書き換え」たりするものをいう。(注7)――いわば、換喩《メトニミー》が同一文脈での「話線に沿っての語と語の結合」（シンタグム）という軸に沿って「原因―結果」「部分―全体」と類推させていく比喩であるとすれば、この隠喩《メタファー》は文脈の異なる語と語を類推によって結びつけるという「代置・範列」（パラディグム）の軸に基づいた比喩という事である。(注8)

そして、ヤーコブソンの論は文学テクストの言語構成まで、このような「換喩《メトニミー》型」と「隠喩《メタファー》型」の大きく二つに分類しようとした所にその特徴がある。以下、その分類を紹介してみよう。

たとえばロシアの抒情歌では隠喩的構造が支配的であり、英雄叙事詩では換喩的方法のほうが優勢である。

詩においては、これらの交替要素の間の選択を決定する動機が、いろいろある。ロマン主義と象徴主義の文学流派での隠喩的過程の優位は繰り返し認められてきたが、ロマン主義の衰退と象徴主義の擡頭との中間段階に属して、両者に対立する、いわゆる〝写実主義的〟傾向の根底にあり、これを実際にあらかじめ決定するものが換喩の優勢性であるということは、まだ十分に認識されていない。写実主義の作家は隣接的関係をたどっていき、すじから雰囲気へ、人物から空間的・時間的な背景へと、換喩的に離脱していく。（四十頁）

ここでヤーコブソンは、抒情詩、ロマン主義、象徴主義においては、隠喩《メタファー》が優位であり、英雄叙事詩、写実主義などにおいては、換喩《メトニミー》が優位であると分類しているが、このような分類に従えば、換喩《メトニミー》が多く用いられている「VITA SEXUALIS」は、詩や象徴主義ではなく、小説や写実主義に類似した言語構造を持っているという事になる。（注9）

冒頭でもすでに確認したように、この当時、芥川の初期の表現スタイルは、感傷的・抒情的なものから、次第に理知的・分析的なそれへと移行していくプロセスを持っていたが、そうした芥川の作風の変化もまた、ヤーコブソン的に「隠喩《メタファー》型」の抒情的（詩的）な構造から「換喩《メトニミー》型」の叙事的（小説的）なそれへの移行と読みかえる事も出来るのではないだろうか。

実際、「VITA SEXUALIS」よりも前に書かれた「大川の水」（明治四十五年執筆）などは、典型的な「隠喩《メタファー》型」のスタイルになっているのである。以下、その本文を見てみよう。

> 大川の流を見る毎に、自分は、あの僧院の鐘の音と、鵠の声とに暮れて行く以太利亜の水の都――バルコンにさく薔薇も百合も、水底に沈んだやうな月の光に青ざめて、黒い柩に似たゴンドラが、其中を橋から橋へ、夢のやうに漕いでゆく、ヴエネチアの風物に、溢るゝばかりの熱情を注いだダヌンチヨの心もちを、今更のやうに慕はしく、思ひ出さずにはゐられないのである。

ここでは、大川の風景が「ヴエネチアの風物」に代置されている。このように眼前にある風景が、別の風景（「ヴエネチア」や、「ダヌンチヨ」に代表される西洋的なイメージ）へと、翻訳・転移されていく事――事物が連想や関連によって「いま・ここ」とは別の文脈に移しかえられていく事が隠喩《メタファー》なのであり、それは「VITA SEXUALIS」のように「話線に沿っての語と語の結合」という同一文脈のなかで――原因から結果を類推させたり、部分で全体を表したりする換喩《メトニミー》とは異なる修辞なのである。

もちろん、こうした隠喩的な特徴は「大川の水」にのみ限った事ではない。たとえば「ロレンゾオの恋物語」（大正元年頃執筆）や「寒夜」（明治四十年頃執筆）などの初期習作も、マンドリンの調べにのせて「伊太利亜の夢」へと想像力を飛翔させたり、日本の部屋の情景を西洋的なそれに類推させたりする隠喩《メタファー》的な修辞が多く用いられており、「死相」（明治四十二、三年頃執筆）なども、生命を向日葵に象徴させるといった隠喩《メタファー》的な技法が特徴的に用いられている。

いずれにせよ、「大川の水」をはじめとする初期習作から、その後の「VITA SEXUALIS」にかけて構造変化があるとすれば、それは隠喩《メタファー》中心の修辞から換喩《メトニミー》中心の修辞的スタイルへの変化であった、ということができるだろう。そして、こうした言語組成上の変化は、それまで「死相」や「大川の水」などにおいて、自身の感情を詩的に描出するだけであった芥川の作風が、「VITA SEXUALIS」においてストーリーラインとテーマ性を備えた小説的な文体へと移行しつつあることを表している。では、そのような「VITA SEXUALIS」とは、どのような小説として読めるのであろうか。以下、本稿は内容レベルに踏み込んで、その読みの可能性を探ってみたい。

三、「VITA SEXUALIS」読解

三－一、異化される「性」

前章では「VITA SEXUALIS」の言説が換喩《メトニミー》に比重が置かれており、それが「話線に沿っての語と語の結合」――「部分-全体」「原因-結果」へと隣接していく小説的な文体になっている事を確認したが、こうした本作における表現の特質についてより深く考察するため、ここでは「VITA SEXUALIS」の内容的レベルにも踏み込んで、その読解を行ってみることにしたい。

さて、「VITA SEXUALIS」の冒頭部は、まず幼少期の「性」にまつわる記憶から始まる。その後、「幼稚園」→「尋常二年頃」→「尋常二三年」といった具合に時系列に沿って展開していき、しだいに主人公の性的知識が完成されていくプロセスを持っている。そして、そのようなストーリーの軸において、語り手は当初「性」について何も知らない「自分」が、その無知を他人からからかわれたり（岡部という書生にからかわれたりするエピソードなど）、「性」の知識を他人に教わったりするという話（本間と遊戯（Omanko）するエピソードや本間の兄さんから「obscene picture」を見せられるエピソードなど）を伝えている。

もっとも、ここで注意したいのは、語り手がそのような「自分」の過去の出来事を語るに際し、必ずしも批判を加えたり、反省を加えたりしているわけではないという事――むしろ、そのような過去の無知な「自分」に寄り添うような立場から過去の出来事を語ろうとしている事である。以下、その一例を挙げてみよう。

其時同じ三の組に藤田と云ふ女の子がゐた　黄八丈の袂の長い着物を着て白粉を濃くつけてゐた　今から考へると　余り容貌も美しくない　何方かと云へば丸顔で　其上まるで表情のない顔であつた　どう云ふもの

> だか自分にはこの女の子がなつかしかつた　其癖一度も口をきいた事はない　唯　顔を合はすだけである　そして殊に寝るときにこの女の子の事を考へて寝るのが　愉快であつた　自分がこの女の子に対して抱いた感情には殆性欲の分子を含まないと云つてもい丶　唯淡い意識の下に微な性欲の萌芽を感じただけである
>
> 尤もこれと同じやうな感情を抱いた女の子は　まだ外に二人ゐる　二の組の時は竹村と云ふ子がそれであつた　これは紺飛白の派手な単衣を着て赤い帯をしめた姿を一番はつきり覚えてゐる　瓜実顔のやつぱり　あまり美しい女の子ではなかつた　幼稚園を出る少し前には小池と云ふ厩橋あたりの医者の娘がすきであつた　丸顔の色の黒い　眉の間に黒子のある　組中での御転婆で今から考へるときはめて　肉的な表情を持つた女であつた　そして自分も亦一番最後にすきになつたゞけに――他の二人がすきになつた時よりも自分が年をとつてゐたゞけに――此女の子に対して抱いた感情の中には　可成性欲が鮮に動いてゐたやうに思はれる

ここで語り手（現在の私）は、「今から考へると…」「どう云ふものだか…」（傍線部）などといった形で物語に介入しているが、その介入の仕方は過去のあり方に対する批判や反省を加えるものというより、むしろ過去の曖昧な記憶や意識を呼び起こすためのものになっている。いわば、語り手は過去の自分の立場に寄り添い、その記憶や自身の感覚、意識を掘り起こしていく作業を通じて、それだけ過去の自分のあり方を正確に捉え直そうとしているのである。

　この事が重要なのは、そのように語り手（現在の私）が「性」の出来事を、無知な子供（過去の私）に寄り添うようにして見つめ直していく事で、「性」にまつわる行為や心理もまた、通常のそれとは異なった形に見えてくるという効果が生まれるからである。たとえば、以下のような描写を見てみよう。

本間がうちへ遊びにきて　奥の八畳で木馬にのつたり玩具の刀で戦つたりして遊んでゐた　そのうちに本間がふいに「君 Omanko をしないか」と云ひ出した　自分はそれが何んな事だかしらないながら何となく悪い事のやうな漠然とした感じが頭に浮んでゐたので「いやだ」と云つて断つた　さうすると　本間はしばらくたつて又「君 Omanko しないか」と云ひ出した　自分は又「いやだ」と断つた　本間はそれから十分ばかり「いゝぢやないか　いや？　え　いゝぢやあないか」とつゞけさまに勧誘した　自分もとうとう根まけがしたので　漸く「うむ」と生返事をすると本間はすぐ快諾したのだと思つて「ぢやあ玄関へ行かう」と云つた（略）本間は自分の腿の上に腰をおろして　Omanko をした　二人の Zeugungsglied が接触するのである　本間は何度も「あゝ　いゝ心もちだ」と云つた　自分は僅に触覚の淡い快感を感じたのにすぎない

これは「自分」が本間と遊戯（Omanko）した時の回想である。もちろん「現在の私」は、この遊戯が何を意味する行為なのか知っているが、「過去の私」は「それが何んな事だかしらない」。しかし、ここでは「現在の私」は、そうした「過去の私」（無知な子供）に寄り添う事によって、この性行為を、既知ではなく未知のものとして、あるいは不可思議ともいえる動物的な衝動として、生々しく見つめ直そうとしている。

このように通常とは異なった視点から語ることで、事物や行為をはじめて経験したかのように、新鮮にいきいきと描き出す手法を「異化」という。この「異化」という手法は、M・オクチュリエ『ロシア・フォルマリズム』（桑野隆・赤塚若樹訳、白水社、平成八年二月）によれば、「事物ならその名前で呼ばずに、あたかもはじめてそれをみるかのように描写し、出来事なら、それがはじめて起こっているかのように描写する」ことであり、かようにして見慣れた風景を見慣れない風景に変える技法の事であるという。

「異化」の原語であるオストラニエーニエというロシア語は、元々「脇にどけておくこと」というほどの意味で使われる言葉である。すでに日常・実用の言葉という〈制度〉に絡めとられてしまった大人の目には、変わり映えのしない、退屈な風景としてしか映らないものを、あたかも言葉を獲得しつつある子供が見るように、普段見慣れた場所からずらして置き直すようにして、「見慣れないものにする」、「いきいきとした不思議に満ちたものにする」効果が「異化」であるといっても良い（注10）。

こうした手法は「VITA SEXUALIS」の描写にもあてはまるのではないか。本作の語り手は、過去の子供の自分の視点と、完全に一体化しているわけではないが、見てきたように「異化」の技法を用いることによって、過去の体験を「見慣れないもの」として捉え直そうとしているのである。

もちろん、それだけではない。本作の語り手は、他にも「道徳」や「貞操」といった、我々にとって見慣れた日常的観念も括弧にくくった視線で「性」を眺めているが、これもまた「制度にからめとられた大人」の視線を「異化」（非日常化）する効果を持っている。

ともあれ、「VITA SEXUALIS」では、このような「異化」された視線（無知・非道徳な視線）を通じた観察が、人間の「性」の営みを「見慣れないもの」「不思議に満ちたもの」として――もっといえば、まるで動物的な性的衝動であるかのようなものとして――「現在の私」の位置から生々しく捉え直されているのだという事を、ここでは確認しておきたい。

三―二、新生する「私」

さて、すでに本稿で何度か指摘しているように、「VITA SEXUALIS」は、それまでの「老狂人」や「大川の水」などのような描写とは異なったレトリックが用いられている。それは具体的には換喩《メトニミー》であり、とりわけ部分から全体へ、原因から結果へと類推させていく手法である。そして、前節で紹介した「異化」の手法もまた、こうした換喩的手法の延長にあるものである。すなわち、語り手はしばしば何も知らない子供（無知、非道徳）のような立場に立ち、性的好奇心に基づいてOmankoとは何なのか？「ほる」とは何か？——などという情報を、因果関係をたどるように探求し、また観察する際も、足先から太腿へ、太腿からSchamrinneへ、と隣接的にたどりながら眺めていく。いわば、そうした換喩的な期待に沿いながら、人間の「性」の営みを非道徳的で見慣れない動物的衝動のようなものとして、現在の地点から生々しく捉え直していく（「異化」していく）のである。

もっとも、「過去の私」はいつまでも無知なままではない。既に述べてあるように「VITA SEXUALIS」のストーリーの特徴は、主人公の性的知識が確立されていくところにあり、〈無知から知へ〉という同一主題のエピソードが何度か繰り返されるところにある。たとえば、物語の冒頭、「自分」は熊ちゃんから春画を見せられるが、これによって「極めて朧げな交接と云ふやうな概念」を知り、その後、幼稚園での気になった女の子の話に移るが、そこでは「微な性欲の萌芽を感じた」事を知る。さらに本間との遊戯（Omanko）によって、「触覚の淡い快感」を知り、大野さんに「obscene picture」を見せられ「Sexual Intercourse に愉悦が伴ふと云ふ事」を知る。——このような〈無知から知へ〉という主題の反復は、「自分」の「Schamglied」が「一人前」になる中学時代まで繰り返される。

そしてまた、このように性的知識が増幅していくにつれて、しだいに「自分」（過去の私）が、他者に対して積極的に働きかけていこうとする傾向も見られる。たとえば、以下のような文章を見てみよう。

> する丈のことはしてしまつたので　人のゐない教室で二人は地理の本を出して一緒に絵を見てゐた　肩と肩

とをくつつけて本を見てゐるうちに　自分は豊永と二人で人のゐない教室にゐると云ふ事をせつない程明瞭に意識した　さうすると豊永の手がにぎりたくなつた　手をとつた　しつかりと抱きたくなつた　しつかりと抱いた　頬ずりか《ママ》したくなつた　頬ずりもした　まだそれ以上の事がしたくつてたまらなかつた　二人とも袴をはいてゐる　自分の袴の下では　嘗つて記憶しない程　Schamglied が強く勃起した　自分は殆「Omanko をしやう」と口へ出して云ふ所だつた　丁度その時に始業の鐘がなつた　それから五分たゝないうちに生徒が皆列をくんではいつて来た　自分は残惜しいやうな気がした　これが嘗て　Sodomy と云ふ事を知らずにゐた自分が　自然に発した Sodomy の情である　勿論其時は　又その後もしばらくの間は Sodomy が如何にして行はるべきものか　と云ふ事を知らなかつた

自分が豊永に求めたのは　本間の教へた Omanko であつた

ここでは前半部とは異なり、他者に対して積極的・能動的に働きかけている「自分」の存在が確認される。すでに見てきたように、「自分」（過去の私）は幼少時において、その「性」の知識を周囲の大人から教わったり、同級の子から遊戯を施されたりする受動的な存在であったが、「性」知識の吸収とともに、しだいに他者に対して積極的な姿勢を示すようになり、豊永や湯浅と性交渉しようとしたり、高という下女の Schamrinne を覗いたりなど、他者との性的関係において優位に立つようになっていくのである。

もっとも、ここで注意したいのは、このような「自分」に何らかの成長が認められるとしても、その成長は必ずしも道徳や貞操の発達とは結びついていないという事である。語り手は道徳や貞操については、最後まで括弧にくくっており、語り手（現在の私）の「性」に対する認識は、最後まで「異化」されている。従って「過去の自分」も性的知識の増幅とともに、まるで性欲以外のことを考えていないかのような危険な（あるいは、非日常的な）人物へと成長していくかのように語られる（「異化」される）。

フォルマリストのV・シクロフスキーは、「異化」された視点（日常とは異なった視点）で世界を見つめ直していく事は、自動化され、活力を失ってしまった我々の日常的な知覚や感性に活を入れ、世界の意味を新しく再生させる効果があると述べているが、(注11)「VITA SEXUALIS」の語り手もまた、単に過去を回想しているだけではなく、幼少時の「異化」された立場から自己の「性」を捉え直していくことによって、犯罪的な性欲に興奮したりするような人物へと「自分」を導いてゆき、「現在の自己」の「性」の認識を新しく書き換え、これを更新させているともいえるのではないか。――その意味で「VITA SEXUALIS」は単なる過去の回想小説ではなく、「〈制度〉に絡めとられてしまった大人」の語り手が「現在の自己」の「性」意識を再生させる物語であった、といえるのかもしれない。

四、むすびに

以上、本章では芥川龍之介の初期習作「VITA SEXUALIS」を取り上げ、本作における「換喩（構造）」に注目して、その言説構造の問題を中心に分析した。見てきたように、「VITA SEXUALIS」は過去から現在に向かって展開していく構成となっており、主人公が性的に無知の状態から、知を獲得するという同一主題のエピソードを、形を変えて何度か反復するという物語になっていた。本作では「自分」（過去の私）がそのような性的知識の獲得とともに、他者に対して能動的に働きかけていく人物へと成長していくが、それと共に語り手は「異化」された視点から自身の「性」の歴史を描く事で、「現在の私」の「性」のあり方をも新しく更新させているのではないか、という事であった。

さて、最後に再び強調しておきたいのは、このような「VITA SEXUALIS」におけるレトリックの特徴――

すなわち、同一文脈のなかで展開を期待させる換喩《メトニミー》的な表現技法や、「異化」の技法を用いて写実的に描写する表現法――が、それ以前の芥川文学における隠喩《メタファー》的な様式からの変化を齎すものともなっているという点である。この事が発話主体の思考様式のあり様とも相即した問題を含んで重要であるのは、たとえば中村雄二郎の以下のような説明にも表れていよう。（注12）

…夢と欲望についてもう少し見ておくと、人間の欲望は単なる生物学的欲求ではなく、それ自身言語的に構造化されている（J・ラカン）。そして欲望は、言語的な意味の連鎖をとおして欠如した対象に向けられるから、なんらかのかたちで充たすことのできる欲望は換喩的である。それに対して、充たされない欲望が生み出す夢や妄想や幻覚は、現実へのはけ口を失って類似関係のうちに固着するから、隠喩的である。そして、ここから、一般に科学は人間の営みとして、原因によって結果を代置し現実の事物の関係を明らかにするから換喩的であり、反対に芸術は、現実界と異なる想像界にあって、互いに類似し連想されるものが選択され、重ね合わされるから隠喩的である、ということにもなる（レヴィ＝ストロース）。つまり、一般的にいえば科学は換喩的、芸術は隠喩的であるが、その芸術のなかにさらに隠喩的なものと換喩的なものがあるわけである。

ここで中村は、換喩が「原因によって結果を代置し現実の事物の関係を明らかにする」から科学的な認識であり、一方の隠喩は「現実界と異なる想像界にあって、互いに類似し連想されるものが選択され、重ね合わされる」から芸術的な認識であると述べているが、このような「隠喩／換喩」の違いは、もちろん芥川の作風の違いにも表れてこよう。

すなわち、「VITA SEXUALIS」のような換喩《メトニミー》的な描写中心のスタイルの場合、同一文脈のなかで「原因−結果」「部分−全体」と隣接していくので、描写が現実を離れず、事物の関係を明らかにしていくという科学的な認識法に近い文体となるが、それ以前の習作（「老狂人」「死相」「大川の水」など）における隠喩《メタファー》的な描写の場合、眼前の事物を、想像力を駆使する事によって別の事物に転移したり、代置させたりする（たとえば、老狂人の後姿に人間の宿命の歎きを象徴させたり、大川の風景をイタリアのそれに代置したり、命を向日葵に象徴させたりする）ので、発話主体の想像力によって描写は現実を離れ、夢や妄想や幻覚へと移行してしまうのである。

その意味で「VITA SEXUALIS」の表現は、芥川の初期習作が夢や妄想のような詩情的色彩の強い初期のスタイルを脱して、しだいに事物の因果関係や呼応関係を明らかにしていくような理知的・分析的な小説スタイルへと移行していく過程の一側面を表すものとして、位置づけられるのである。冒頭でも述べたように、本作は森鷗外「ヰタ・セクスアリス」の影響下に成立しているが、そのような鷗外テクストの文体や構成などを模倣しながら、芥川の初期習作は写実的なスタイルを吸収していったのであろう。これまで「草稿」だとか「断片的ノート」だとか、いわれてきた本作であるが、見てきたように本作は主人公の「性」に対する認識や周囲との関係性の変化していくプロセスがしっかりと描きこまれており、小説としての首尾結構は必ずしも整っていないとは言い切れない。その表現描写や修辞的技巧をめぐっては、なお看過できない問題が多く含まれているのである。

注1　「大川の水」が荷風や白秋の強い影響下に成立していることは、第一章でも指摘した通りである。文献については、第一章の注1を参照されたい。

2　「老年」が、森鷗外「百物語」や永井荷風「冷笑」などの影響関係の下に成立していることは、工藤茂「芥川龍之介『老年』考―森鷗外『百物語』の影」（「国学院雑誌」昭和五十七年九月）や、榎本勝則「芥川龍之介の『老年』をめぐって」（『日本文学研究』昭和五十三年一月）などに指摘がある。

3　「VITA SEXUALIS」が、「ヰタ・セクスアリス」の影響下に成立していることは、葛巻義敏編『芥川龍之介未定稿集』（岩波書店、昭和四十三年二月）や、「文学」（昭和四十一年六月）の解説でも指摘されている。

4　たとえば、「其頃はまだ牛小屋があつたし　配達と牧夫とを合せて雇人の数も随分多かつた」というのは、芥川の実父、新原敏三が営んでいた牛乳販売店耕牧舎のことをさしているといえるし、「父は小さな銀行の取締役をしてゐた」というのも、明治三十一年五月、養父芥川道章が東京府依願免官の後、「銀行などに関係した」（宮坂覺編『芥川龍之介全集総索引　付年譜』岩波書店、平成五年十二月）という年譜的事実に符号する。ほか「ほり」のエピソードに登場する「上滝」というのは、上瀧嵬。尋常二年頃から「National Reader の一と千字文とを習ひに行つた」エピソードに登場する「大野さん」というのは、大野勘一。「阿父さんは一中節の師匠」というのは、大野勘一の父、宇治紫山の事を指していると思われる。実際、明治三十二年七月に、芥川は「一中節の師匠（宇治紫山）の一人息子大野勘一（東京府給仕、龍之介より七つ年上）に、英語、漢文、習字を習いに相生町（現、墨田区両国）に通」っている（宮坂前掲書）。

　また、「VITA SEXUALIS」が事実に基づいているらしい事は、後の「SODOMY の発達（仮）」の冒頭部において、「自分自身の事実に多少の粉飾を加へるのが前の VITA SEXUALIS と違つてゐる点」と述べられている事にも表れている。

5　『芥川龍之介資料集「解説」』（山梨県立文学館、平成五年十一月）に、「かなりきわどい内容が外国語でカモフラージュされ」ているとある（八十五頁）。

6　永井聖剛「『無技巧』の修辞学的考察—田山花袋の文体練習と修辞学の動向をめぐって」（『自然主義のレトリック』（双文社、平成二十年二月所収→初出「愛知淑徳大学論集—文化創造学部篇」平成十八年三月）百五十三頁

7　永井前掲論、百四十七頁

8　換喩《メトニミー》と隠喩《メタファー》が、統合関係《シンタグム》と連合関係《パラディグム》の系と、それぞれ結びついていることは、中村雄二郎『共通感覚論』（岩

波現代選書、昭和五十四年五月）の以下の文でも説明されている。

統合《シンタグム》とは、まとまりのある言説を形づくる上での、話線に沿っての語と語との結合である。そこでは、直線的にまた不可逆的に並ぶ一つ一つの語は、それぞれその前にある語、あるいは後にくる語との対立＝関係によって価値をもつことになるのである。これに対して、第二のものは連合関係である。連合《アソシエーション》（注・パラディグムの事）とは、なんらかの共通性をもった語と語とが記憶のなかで類似や相反を形づくっているとき、その類似や相反によってなされる結びつきであり、それは意味によることもあれば、音によることもある。そして、われわれが発話において語を選択するところはこの連合関係のもとにある語群である。これは潜在的な記憶の系列＝体系であり、一種の記憶の宝庫をなしている。つまり、まとまりをもった言説を形づくるとき選択される一つ一つの語は、それぞれの背後に連合関係のもとにある語群をもっているわけである。（略）統合関係と連合関係はヤコブソンによってまず隣接関係と類似関係として捉えなおされた上で比喩の次元に移され、換喩＝メトニミーと隠喩＝メタファというかたちでモデル化されて、適用範囲の広い一対の概念となったのである。（百九十二、百九十三頁）

9　隠喩が詩的、換喩が小説的であることは、土田知則・神郡悦子・伊藤直哉『現代文学理論』（新曜社、平成八年十一月）の以下の理解に従った。

実はヤーコブソンは、言語学者および詩学者として活動を開始したきわめて初期の時点から、いわば直感的に、メタファーとメトニミーを、人間の精神活動の二大原理とみなしていた。文学ジャンルについても、たとえば詩はメタファー、散文（小説）はメトニミーを主導原理とし、また象徴主義の文学はメタファーの運動、写実主義の文学はメトニミーの運動を特徴とすると述べている。（七十四頁）

10　石原千秋ほか『読むための理論』（世織書房、平成三年六月）百六十五頁

11　V・シクロフスキー『散文の理論』（水野忠夫訳、せりか書房、昭和四十六年六月）が、「生の感覚を回復し、事物を意識せんがために、石を石らしくするために、芸術と名づけられるものが存在するのだ。（略）日常的に見慣

れた事物を奇異なものとして表現する《非日常化》の方法が芸術の方法」（十五頁）であると指摘している通り、「異化」の視点で眺めることは、日常的な世界を見慣れないものに変換し、新しく再生させる効果がある。

12　中村前掲書、百九十四、百九十五頁

第Ⅱ部　「羅生門」前夜

第Ⅰ部では、芥川の初期習作――主に「大川の水」と「VITA SEXUALIS」を取り上げ、そのレトリックの問題について考察した。見てきたように「大川の水」は、当時、流行していた印象主義などの影響を強く受けており、五感（視覚・聴覚・嗅覚・味覚・触覚）を用いた描写や隠喩的なレトリックによって、「人間‐自然」「観念‐感覚」「事象‐気分」などの様々な事項を結び付けていこうとする手法が用いられていた。

もっとも、このような「大川の水」は、いわば隠喩《メタファー》中心の文体になっていたといえるが、その後の「VITA SEXUALIS」では換喩《メトニミー》中心の文体になっていることが確認できた。すなわち「VITA SEXUALIS」以前の習作は、位相の異なる複数の事項を連想によって結びつける隠喩的文体が中心であったが、この「VITA SEXUALIS」では、同一文脈のなかで「原因‐結果」「部分‐全体」と隣接していくような換喩的文体に変容していることが確認できるのであった。

そして、こうした文体上の変化――すなわち隠喩《メタファー》中心の文体から、換喩《メトニミー》中心の文体への変化――は、芥川の表現スタイルが叙情的・感傷的な詩的スタイルから、次第に理知的・分析的な小説的スタイルへと移行していることを表しているという事であった。

ただ、見てきたような「大川の水」や「VITA SEXUALIS」の手法は、あくまで同時代的ムーブメントや、永井荷風、森鷗外のテクストからの強い影響を受けたものであり、基本的には、それらの表現スタイルを踏襲したものに過ぎないともいえる。

では、芥川独自の小説スタイルの生成は、いつからはじまるのかというと、それは大正三年五月に「新思潮」

において発表された「老年」からとなろう。芥川自身「処女作」とよんでいる本作では、それまでの習作には見られなかった三人称的なスタイルへの傾斜がみられるが、このような様式そのものの変化に伴って、その作風がさらに大きく変化していく事になる。実際「老年」以降、「ひよっとこ」「羅生門」「鼻」と、三人称的なスタイルのものが続けて発表され、それとともに、芥川の小説スタイルが、さらに理知的・分析的なものへと変容していくことが確認できるのである。

　ともあれ、ここでは人称の問題に着目して、「老年」以降、芥川文学が三人称的なスタイルへと傾斜していく過程を追う。――もっとも、三人称的といっても、芥川文学の場合、「ヨーロッパの神」のような「全知」の視点から語る三人称客観小説とは異なる方向で展開していくようである。以下、まずは「老年」の言説構造の分析から始めてみる事とする。

第四章　偽装された〈三人称〉

——「老年」における語りの構造——

一、はじめに

「老年」は大正三年五月「新思潮」において発表された小説である。内容は橋場の玉川軒という所で行われた一中節の順講の話。メイン・キャラクターは、その順講の場に参加していた房さんという一生を放蕩と遊芸に費やした隠居になる。もっとも、房さんはめっきり老いこんで、往年の面影はすでにないのであるが、参加者の小川の旦那と中洲の大将が、順講の間に退席し、小用を足しに行くと、猫を相手に口説いている房さんの姿が目撃された。そういう話になる。

さて、芥川自身はこのような本作を「処女作」と規定しているが、(注1)終生、加筆も修正も加えることはなく、単行本に収録された事もなかった。先行研究では「『羅生門』よりもはるかにすぐれた作品」(注2)などと評されたり、永井荷風「すみだ川」(初出「新小説」明治四十二年十二月)、「冷笑」(初出「東京朝日新聞」明治四十二年十二月-翌年二月)や、森鷗外「百物語」(初出「中央公論」明治四十四年十月)との関係をもとに分析されたりすることもあるが、(注3)概ね習作という見方をされる事が多く、作品を単体で論じた研究論文の数もさほど多いとはいえない。従って、処女作という重要な位置にありながら、これまであまり注目されてこなかった小説といってもいいだろう。

しかし、芥川の小説スタイルの生成過程という問題を考えてみた時、「老年」は芥川の作風が大きく変化していくターニング・ポイントにあたるものとして重要である。というのも、この小説以前に書かれた「老狂人」「死相」「大川の水」「VITA SEXUALIS」といった習作は、基本的にすべて一人称の形式になっており、主人公である「私」の視点から語られているが、本作以降の「ひよつとこ」「羅生門」「鼻」では、「私」以外の人物(平吉、下人、内供)を主人公とした物語に変化するからである。従って「老年」は、ちょうどそのように、芥川の小説スタイルが、一人称から三人称的な形式へと転換する時期に書かれているといえる。

ただ、三人称的な形式といっても、「老年」の場合は必ずしもそうとはいえない事情がある。先走っていってしまえば、この小説は三人称小説と呼ぶには躊躇われる表現となっており、そこに本作の表現上の特徴がある。以下、本章はそのような問題を踏まえた上で、「老年」における人称の構造について考察してみたい。

二、「老年」は三人称小説なのか

「老年」は、これまでの先行研究では、三人称形式であることが自明であるかのように論じられてきた小説である。

たとえば、工藤茂は「老年」の語り手が「登場人物を神の絶対的視点から全的に眺めている」(注4)として、本作が「局外」(全知)の視点から語られた三人称小説であると認識しているし、「老年」を太宰治「哀蚊」と比較した廣瀬晋也も「『老年』は三人称の語り」と述べている。(注5)また、今野哲なども「『老年』の語りの水準が物語世界の外に設定されていることは、一読して明らかである」と述べ、(注6)やはり工藤や廣瀬と同じような認識を示している。

しかし、「老年」をもって、そのように「局外」の視点から語られた三人称小説とする見方には疑問がある。というのも、もし「老年」が(「局外の語り手」による)三人称小説であるとすると、本作には説明のつかない矛盾や混乱が、いくつか確認されてしまうからである。たとえば、それは以下のような描写にあらわれている。

Ａ・隠居は房さんと云つて、一昨年、本掛返りをした老人である。（略）此頃はめつきり老いこんで、すきな歌沢もめつたに謡はなくなつたし、一頃凝つた鶯も何時の間にか飼はなくなつた。かはりめ毎に覗き覗きした芝居も、成田屋や五代目がなくなつてからは、行く張合がなくなつたのであらう。今も、黄いろい秩父の対の着物に茶博多の帯で、末座にすはつて聞いてゐるのを見ると、どうしても、一生を放蕩と遊芸とに費した人とは思はれない。

ここで「聞いてゐるのを見ると」とか「費した人とは思はれない」（傍線部）などとある事に注意したい。これが何者かの観察・推量表現である事はいうまでもないが、問題としたいのは、ここで現場を観察している主体は一体誰なのか――あるいは誰の視点から観察されているのか、という事なのである。

もし、これが話の文脈から、語り手の視点による観察・推量であるとすると、当然語り手は、この現場に居合わせているという事になってしまう。しかし、三人称（全知）小説という形式において、語り手が現場に居合わせて自らの知覚で物語るという事は、原則的にはありえない。たとえば、Ｆ・シュタンツェルは一人称小説と三人称（全知）小説の構造上の違いについて、以下のように定義しているのである。（注７）

…人格化された一人称の語り手と三人称小説の〈局外の語り手〉との基本的な相違は、語り手が物語の中の現実に、すなわち作中人物たちが生きる虚構の世界に属しているか、あるいは属していないかという事実によって決まることが定義された。この定義によれば、一人称の語り手は、自らの立場が肉体的・実存的に虚構の世界に固定されていることによって、三人称小説の〈局外の語り手〉と区別される。他の言葉で言うならば、一人称の語り手は、作中人物たちと同じ世界のなかで「肉体化された私」を意のままに操るのであり、一方、自分自身のことに言及するときには「私は」という言葉も口に出せる〈局外の語り手〉は、作中人物たちの住む虚構の世界のなかではもちろんのこと、その外側の世界でもそうした「肉体化された私」を自由にもてあそぶことはできないのである。

ここでシュタンツェルは、三人称（全知）形式と一人称形式のテクストの構造上の違いとして、語り手の肉体性の有無を取り上げている。すなわち、語り手が作中人物（もしくはその周縁にいる者）の位置にいて肉体性を備えていれば、それは一人称の形式となり、語り手が作品世界の外側に位置して肉体性を備えていなければ——たとえ人格化されていても——それは三人称の形式になるという事である。

こうしたシュタンツェルの定義に従うならば、先ほどの「今も、黄いろい秩父の対の着物に…」（引用文A、傍線部）の描写は、三人称（全知）の形式に反しているという事になるだろう。繰り返しになるが、三人称（全知）形式において、語り手が現場に居合わせて自らの知覚で物語るという事は、原則的にはありえない。しかし、この箇所では、「…を見ると」とか「…とは思はれない」（引用文A）などといって、語り手自身が現場に居合わせて観察・推量してしまっているのである。従って「老年」を局外の視点から語った三人称小説だとすると、この語り手は、作品世界の外側に位置しながら、同時に作品世界の内部に位置する人物でもある、という二つの分裂した形姿になってしまうのである。

もちろん、これは作中人物に焦点化する自由間接話法などといった技法とも異なるものである。なぜなら、もし引用文Aの観察・推量表現が、語り手ではなく、作中人物の知覚によるものであるとすると、今度は誰に焦点化して語っているのかが明らかにならない。つまり、その場合は視点の混乱が起こるのであり、結局は語りの破綻とよべるような事態を、ここでも承認してしまうことになるからである。

いずれにせよ、このように「老年」を三人称小説として読んでしまうと、説明のつけられない言説が認められてしまう。もっとも、こうした正体不明の一人称の言説は、この箇所だけに限ったものではない。本作では他にも、部屋の様子が「のぼせる位あたゝかい」と描写されたり、房さんの様子が「目ざませて行つたのであらう」と観察されたりして、しばしば正体不明な一人称の視点が、現場の状況や雰囲気を伝えている。こうした語りが、本作を「局外」（全知）の視点とみなした際に、言説に不整合性をもたらしてしまっているのである。

三、〈言表主体〉の位置

見てきたように「老年」は、芥川の作風が一人称から三人称的な形式へと転換する時期に書かれたものであるが、本作は三人称小説と呼ぶには躊躇われる表現となっていた。なぜなら、「老年」では語り手が現場に居合わせる登場人物のような視点で語っているケースが頻繁に認められるため、これを「局外」（全知）の視点から語った三人称小説とみなしてしまうと、言説構造の面に説明のつかない不整合性が認められてしまうのであった。では、このような語りに整合性を求めていくためにはどうすればいいのか——というと、そのためには、これまで自明とされてきた三人称（全知）小説としての枠組みをいったん外して、語り手が自らの知覚で描写することの可能な体制、すなわち一人称小説であるという解釈コードに即して読んでみることではないだろうか——いや、結論から先に言ってしまうと、「老年」の語り手は工藤や今野や廣瀬らのいうような、「局外」（全知）の視点から、この物語を語ってなどいない。この物語は実は最初から最後まで、一人称の視点から語られているのであり、作品世界のパースペクティブは、この現場に居合わせている者の視点によって決定づけられている。

そこで、「老年」が実質的に一人称小説の構造になっている事を確認するために、まずは「老年」の語り手が確かに現場に居合わせた人物（一人称）の視点から語っているという実存的根拠を証明することから始めてみたい。

作中における語り手の空間座標の特定については、K・ハンブルガーが指摘しているように、空間・時間を指し示す指示詞の存在が、有力な手掛かりを与えてくれる。彼女が述べるように、「叙事的フィクション」（三人称物語）においては、「あそこ」「ここ」「明日」「昨日」「右」「左」といった空間・時間を示す指示詞こそ、「わたし（語り手）」ではなく、「作中人物」の方位体系に関係づけられたものに他ならないからである。（注8）従って「老年」の語り手が、作品世界の外部にいるのか、内部にいるのか、といった問題も、時間・空間を表す指示詞が、作中人物の方位体系に基づいて構成されているのか、それとも語り手のそれによるものなのか、と測定していく作業と相即した問題を含んでいる。

さて、このような認識に即して考えてみると、たとえば本文のなかに以下のような描写がある。

B・房さんの噂はそれからそれへと暫の間つゞいたが、（略）これがすむと直、小川の旦那の「景清」になるので、旦那は一寸座をはづして、はゞかりに立つた。①実は其序に、生玉子でも吸はうと云ふ腹だつたのだが、廊下へ出ると中洲の大将が矢張そつとぬけて来て、

「小川さん、ないしよで一杯やらうぢやあ、ありませんか。あなたの次は私の「鉢の木」だからね。（略）」

「②私も生玉子か、冷酒で一杯ひつかけやうと思つてゐた所で、御同様に酒の気がないと意気地がありませんからな。」

そこで一緒に小用を足して、廊下づたひに母屋の方へまはつて来ると、どこかで、ひそひそ話し声がする。

ここで「母屋の方へまはつて来ると…」（二重傍線部）とあるが、これこそ語り手が現場に居合わせている人物

であることを指し示す、唯一の実存的根拠といえるのではないか。なぜなら、もしこの場面が、三人称の「局外」（全知）の視点で語られているとすれば、ここは（小川の旦那と中洲の大将の方位感覚となるので）「まわって行く」となる筈だからである。しかし、ここで「まわって来る」となっているのは、この二人が語り手の位置から、対象的に眺められているからに他ならない。――すなわち、語り手は今現在「母屋の方」に立っているのであって、前段の「房さんの噂はそれからそれへと暫の間つゞいたが…」（傍線部）以下の文は、この位置（母屋の方）から語り手が回想的に再現している叙述なのである。

従って、この「来ると…」という語は、「老年」の語りの言表主体の位置（「私」-原点）が、「作中人物（小川・中洲）」ではなく、「わたし（語り手）」にあるという事を意味しているのであり、語り手がストーリーの現場に居合わせる一人称の視点から語っていることを指し示す有力な根拠となるのである。

すると、なぜ語り手が「実は其序に、生玉子でも吸はうと云ふ腹だつた」（点線部①）という二人の心理がわかるのか、という理由も明らかになろう。そのすぐ後に「私も生玉子か、冷酒で一杯ひつかけやうと思つてゐた」（点線部②）とあるので、語り手は予め二人の心中を知っていたのである。だから「全知」ではなく人称の視点であったとしても、作中人物の心理に言及する事が出来るのである。

また、そのように考えていくと、その後の「二人とも空想には白粉の臭いが浮かんでいた」という心理への言及も了解できよう。もちろん、この箇所について、語り手が二人の心理をすでに知っていたという事を指し示す具体的な根拠はない。しかし「生玉子でも…」の件を見ても明らかなように、「老年」の語り手は、事実をそのまま伝えるのではなく、話を再構成して語っている。「老年」の語り手は、W・C・ブースがいう所の「信頼できない語り手」なのであって、過去を再創造する人物なのである。（注9）

いずれにせよ、「老年」の語り手は、作品世界の外側ではなく、ストーリーが展開される現場に居合わせた一人称的人物であるという事は確かであろう。物語はそのような人物の〈回想〉と〈実況〉の交互の交替によって構成されているのであり、またそうした一人称の解釈コードに即して読んでみた時、「老年」の言説は、はじめて整合性をもったそれとして立ち上がってくるのである。

四、肉体を持った幽霊

前節では「老年」が一人称の視点から語られている事の実存的根拠として、「…まはつて来ると」という文をあげた。これが作中人物ではなく、語り手の方位感覚を表していることから、「老年」は先行論者のいう、いわゆる「局外」（全知）の視点（三人称）によるものではなく、一人称（実存する語り手）の視点によって語られた物語である事を検証した。

ただ、ここで誤解されないように予め述べておくと、「老年」の語りを一人称とみなすと、これは通常の一人称のそれとは大分様相の異なったものにもなってしまうという事である。具体的にいえば、それは語り手の人物像にあらわれている。というのも、もし「老年」を一人称小説であるとみなすと、この語り手は、作中、他の人物からまったく認識されていないことから、いわば幽霊のような存在（しかも、この幽霊は肉体を持っている）になってしまう。また「隠居は房さんと云つて」とか「中洲の大将の話では」などと語っているから、この幽霊は作中人物とも少し面識のある人物らしい、という事になる。もちろん、そんな事は現実にはありえない。しかし「老年」を一人称小説であるとすると、語り手はまずそのような人物になるのではないかと思う。もっとも、この問題については、後でまたふれることにしたい。ここではまず、語り手をそのような人物とみなして、具体的な物語の読みに入ってみる事にしよう。

物語の冒頭、語り手は「一中節の尽講《ママ》があった」とまず報告する。その後「朝からどんより曇つてゐたが」↓

「午ごろにはとうとう雪になつて」→「あかりがつく時分には」というように、朝→昼→晩と時間の経過が回想的に思い出され、この語り手の今現在立っている地点が明らかになってくる。語り手はすぐ後に「二重にしめきつた部屋の中」を「のぼせる位あたゝかい」などと現在形で報告しているから、この語り手（肉体を持った幽霊）は、どうやら「あかりがつく時分」（いま）「二重にしめきつた部屋の中」（ここ）に、立ち会わせているらしいという事がわかるのである。

橋場の玉川軒と云ふ茶式料理屋で、一中節の尽《ママ》講があつた。

朝からどんより曇つてゐたが、午ごろにはとうとう雪になつて、あかりがつく時分にはもう、庭の松に張つてある雪よけの縄がたるむ程つもつてゐた。けれども、硝子戸と障子とで、二重にしめきつた部屋の中には、火鉢のほてりで、のぼせる位あたゝかい。人の悪い中洲の大将などは、鉄無地の羽織に、茶のきんとうしの御召揃ひか何かですましてゐる六金さんをつかまへて、「どうです、一枚脱いぢやあ、黒油が流れますぜ」と、からかつたものである。（略）この人たちの間では深川の鳥羽屋の寮であつた義太夫の御浚ひの話しや山城河岸の津藤が催した千社札の会の話しが大分賑に出たやうであつた。

座敷は離れの十五畳で、此うちでは一番、広い間らしい。籠行灯の中にともした電灯が所々に丸い影を神代杉の天井にうつしてゐる。（略）軸は大祇の筆であらう。黄色い芭蕉布で煤けた紙の上下をたち切つた中に、細い字で「赤き実とみてよる鳥や、冬椿」とかいてある。

この場面は語り手のいる座敷のなかが、今現在、一中節の始まる前の雑談で賑わっていることを伝えるものといえる。語り手は座敷の様子を「千社札の会の話しが大分賑に出たやうであつた」と語り、ほかにも「座敷は離れの十五畳で、此うちでは一番、広い間らしい」とか「軸は大祇の筆であらう」などと、部屋の景観を実況中継的に読者に向かって報告している（傍線部）。

こうした描写は、語り手の現在の状況を伝えるものであるが、もちろん現在形で語られる場面が、いつまでも続いていくわけではない。実際、その次の場面では、物語の現在（いま・ここ）が、微妙に移り変わったことを指し示している。

其前へ毛氈を二枚敷いて、床をかけるかはりにした。鮮な緋の色が、三味線の皮にも、ひく人の手にも、七宝に花菱の紋が抉つてある、華奢な桐の見台にも、あたゝかく反射してゐるのである。其床の間の両側へみな、向ひあつて、すはつてゐた。上座は師匠の紫暁で、次が中洲の大将、それから小川の旦那と順を追つて右が殿方、左が婦人方とわかれてゐる。其右の列の末座にすはつてゐるのが此うちの隠居であつた。

隠居は房さんと云つて、一昨年、本卦返りをした老人である。（略）中洲の大将や小川の旦那が、「房さん、板新道の——何とか云つた…さうさう八重次お菊。久しぶりであの話でも伺はうぢやありませんか」などと、話しかけても、「いや、もう、当節はから意気地がなくなりまして」と、禿頭をなでながら、小さな体を一層小さくするばかりである。

ここで「かはりにしていた」という現在状況を表す動詞ではなく、「かはりにした」（傍線部）という過去完了の形で語り始められていることには、注意しておく必要があるだろう。というのも、この一文は語り手が先ほどの状況から、少し時間を先回りした地点にいるという事を示唆しているからである。

では、語り手はどこへ行ってしまったのか、というと、続く文に「床の間の両側へみな、向ひあつて、すはつてゐた」（点線部）とあるから、どうも先ほどまで〈一中節の準備が整う前の様子〉を語っていた語り手が、ここでは〈一中節の準備が整った後の様子〉を語っているらしい、ということが明らかとなる。つまり、語り手は毛氈を敷いて皆がそれぞれの席についている時点まで、少し物語の現在（いま・ここ）をズラしたのである。

　このように、物語の現在が「それから、それから」という時間の流れに従って、いつの間にか移り変わっていく事は、「老年」における語りの特徴である。実際、その次の場面でも、語り手は再び何の予告もなしに、その位置（いま・ここ）を移し、それと同時に物語の現在も再び移り変わっている様子が確認できるのである。

　それでも妙なもので、二段三段ときいてゆくうちに、「黒髪のみだれていまのものおもひ」だの、「夜さこいと云ふ字を金糸でぬはせ、裾に清十郎とねたところ」だのと云ふ、なまめいた文句を、二の上つた、かげへかげへとまはつてゆく三味線の音につれて、語つてゆく、さびた声が久しく眠つてゐた此の老人の心を、少しづゝ目ざませて行つたのであらう。始めは背をまげて聞いてゐたのが、何時の間にか腰を真直に体をのばして、六金さんが浅間の上を語り出した時分には、（略）目をつぶつたまゝ、絃の音にのるやうに小さく肩をゆすつて、わき眼にも昔の夢を今に見かへしてゐるやうに思はれた。

　ここでは「六金さんが浅間の上を語り出した時分には…」とあるから、先ほどまで〈順講のはじまる前〉の状況を伝えていた語り手が、今度は一転して〈浅間の上が行われている最中〉の状況へと、物語の現在（いま・ここ）を移したのだとわかる。ここでの語り手の位置は定かではないが、「老人の心を、少しづゝ目ざませて行つたのであらう」「わき眼にも昔の夢を今に見かへしてゐるやうに思はれた」（傍線部）などと、現在形に近い形で推量している事から、「浅間の上」が行われている最中か、あるいはその少し後の地点から語っているのだといえるだろう。

さらに、その場面が終わると、語り手は再び時間を先回りする。彼は今度は「『浅間の上』がきれて『花子』のかけあひ」がすんだ後の、中洲の大将と小川の旦那が会話している時点（あるいは、その少し後の時点）に、その位置（いま・ここ）を移し、そこから二人の会話の内容を読者に報告しているのである。

以上、ここまで物語の前半部を一人称の視点に即して考察してきた。概していえることは「老年」は、基本的に時間の流れに従って物語られているという構成を取っているが、語り手の位置は一定ではないという事だろう。各場面の間には明らかに時間的な断絶が認められるが、語り手は「其前へ」「それでも妙なもので」などの指示語を使って前後の文意を繋いでいるので、場面から場面への転換は、はっきりした形をとらず、曖昧な形で展開されている。このようにして、場面ごとに時間・空間の遠近法を変え、語り手がその現在地点を移し変えながらストーリーを展開させていく、というのが「老年」における語りの基本的な構造なのだといえる。

五、語り手の作中人物化

前節では「老年」の前半部を、一人称形式の解釈コードに従って読んでみた。内容を確認すると、「老年」は場面が変わるごとに、語り手もその位置（いま・ここ）を小刻みに動かしていき、それとともに物語の現在も移り変わっていくということであった。

このような前半部の展開から、繰り返し確認したいのは、「老年」の語りが、決して三人称「全知」（神）の視点から傍観的に眺められたものではないという事である。「老年」のパースペクティブを決定づけているものは、あくまでもこの現場に居合わせている者の視点であって、「…らしい」「…だろう」「…と思われる」などという主観的な語りから想起されるものは、自らの知覚を通じて現場の持つ雰囲気や臨場感を読者に伝えていこうとする語り手の身振りであり、それはパノラマ的に客観視された「神」の視点による傍観的態度とは、本質的に異なるものなのである。

もちろん、こうした語り手の態度は基本的に物語の最初から最後まで変わらない。しかし、後半部に入ってくると、中洲の大将と小川の旦那の言動が中心に展開されていき、これまで現場の様子を自ら実況していた語り手が、しだいに後景に退いていき、まるで現場から姿を消してしまったかのような印象になることがある。具体的に言うと、それは以下のような文である。

そこで一緒に小用を足して、廊下づたひに母屋の方へまはつて来ると、どこかで、ひそひそ話し声がする。足をとめてきいてゐると声は、どうやら右手の障子の中からするらしい。

ここで「ひそひそ話し声がする」という発見や「足をとめてきいてゐると」という行為、「障子の中からするらしい」と推量している主体は、一体誰なのであろうか（傍線部）。もちろん「老年」は一人称の視点で語られているから、原則からいえば語り手の行為・推量表現である。しかし、今野哲がこの箇所を作中人物への視点の近似化と認識しているように（注10）、ここでは語り手の視点と作中人物の視点とが判別しがたいほどに同一化（二重化）し、語り手よりもむしろ作中人物の視点のほうが前景化してしまっていることもまた確かであろう。

このような語り手の作中人物との擬態的な同一化は、作中人物として実存している（存在感のある）中洲の大将・小川の旦那の視点が、もともと幽霊のように存在感のない語り手の視点よりも、優勢になってしまったために起こった現象であるといえる。すなわち、作中人物と行動を共にしている語り手（肉体を持った幽霊）が、彼らと一緒に見たり感じたり思ったりしたことが、作中人物のそれと重複していくうち、ここで語り手自身があたかも作中人物であるかのように振舞ってしまったのである。

もっとも、これはシュタンツェルが「一人称の体験話法」と呼んだ語りの構造とも類似した問題を含んでいる。体験話法というのは、「作中人物の言葉を直接話法や間接話法によらず、語り手の声にかぶせて再現する方法」をいうのであるが、シュタンツェルによれば「作中人物の発話、知覚、思考が語り手の伝達機能と重層し合うという現象」としての体験話法は、一人称小説でも稀に起こりうるとして、その効果を「作中人物の談話の特色ある口調や響きが、間接話法によるよりも鋭く捉えられるばかりでなく、直接話法によるよりもいっそう鮮明に写し取ることができる」と分析している。(注11)

こうした現象は引用した箇所の語りについてもいえることだろう。すなわち、もともと存在感のない「老年」の語り手は、自らの視点を同じ視点でものを知覚している作中人物(中洲・小川)のそれへとダブらせることによって、彼らとの一体感を強め、現場の雰囲気や臨場感を、より鮮明に、そして鋭くとらえられていくことを可能にしているのである。

そのような理由から、本稿ではこのような箇所を(構造的には類似しているが)先行論者の考える〈三人称(神)の語り手による焦点人物化〉といったような理解ではなく、〈一人称の語り手による体験話法的な描出〉と定義するのである。

ただ、このような視点の同一化が起こっているといっても、後半部において語り手の実存性が失われているわけではもちろんない。それは先に指摘した「…まはって来ると」(引用文B)の一文を見ても明らかである。後半部に入っても、語り手はやはり各場面ごとに物語の現在(いま・ここ)を動かしながら、基本的には自らの知覚で物語っていることに、かわりはないのである。以下、本文を追いながら、後半部の展開をみていくことにしよう。

中洲の大将と小川の旦那の言動に焦点が当てられている後半部は、主に三つの場面から構成されている。まず最初の場面では、小川の旦那と中洲の大将が中座して小用を足しに行くと、ひそひそ声が聞こえてくるという件が展開されている。ここでは先の「…まはつて来ると」（引用文B）という描写箇所で考察したように、語り手は「ひそひそ話し声がする」（いま）「母屋の方」（ここ）に二人と一緒に立っている。語り手は「対岸のともしびが黄いろく点々と数へられる」「きこえるのは、藪柑子の紅い実をうづめる雪の音」などと、現在の現場の状況を読者に向かって報告している。

そして、次の場面に入ると、やはり前半部と同様、微妙に物語の現在が移り変わっている。


「猫の水のむ音でなし」と小川の旦那が呟いた。足をとめてきいてゐると声は、どうやら右手の障子の中からするらしい。それは、とぎれ勝ちながら、かう聞えるのである。

「何をすねてるんだつてことよ。さう泣いてばかりゐちやあ、仕様ねえわさ。（略）歌沢の浚ひで己が「わがもの」を語つた。あの時お前が……」

「房的だぜ。」

「年をとつたつて、隅へはおけませんや。」小川の旦那もかう云ひながら、細目にあいてゐる障子の内を、及び腰にそつと覗きこんだ。二人とも、空想には白粉のにほひがうかんでゐたのである。

部屋の中には、電灯が影も落さないばかりに、ぼんやりともつてゐる。（略）床を前に置炬燵にあたつてゐるのが房さんで、此方からは黒天鵞絨の襟のかゝつてゐる八丈の小掻巻をひつかけた後姿が見えるばかりである。

女の姿は何処にもない。（略）猫が身うごきをするたびに、頸の鈴がきこえるか、きこえぬかわからぬほどかすかな音をたてる。房さんは禿頭を柔な猫の毛に触れるばかりに近づけて、ひとり、なまめいた語を誰に云ふともなく繰り返してゐるのである。

ここで「ぼんやりともつてゐる」「何処にもない」「音をたてる」「繰り返してゐるのである」（傍線部）などと、全て現在形で語り手が作中人物（中洲・小川）と一緒に、部屋の内部の様子を観察・推量しているところを見ると、語り手の現在は「部屋のなかをのぞいている時」（いま）「右手の障子の前」（ここ）であることがわかる。すなわち、先ほどまで〈廊下でひそひそ声を聞いている状況〉を語っていた語り手が、ここでは〈房さんを覗き見している状況〉へと物語の現在を移したのである。

そして、最後の場面では、語り手は中洲の大将と小川の旦那が去った後、独り残って「雪はやむけしきもない……」と外の景色についてふれ、現在形の形で物語を終わらせている。

以上、後半部における物語の現在の推移を考察してきたが、このような物語における現在の移行は、通常、読者からは、ほとんど認識されない。それは後半部には前半部のような場面ごとのはっきりとした時間的断絶がみられないという事もあるが、語り手が前半部のように前景化せず、もっぱら中洲の大将・小川の旦那の後ろに隠れてしまっているということも関係していよう。シュタンツェルはテクストの後景に退き、場面の再現に徹している語り手の事を、「映し手」と呼んでいるが(注12)、後半部の語り手も作品の後景に退き、作中人物の会話や行動を忠実に再現する役割に徹しているので、まさに「映し手」のような言表主体になっているといえる（また、シュタンツェルは一人称「映し手」の物語は、語り手が不在であるかのような印象になるので、言説構造は三人称小説と類似するとも述べている(注13)）。――いずれにせよ、このように語り手が後景に退くことで、後半部における物語の現在の推移は目立つことなく、言説の水面下で行われる事になるのである。

六、〈三人称〉を偽装した〈一人称〉

本稿は、これまで「老年」を一人称形式の解釈コードに即して読んできた。その梗概を確認すれば、「老年」という小説は、ストーリーの現場に居合わせる語り手（一人称＝肉体をもった幽霊）の視点から語られているが、語り手の現在位置（いま・ここ）は必ずしも一定ではなく、場面ごとに移動があり、それにとともに物語の現在（いま・ここ）もまた、次から次へと移り変わっていくという事であった。もちろん、このような基本的な構造は後半部でも変わらない。しかし、後半は場面の間に、はっきりした時間の断絶がなく、作中人物の後ろに語り手が隠れてしまうため、物語の現在の移行は、通常、読者からはあまり意識されないという事であった。

このような語り手の位置の変化と物語の状況の推移を表にまとめると、以下のようになる。

【一中節の順講の様子と語り手の位置】

① 語り手は橋場の玉川軒に到着して、会の準備が始まる前の雑談の様子を眺めている地点から語りはじめている。「大分賑に出たやうであつた」「座敷は離れの十五畳で、此うちでは一番、広い間らしい」などと、語り手は現場の様子を実況的に語っている。

② 語り手は一中節の準備が整った後の、房さんが末座に座っている様子を眺めている地点から語っている。「毛氈を二枚敷いて、床をかけるかはりにした」と手短に順講の準備について語った後、「みな、向ひあつて、すはつてゐた」「末座にすはつてゐるのが此うちの隠居であつた」と説明し、さらに「今も、

黄いろい秩父の対の着物に茶博多の帯で、末座にすはつて聞いてゐるのを見ると、どうしても、一生を放蕩と遊芸とに費した人とは思はれない」と、語り手の視点から房さんの様子を読者に向けて報告している。

③語り手は順講がはじまり、「浅間の上」の行われている最中（あるいはその少し後）の地点から語っている。房さんが三味線の音とともに、少しづつ心を動かしていく様子や、小さく身体をゆすっている様子を報告し、「わき眼にも昔の夢を今に見かへしてゐるやうに思はれた」と自分の判断を加えながら、実況的に語っている。

④語り手は「浅間の上」が終わった後の六金さん・中州の大将・小川の旦那の会話を聞いている。

⑤語り手は中洲の大将・小川の旦那の二人と一緒に、「母屋の方」で「ひそひそ声」を聞いている地点から語っている。語り手は中洲の大将と小川の旦那が一緒に「生玉子でも吸はう」と言って出てくるまでの件を、過去形で説明した後、「対岸のともしびが黄いろく点々と数へられる」「きこえるのは、藪柑子の紅い実をうづめる雪の音」などと、二人と一緒に現在立ち会っている情景を実況的に語っている。

⑥語り手は中洲の大将と小川の旦那と一緒に部屋の中をのぞき見る地点から語っている。ここで語り手は、部屋のなかの情景を「ぼんやりともつてゐる」「支那水仙であらう」「水盤が其下に置いてある」「見えるばかりである」「香箱をつくつてゐる」「音をたてる」「繰り返してゐるのである」などと全て現在形で語っている。

⑦語り手は中洲の大将と小川の旦那が去った後、独りで外の雪の様子を眺めている。

（このうち、③と④は、すべて過去形で語られているので、⑤の位置から語っているともいえるが、本稿では③と④

と⑤には、はっきりとした時間の断絶と、場面の転換が認められるという理由から、別々のものとして分けた。また、①と②も同じ位置から語っているとも考えられる。しかし、本論で指摘したように②の冒頭は「…床をかけるかはりにした」という過去完了の形ではじまっているので、ここはやはり「①一中節の準備が始まる前」と「②一中節の準備が整った後」とで別々に分けることにした。）

以上のようなことから、本稿は「老年」を三人称形式（全知）ではなく、一人称形式の言説構造をもったテクストなのだと結論づけたい。

ただ、言説構造が一人称であるといっても、「老年」は少し特殊なテクストなので、通常の一人称小説とまったく同一視するわけにもいかないだろう。それはこの語り手が〈肉体を持った幽霊〉という、現実的にはありえない人物であることを想定してみなければ「老年」の語りが成立しない、という事情を鑑みれば、おのずと了解されることである。

実際、「老年」と通常の一人称小説との大きな相違は、この〈語り手の人物像〉という問題に表れている。これまでの多くの論者たちが、この小説を三人称小説であると誤認してしまったのも、この語り手（肉体を持った幽霊）が自己についてまったく言及しない人物であることや、他の作中人物からまったく認識されていないこと、また作中人物の心理を知っているかのように振舞ったり、筋《ストーリー》の展開に関与しない傍観者の立場にいることなどから、まるで作品の外側にいるかのように錯覚されたためである。しかし、この語り手はたしかにこの現場に居合わせているのであり、肉体性を備えている。作品のパースペクティブを決定づけているものは、そのような虚構の世界に属する住人の視点なのであり、シュタンツェルの定義に従えば、そのような視点から物語を語れるのは、一人称形式のそれのみなのである。

もっとも、これには先にも指摘したように、「老年」の語り手が事実をそのまま伝えるのではなく、話を再構成して語っているという事も関係していよう。すなわち、語り手は三人称（全知）の語り手が持っている特権の一部――〈非人格性〉〈不在性〉〈心理への言及〉等の特権――を備えているかのように振舞っている一人称の人物であるともいえるのである。その意味で、「老年」は〝三人称小説を偽装した一人称小説〟であるとするのが、この場合、より正確な定義となろう。

もちろん、こうした「老年」の言説は、いわゆる「無人称」とか「非人称」とかいう語りに類似しており、二葉亭四迷「浮雲」冒頭部における語りを思わせるところもある。しかし「老年」の語り手は、たとえば「浮雲」のように（読者への呼びかけなどを通じて）、自己の存在を顕示化させたりせず、また最初から最後まで語りのパースペクティブを一人称の位置に固定し、場面ごとの現在（いま・ここ）に拘束される身体的状況から出来事を語っているのであり、そこに「非人称」や「無人称」などとも異なる本作の〈一人称的語り〉の特徴があることは補足しておきたい。

七、むすびに

以上、「老年」における語りの構造について考察してきた。見てきたように「老年」は〝三人称小説を偽装した一人称小説〟としかいいようのない小説であり、その意味で語りの水準は一人称と三人称の境界上に設定されているともいえる。もっとも、その語りのパースペクティブは、先行論者のいうような「俯瞰的視点」から眺められたものではない。「老年」の語り手は、あくまで現場に居合わせた者の視点から語っており、実質的な言説構造は一人称になっている、という事であった。

さて、最後になるが、このような「老年」は、芥川の初期テクストがちょうど一人称形式から三人称的な形式へと転換する過渡期に書かれたものであるということに再び注目しておきたい。すでに述べたように、この「老年」以降、「ひよつとこ」「仙人」「羅生門」「鼻」と立て続けに、三人称的な形式の小説が続き、またそのような作品史の中で、しだいに従来のような感傷的・叙情的なスタイルを脱した「羅生門」のような理知的・分析的な独自のスタイルが誕生してくるからである。

もちろん、今回の「老年」は、いまだ従来の叙情的・感傷的なスタイルを脱し切れたものとは言い難い。「老年」の表現は、前作の「VITA SEXAULAIS」(第三章参照)が断片的なエピソードを配列していただけなのに比べれば、小説としての体裁が整っており、その意味での発展性はみられるが、一人称の視点から絵巻物のように、次々と物語の現在を移し変えていく「老年」の展開は、物語に独特なリリシズムを生んでいるとさえいえるのである。――ただ、三人称的な形式のようにみえても、語り手を後景化させず、実質的には一人称的な視点から語っていく「老年」のスタイルは、この後の「ひよつとこ」「羅生門」などにも発展的に引き継がれ、芥川の小説スタイルを大きく変えていくことになる。――事実、次作の「ひよつとこ」もまた、一見、三人称小説のようにみえるものの、実際は二種類の〈一人称的語り〉を組み合わせたような構造になっているのである。――次章では、そのような「ひよつとこ」の構造の具体的な分析をしてみることにしよう。

注1　「老年」が処女作であることは、『芥川龍之介集（現代小説全集　第一巻）』（新潮社、大正十四年三月）の巻末に付された自筆年譜のなかで、芥川自身が述べている。
2　水谷昭夫「芥川龍之介の世界」（實方清編『日本近代小説の世界』清水弘文堂書房、昭和四十四年一月所収）三百三頁
3　「老年」と「百物語」の関係については、工藤茂「芥川龍之介『老年』考―森鷗外『百物語』の影」（「国学院雑

誌」昭和五十七年九月）、進藤純孝『芥川龍之介』（河出書房新社　昭和三十九年）に言及があり、「すみだ川」については、奥野久美子「芥川龍之介『老年』考」（「別府大学国語国文学」平成十八年十二月）、平岡敏夫「〈青春〉と〈老年〉―文学の問題として」（「国文学」昭和五十四年四月）、山崎健司「『大川の水』から『老年』『ひよっとこ』へ―芥川龍之介の作家的形成について」（「稿本近代文学」昭和六十二年十二月）などに言及がある。また、「冷笑」については、榎本勝則「芥川龍之介の『老年』をめぐって」（「日本文芸研究（大東文化大学）」昭和五十三年一月）、清水康次「『老年』―過去への叙情と過去の位置づけ」（「解釈と鑑賞」平成十一年十一月）などがある。

4　工藤前掲論。もっとも、工藤は「老年」の語りは「十九世紀的」で「前時代的な雰囲気」があるともしている。

5　廣瀬晋也は「見ることと聞くこと―芥川『老年』と太宰『哀蚊』」（「国語国文薩摩路」平成十七年三月）のなかで、以下のように述べている。

まず語り手の問題であるが、「老年」は三人称の語りであり、これが、作中人物である「私」「わたし」の回想の語りによって展開する「哀蚊」や「雛」と大きく異なる点であることを押さえておかねばならない。

6　今野哲「芥川龍之介『老年』の文芸構造」（「日本文芸学」平成十八年二月）

7　F・シュタンツェル『物語の構造』（前田彰一訳、岩波書店、平成元年一月）七十八頁

8　K・ハンブルガー『文学の論理』（植和田光晴訳、松籟社、昭和六十一年六月）では「一人称物語」においては、空間・時間を示す指示副詞は、言表主体の現在（いま・ここ）によって規定されているが、「叙事的フィクション」（三人称物語）では、言表主体ではなく、作中人物の現在（いま・ここ）によって規定されるという。

…物語られたことは現実の「私」―原点ではなく、虚構的な「私」―原点に関係している。つまりまさに虚構的であるということである。叙事的フィクションは、第一に、実在的な「私」―原点をもたず、第二に、虚構的な「私」―原点をもたなければならないという、この二点によってのみ文学理論的な定義をうる。（略）この二つの条件はしかし、同一のことを述べているのであって、ただ理解を容易にするためにその一方を否定的、他方を肯定的主張に対置してみたにすぎない。それというのも、虚構的な「私」―原点の出現、すなわち作中

人物の待望の登場があって初めて、実在的な「私」―原点が消滅し、同時に論理的な帰結として、過去形がその過去としての機能を捨てる根拠が生じるからである。（六十一頁）

9　シュタンツェル前掲書は、一人称の語り手は独自の人格を持ち、肉体的な制約を受ける事から、程度の差はあれ、信頼できない性格（嘘をつく性格）を有していると述べている。

…一人称の語り手は、W・ブースの述語を用いるとすれば、字義通りに「信頼できない語り手」なのである。しかし一人称の語り手の「信頼のできなさ」は、ただひとえに作中人物としてのその人格的な特性に基づくものではなく（略）物語世界において一人称の語り手が占めるその存在論的な立場に基づいている。一人称の語り手は、作中人物たちと同じ世界に住むというその立場のために、また肉体的にも制約された独自の人格を備えているために（略）、個人的・主観的な、それゆえ条件付きで妥当するだけの見解しか持てないのである。

（七十七頁）

10　今野は前掲書のなかで、この二箇所について「中洲の大将と小川の旦那の視点への、地の文の接近が認められる」と述べている。もっともこの箇所だけではない。その後の本文における「女の姿はどこにもない」という観察行為についても、語り手-作中人物の視点の重なりを認め「中洲の大将・小川の旦那に寄り添う語りに誘導されて、読者もまた大将・旦那に寄り添い、視点を同化させて、房さんの様子を覗き見る」としている。

11　シュタンツェル前掲書、「『私』の語る物語り状況と体験話法」二百二十三、二百二十六頁

12　「語り手／映し手」の関係について、シュタンツェル前掲書は次のように説明する。「語り手的人物は物語り、報告し、記録し、知らせ、伝達し、文通し、文書によるレポートをし、証人を呼び出し、己れ自身の語りに言及し、読者に語りかけ、物語の中身について注釈をする」（百四十二頁）が、「映し手的人物は映し出す。すなわち外界の事象を己れの意識の中に反映する。そして知覚し、感じ、記憶に留めるが、しかしそれらはつねに沈黙のうちに行われる。なぜならば、映し手的人物は決して『物語る』ことがないからである。すなわち、彼は己れの知覚、思考、感情を言葉に表わさない。というのも彼は、コミュニケーション的状況の中にはいないからである。見受けるとこ

ろ読者は、映し手的人物の意識の中を直接のぞき込むことによって、その意識の中に表れている事象や反応を、いわばじかに知るのである。」（百四十三頁）―「老年」後半部において、語り手の存在感がなくなるのも、言表主体がこうした「映し手」のような役割へと傾いていく事が関係しているのではないか。

13 シュタンツェルによれば、一人称の「映し手」による言説（体験する私）に特化した語りは、三人称の言説に類似し、しばしば一人称から三人称への転換を生みだすという。

〈物語る私〉の三人称への移行は、常に〈体験する私〉の三人称への移行と相携えて、いわばその続きとして起こるようにみえる。（略）人称の交替は、〈物語る私〉のそれではなく、〈体験する私〉（注・映し手）のそれである。〈体験する私〉のレベルでの一人称と三人称の交替に関して言えることは、一人称から三人称への移行は、見たところいつでも起こりうるということである。（九十二頁）

「老年」後半部もまた、言表主体が「映し手」的役割に徹している事によって、言説構造は三人称（全知）のそれと類似したものになっている。

第五章　「叙述ブロック」と「描写ブロック」

――「ひよつとこ」の構造――

一、はじめに

芥川龍之介の初期の小説スタイルの生成過程を考察するうえで、人称というのは重要なキーワードの一つとして挙げられる。というのも、本書で見てきたように、芥川の初期習作は、当初は「大川の水」や「VITA SEXUALIS」のように、一人称的なスタイルが特徴的になっていた。すなわち、一人称の「私」が感覚表現などを用いて大川を描出したり（「大川の水」）、自身の「性」の回想を記したり（VITA SEXUALIS）していたのである。しかし、それが処女作の「老年」をきっかけに、三人称的な形式に傾斜し、それとともに「羅生門」や「鼻」のような理知的・分析的なスタイルへと変化していく事になるのである。

もちろん、一人称小説と三人称小説の違いが、テクストの構造に決定的な差異を齎すかどうかという問題については、なお検討の余地が残る。たとえば、W・C・ブースなどは「この区分（注・人称）は重要ではない[注1]」と述べて人称を軽視しており、G・ジュネットも「語り手は自己の物語言説においては『一人称』としてしか存在しえない[注2]」と述べて、やはり人称の問題を軽んじている。しかし、ブースやジュネットの批判にも関わらず、人称理論は必ずしも研究者から否定されているというわけではない。たとえば、G・プリンス『改訂　物語論辞典』（遠藤健一訳、松柏社、平成二十七年六月）の以下のようなテーゼは、「一人称／三人称」を区分する際のもっとも一般的な理解となる。

first-person narrative （一人称の物語）

語り手が、自ら報告する状況・事象の登場人物であるとともに（登場人物の資格で、語り手が「私」として指示される）物語。（七十二頁）

third-person narrative （三人称の物語）

語り手が報告される状況・事象中の登場人物になっていない物語。異質物語世界的物語（heterodiegetic narrative）。三人称の（「彼」、「彼女」、「彼ら／彼女ら」）に「ついての」物語。（百九十九頁）

ここでプリンスは「一人称／三人称」の区分として、語り手が報告される状況・事象の登場人物となっているか／登場人物になっていないか、という点を挙げている。すなわち、語り手が作中人物のように物語に登場してくれば、それは一人称形式となり、作中人物のように登場せず、作品世界の外部（異質物語世界）から語っていれば、それは三人称形式になるというのである。このような基準は、もちろんF・シュタンツェル[注3]や、K・ハンブルガー[注4]などの人称理論とも相即しており、いわば定説ともいえるものである。

さて、このような理解に即して素朴な言い方をすれば、一人称小説の場合、語り手が作中人物として登場してくるので、現場の状況を自身の体験として、臨場感をもって読者に伝えることが可能となるが、一方の三人称小説の場合は、そのように登場人物の視点から語ることできない不便があるといえる。しかし、三人称は語り手が作品世界の外側から様々な作中人物の内面を語ることが出来るという点で、一人称とは異なる利点もある。――

そのような意味でいえば、芥川の初期テクストにおける小説スタイルの変容というのも、語り手が単に作品世界の一登場人物としての立場から自己の体験を物語るのではなく、作品世界の外側から自己以外の存在の体験を物語っていくスタイルへの変容として説明できよう。具体的には「老狂人」「死相」「大川の水」「VITA SEXUALIS」などは、すべて登場人物である「私」の体験を語っているが、処女作である「老年」を機に視座が変容し、「ひよつとこ」「仙人」「羅生門」「鼻」となるにつれて、次第に作品世界の外側から、語り手が自己以外の人物（山村平吉、李小二、下人、内供）の体験を語るようなスタイルになっていく、ということである。

ただ、そのように芥川の小説スタイルが、一人称から三人称的な様式へと移行していくにしても、芥川の初期テクストの変容は、必ずしも西洋近代のリアリズムが目指したような、三人称客観小説の方向性をもって展開していったわけではない、という点には注意したい。この事に注目するのは、三人称リアリズム小説のスタイルなどと比較してみることで、芥川の表現スタイルの独自性というものが浮き彫りになるのではないか、と期待されるためでもある。ここでは芥川の小説スタイルが変容していく過渡期に書かれた「ひよつとこ」を取り上げ、そうしたリアリズム的三人称と芥川のそれとの差異も背景に置きつつ、その表現の特徴を考察してみたい。

二、芥川文学と三人称リアリズム

まずは、リアリズム文学と芥川文学における三人称形式の違いについて確認してみよう。――一般に自然主義などのリアリズム文学の場合、三人称形式とは、語り手を「局外」（作品世界外）に退かせ、その存在感を極力ゼロにしていく事で、事柄そのものを「書き手とは関係無く、独自了解される」(注5)ように語っていくことを理念にするといわれる。たとえば、正宗白鳥「何処へ」（初出「早稲田文学」明治四十一年一月-四月）の以下のような文章がそれである。

健次は何の訳もなく微笑する。女も微笑して、胸を突き出して会釈する。
それも一瞬間で、健次は傘を肩にかけ、側目も振らず上野の広小路へ出て、道を山下の方へ取る。
昨日の天長節に降り通した雨は、今日も一日絶え間なく、湿つぽい夜風が冷たく顔に吹き当る。往来の人々は皆傘を斜めに膝を曲げて、ちよこ〳〵と小股に急いでゐる。健次も膝から下はびしよ濡れになつたが、敢へてそれを気に留めるでもなく、只いゝ気持で、口の内で小唄か何か呟いて、沈んだ空へ酒臭い息を吐きながら、根岸の近くまで来ると、横合ひから底の深い大きな蝙蝠傘が、不意に健次の蛇の目にぶつ付かる。チエッと舌打ちして避けようとする機会に、蝙蝠傘の男が声をかけて
「やあ君。」と立ち留つた。

奥村恒哉は、この「何処へ」では「作者が全く自己をあらはさず、『徹頭徹尾』三人称で推し通し」ているとし(注6)、そこに客観主義を旨とする自然主義の典型を見ているが、このようにリアリズム文学における三人称客観というのは「作者が説明して読者に合点させるやうな事はせずに其の自然の働きで其の趣の見えるやうに」（広津柳浪）語っていく事が、理想とされていたのである(注7)。

ところが、芥川の三人称スタイルは、その逆。――むしろ「作者」（私）を前景化させたまま、三人称物語（彼・彼女についての物語）を語っていこうとする身振りを持っている。たとえば、「羅生門」（初出「帝国文学」大正四年十一月）の以下のような文章を見てみよう。

作者はさつき、「下人が雨やみを待つてゐた」と書いた。しかし、下人は、雨がやんでも格別どうしやうと云ふ当てはない。ふだんなら、勿論、主人の家へ帰る可き筈である。所がその主人からは、四五日前に暇

を出された。前にも書いたやうに、当時京都の町は一通りならず衰微してゐた。今この下人が、永年、使はれてゐた主人から、暇を出されたのも、この衰微の小さな余波に外ならない。だから「下人が雨やみを待つてゐた」と云ふよりも、「雨にふりこめられた下人が、行き所がなくて、途方にくれてゐた」と云ふ方が、適当である。その上、今日の空模様も少からずこの平安朝の下人の Sentimetalism に影響した。

ここでは「作者」と名乗る語り手が、読者に向かって直接物語を説明していることがわかるが、こうした言説がリアリズムではむしろ忌避される方法なのである。「作者が成るべく作中の人物に就いて、説明的の筆法を用ひない」（広津柳浪）とか「作者が人物の背後にありて屡々糸を牽く様子のあらはに人物の挙動に見えなばたちまち興味を失ふべし」（坪内逍遥）などとあるように、三人称リアリズム文学では、物語から「作者」の説明を排除して、作品世界が（語り手から自立して）、まるで「いま・ここ」で展開されているかのように錯覚（偽装）させていく事に主眼が置かれる。「作者」（ないし語り手）の余計な介入や説明は、「作り物」の感じを与え、小説の持つ「本当らしさ《リアリティー》」の幻想を損なってしまうので、忌避されるのである。しかし「羅生門」では、むしろ「作者の説明」を積極的に前景化させている。

こうした「羅生門」の言説の特徴については、後の第七章でまた考察するつもりであるが、差し当たって、ここで問題にしたいのは、前章における「老年」のような〈肉体を持った幽霊〉という形で登場していた「私」（一人称の語り手）が、一体いかなるプロセスを経て、この「羅生門」のように「作者」として登場してくるような言表主体へと変容していったのか、ということである。

こうした問題について考察するためには、「老年」と「羅生門」の間に発表された「ひよつとこ」についてみておく必要がある。前章でも少しふれたように、この「ひよつとこ」という小説は〈無知の語り手〉と〈全知の語り手〉という二種類の〈一人称的語り〉の組み合わせによって構成され、さらにそれが「書き手」（作者）と、いうメタレベルにおいて統合されるという形式になっている。その詳細はこれから見ていくが、「ひよっとこ」に登場するこの「書き手」（作者）こそ、後の「羅生門」における「作者」へと架橋していく言表主体となるのではないか、というのが本稿の見通しである。以下、本章はそのような問題意識のもと、「ひよっとこ」における語りの構造について考察してみることにする。

三、「ひよっとこ」における語りの構造

「ひよっとこ」は、大正四年四月に「帝国文学」において発表され、のち『煙草と悪魔』（新潮社、大正六年十一月）収録の際、本文に加筆・訂正が加えられ、定稿とされた小説である。初出と定稿の大きな異同としては、全体の構成が定稿の場合、「×」印で区切られた五つの章によって区分けされているが、初出にはそのような章分けがない事であろう。初出の本文は、冒頭における平吉（ひょっとこ）の死が語られた後に、本文に一行空きがあり、全体が大きく二つに分けられるだけという簡素な構成になっている。もっとも、内容的には両者ともほとんど違いはない。ただ、初出は二部構成になっているため、中盤部と後半部の間に区切りがなく、地続きの印象になっている。

三—一、「描写ブロック」（示すこと showing）

まず、ストーリーから確認すると、本作は山村平吉という嘘つきで酒飲みの男の人生と、その死を描いた短編となっている。平吉は普段は嘘ばかりついているが、酒を飲むと別人のようになる。「酒を飲んでいる自分」と「しらふの自分」とどっちが本当の自分なのか、わからない。平吉の一生は嘘ばかりであり、最後は脳溢血で死んでしまう。そういう話である。

もっとも、こうした話は、時系列に即して語られている訳ではなく、話の順序に操作が加えられている。というのも、本作では最初に平吉の死が語られ、次に平吉の人生が語られ、最後に再び平吉の死が語られる、という具合に話が再構成されているのである。これはあるいは前半・中盤・後半の三つのブロックに分けてもよい。ただ「ひよつとこ」の語り手は、いずれのブロックにおいても、すべて自己を前景化させて自らの主観・判断を通して物語を語っている。そして、そのように語り手を前景化させていこうとする身振りの中から、「羅生門」のような語りの表現が登場してくる事になる。以下、その言説構造について分析していく事にしよう。

「ひよつとこ」の冒頭部は、お花見の船の乱痴気騒ぎの様子から語られている。そこでは語り手が橋の上から楽しむ観客の模様を伝えているが、内容としてはお花見の船のなかで阿呆踊りしているひょっとこ面をかぶった男が、突如倒れてしまうというものである。そして、そのような情景は以下のように書き出されている。

①吾妻橋の欄干によつて、人が大ぜい立つてゐる。時々巡査が来て小言を云ふが、すぐ又元のやうに人山が出来てしまふ。皆、この②橋の下を通る花見の船を見に、立つてゐるのである。（略）幕の間から、お揃ひの手拭を、吉原かぶりにしたり、米屋かぶりにしたりした人たちが『一本、二本』と拳をうつてゐるのが見える。首をふりながら、苦しさうに何か唄つてゐるのが見える。それが①橋の上にゐる人間から見ると、滑稽としか思はれない。②お囃子をのせたり楽隊をのせたりした船が、橋の下を通ると、①橋の上では『わあつ』と云ふ哂ひ声が起る。中には『莫迦』と事《ママ》ふ声も聞える。

ここで「…見える」「…思はれない」「…聞える」（傍線部）などとあるが、これらは語り手の知覚によるものであろう。語り手が作中人物と同じ存在領域に属しているのは、前述したG・プリンスのいう「一人称物語」

――F・シュタンツェルのいう「私の語る物語り状況」という事になるから、語り手はここで「人が大ぜい立つてゐる」(いま)「橋の上」(ここ)に立っているのだといえる。いわばここでの語り手は(「老年」と同じように)、〈肉体を持った幽霊〉のような一人称的視点から、現在進行形で現場の様子を、実況中継的に読者に向かって報告しているのである。

また、そのような語り手の注意は、まず「橋の上」(点線部①)の様子に向けられ、次に「橋の下」(波線部②)を通る「花見の船」に向けられている。その後「橋の上にゐる人間から見ると…」(点線部①)とあるように、ふたたび「橋の上」に戻り、さらに「お囃子をのせたり…」(波線部②)の文で「橋の下」に戻る。このような「橋の上/橋の下」を交互に紹介する往復運動を繰り返しながら、語り手は次第にひょっとこ踊りをしている男に焦点をあてていく。

ひよつとこは、秩父銘仙の両肌をぬいで、友禅の胴へむき身絞りの袖をつけた、派手な繻絆を出してゐる。黒八の襟がだらしなくはだけて、紺献上の帯がほどけたなり、だらりと後へぶら下がつてゐるのを見ても、余程、酔つてゐるらしい。踊りは勿論、出たらめである。唯、いゝ加減に、お神楽堂の上の馬鹿のやうな身ぶりだとか、手つきだとかを、繰返してゐるのにすぎない。それも酒で体が利かないと見えて、時々は唯、中心を失つて舷から落つるのを防ぐ為に、手足を動かしてゐるとしか、思はれない事がある。

ここで「…らしい」「…見えて」「…としか、思はれない」(傍線部)などとあるのは、先ほどと同じく語り手による知覚表現であるが、語り手はこの男をはじめて見たかのように語っているから、ひょっとこ(平吉)について何も知らない人物であることがわかる。いわば周囲の野次馬と同程度の情報量しか持っていないのであり、匿名の存在である平吉の様子を、ただ、見たまま、思ったままに観察し、これを読者に向けて実況しているのである。そして、語り手は、その後も「橋の上／橋の下」の状況を交互に紹介しながら、ひょっとこの様子を実況し続け、その死の現場を目撃し、ひょっとこの名が山村平吉であった事を後日談としてのせて、この冒頭部の語りを終わらせている。

以上のように「ひよつとこ」冒頭部では、「…らしい」とか「…見える」などといいながら、何も知らない無知な大衆の視線（〈肉体を持った幽霊〉による一人称の視点）から、語り手がひたすら現場の状況を読者に向かって実況中継的に語っている。もっとも、このような語り手は、作中人物の心理や身の上について何の説明も加えず、ひたすら作品世界を再現していくことに徹しているので、叙法としては「示すこと」（showing）というモードになっている。

この「示すこと」（showing）というのは、G・ジュネットの定義に従えば、語り手が会話や描写を交えて作品世界の場面を再現しているようなモードのこととされるが、(注8) この「ひよつとこ」の冒頭部もまた、作品世界を再現（描写）する事に徹しているので、「示すこと」（showing）のモードになっているといえよう（このように「示すこと showing」のみで構成された言説を「描写ブロック」と呼ぶことにしよう）。――語り手は、周囲の様子を、「それから…」「さうして…」という時間的な経過に即して読者に向けて実況しているだけであり、冒頭部における言説も小説というよりは、情景を描写しているだけの写生文のようなスタイルになっている。

三―二、「叙述ブロック」（「語ること telling」）

前節では「ひよつとこ」の冒頭部が、基本的に「示すこと」（showing）というモードだけで構成されていることを指摘した。語り手は何も知らない無知な群衆の一人の視点（一人称の視点）に立って、ひょっとこが馬鹿踊りしている様子や、それが死ぬ時の様子などを会話や描写などを交えて、実況中継的な仕方で語っていた。そうした冒頭部は、いわば一人称的視点による「示すこと」（showing）だけで構成されたブロック＝「描写ブロック」になっているという事であった。

　ところで、小説というのは、単に「描写」（示すことshowing）だけで構成されているわけではない。文学作品には、見てきたような「描写」（示すことshowing）の他に、その対立概念として「叙述」（語ることtelling）というものがあり、物語は基本的にこの二つの叙法の交互の交替によって成り立っているとされている。[注9] この「語ること」（telling）というのは、ジュネットによれば、語り手が前景化してきて読者に向かって、作品世界や作中人物の情報を、直接説明・報告するモードのことであるという。[注10] すなわち、小説は「語ること」（telling）によって、報告的に作品世界や登場人物の情報を説明するのであり、「示すこと」（showing）によって、戯曲的に作中人物の住む世界や現場の状況を再現していく、といった具合に、「叙述」（telling）と「描写」（showing）の交替によって構成される混合形態なのである。

　もっとも「ひよつとこ」の場合も、単なる「描写」（示すことshowing）だけで展開されているわけではない（それだけでは、小説にならない）。実際、続く中盤部では語りのモードの変わる事が確認できるのである。

　平吉はおやぢの代から、日本橋の若松町にゐる絵具屋である。死んだのは四十五で、後にはうけ口の肥つたお上みさんと、兵隊に行つてゐる息子とが残つてゐる。暮しは裕だと云ふ程ではないが雇人も二三人も使つてどうにか人並にはやつてゐるらしい。人の噂では、日清戦争頃に、秋田あたりの岩録青を買占めにか、つたのが、当つたので、それ迄は老舗と云ふ丈で、お得意の数も指を折る程しか無かつたのださうである。

　平吉は、円顔の、頭の少し禿げた、眼尻に小皺のよつてゐる、何処かひようきんな所のある男で、誰にでも腰が低い、道楽は飲む一方で、酒の上はどちらかと云ふと、まづい《ママ》方である。唯、酔ふと、必、馬鹿踊を始める癖があるが、之は当人に云はせると、昔、浜町の豊田の女将が、巫女舞を習つた時分に稽古をしたので、その頃は、新橋でも芳町でも、お神楽が大流行だつたと云ふ事である。

このように中盤部に入ると、叙法が先ほどの「描写」（示すことshowing）から、突如、典型的な「叙述」（語ることtelling）に変わっていることがわかる。引用した言説をみても、その語りは場面喚起力に乏しく、語り手が読者にむかってナレーターのような立場から、平吉の人物像や経歴等を、直接説明していくというスタイルになっている。従って、ここでは「叙述ブロック」――「語ること」（telling）にのみ徹した言説になっているといえるだろう。読者はここで先ほどまで全く不明であった登場人物の略歴や性格などの情報を、語り手から直接説明されていくのである。

もっとも、注意したいのは、ここでの語り手は先の冒頭部（無知の立場）とちがって、「全知」のような立場を取っているということである。語り手はなぜか平吉のことを詳しく知っており、他人の知らないような内面についてまでも言及している。もっとも「…らしい」「…のださうである」「…と云ふ事である」（傍線部）といった具合に、伝聞・推量を交えながら自身の判断（主観）を加えて語っているので、「全知」といっても、この語り手は作中人物（一人称）と似た視座に立っている。語り手はいわば自らの見聞したところの情報に基づいて、平吉を語るような人物となっている。以下の文章をみてみよう。

平吉の口から出た話によると、彼は十一の年に南伝馬町の紙屋へ奉公に行つた。するとそこの旦那は大の法華気違ひで、三度の飯も御題目を唱へない内は、箸をとらないと云つた調子である。所が、平吉がお目見得をしてから二月ばかりするとそこのお上みさんがふとした出来心から店の若い者と一しよになつて着のみ着のまゝでかけ落ちをしてしまつた。（略）大騒ぎをした事があるさうだ。

それから又、そこに廿迄ゐる間に店の勘定をごまかして、遊びに行つた事が度々あるが、その頃、馴染みになつた女に、心中をしてくれと云はれて弱つた覚もある。（略）後できくと矢張其女は、それから三日ばかりして、餝屋の職人と心中をしてゐた。深間になつてゐた男が外の女に見かへたので、面当てに誰とでも死にたがつてゐたのである。

それから廿の年におやぢがなくなつたので紙屋を暇をとつて自家へ帰つて来た。（略）帳面を検べてみると、大穴があいてゐる。手紙は矢張、馴染の女の所へやつたのである。書かせられた平吉程莫迦をみたものはない。

それから…まだこんな事を書けばいくらでもある。しかしいくら書いても始まらない。何故かと云ふと、之は皆、平吉が拵へた嘘だからである。（略）

兎に角、平吉はしらふではよく嘘をつく。所が酔ふと、妙に嘘が出なくなる。踊るのは踊りたいから踊るのである。眠るのは眠たいから眠るのである。さうしてその間だけは遠慮も気兼ねも忘れてゐる。気兼ねがないので嘘をつく気にならないのだか、嘘をつかないので気兼ねをしないのだか、それも平吉にはわからない。しかし酔つてゐる時に彼が別な人間になつてゐる事は確である。さうして、それが彼自身にとつても、何となく嬉しい事は確である。


ここで「平吉の口から出た話によると」とか「大騒ぎした事があるさうだ」などとあるように、語り手は平吉から伝聞した話を引用しながら「…確である」という形で、自らの判断・主観を加えた分析を語っている（傍線部）。この語り手は平吉について何でも知っており、自己の見聞をもとにして、様々な情報を伝聞・推量の形で読者に伝えている（telling）のである。

いずれにせよ、「ひよつとこ」という小説は、本来「叙述」（語ること telling）と「描写」（示すこと showing）の交互の交換によって成り立っている叙法が、それぞれ「叙述」（語ること telling）は〈「叙述」だけのブロック〉（中盤部）、「描写」（示すこと showing）は〈「描写」だけのブロック〉（冒頭部）に、それぞれ分離・独立されて構成されている。読者は冒頭部において、まず無知の群集という一人称の立場から、平吉が死ぬ現場を語り手と一緒に目撃（示すこと showing）し、中盤部では生前の平吉の人物像や生活について、なんでも知っているナレーターのような〈一人称的語り手〉によって、説明（語ること telling）されるのである。

三―三、虚構性の暴露

さて、これまで本稿は「ひよつとこ」の前半部と中盤部における語りの問題について考察してきたわけであるが、こうした考察の中には幾つかの疑問がある。

まず一つは、中盤部における語り手の人物像をめぐる問題である。というのも、すでに見てきたように、中盤部の語り手は「…らしい」「…と云ふ事である」などと、伝聞・推量の形で自らの見聞した平吉像を語っており、その意味で一人称的な視座に立っている。しかし、虚構の世界に属する住人（一人称）でありながら、なぜ人間の能力を超えて誰も知らない平吉の心理まで語ることが出来るのか、という疑問である。

もう一つは、冒頭部における語り手と、そのような中盤部の語り手における情報量の違いである。すなわち、冒頭部において、語り手は平吉のことを何も知らない人物として眺めているが、中盤部における語り手は平吉のことを何でも知っており、その心理まで語れる人物となっている。ここには矛盾・分裂がある。――というのも、もし冒頭部と中盤部の語り手が、同一人物であるとすれば、語り手はなぜ冒頭部において平吉のことを何も知らなかったのか。あるいは冒頭部において、平吉について何も知らなかったとすれば、語り手はなぜ中盤部において、突如平吉のことを何でも知っているように語ることができるのか。——このように考えると、冒頭部と中盤部には〈無知の語り手〉と〈全知の語り手〉という情報量の全く異なる二種類の〈一人称的語り手〉がいる、ということになるのである。

しかし、こうした疑問は、続く後半部における以下の言述によって解明される事になる。以下、その結末部を見てみよう。

> 平吉が町内のお花見の船の中で、お囃子の連中にひよつとこの面を借りて。《ママ》舷へ上つた時は、矢張かう云ふ心もちであつた。
>
> それから踊つてゐる内に、船の中へころげ落ちて、死んだ事は、前に書いてある。船の中の連中は、皆、驚いた。

注意したいのは、ここで「死んだ事は、前に書いてある」（傍線部）と述べられていることである。ここで語り手は「書いてある」と語ることによって、同時に自らの正体が「書き手」（作者）であったことを読者に伝えている。

いったいに、語り手が「書き手」（作者）のような立場から、小説の虚構性を暴露して、物語自体を対象化して物語っている場合、その小説はメタフィクションなどともよばれるが、この点「ひよつとこ」の後半部もメタフィクション的な性質を備えているといえよう。たとえば、中村三春によると、メタフィクションとは「フィクションの自己言及性（反射性）を前景化する場合に現れる」といい、次のように規定しているのである。[注11]

それがフィクションであること、書かれたものであること、記号であることを再帰的に呈示する記述は、それじたいのテクスト性、フィクション性へとトピックの焦点を誘導する。この再帰的自己呈示が明示的に行われるテクストが、メタフィクションと呼ばれる。典型的には、小説の方法論がその小説じたいとともに叙述されている場合である。

中村は、他にもこのようなメタフィクションの大きな特徴として、(1)「メタ・コミュニケーション」(メタフィクションにおいては、本来メタ・コミュニケーションとして潜在するはずの、物語の状況設定そのものがメッセージの内部に含み込まれ、顕在化させられる)、(2)「自己状況設定の強化」(メタフィクションではその読まれ方の規則が、あたかも通常のフィクション以上に厳密に指示されるかのように見える)、(3)「虚構性の自己暴露」(メッセージ内容が現実に根拠を持たない虚構現象であるという事実をも、メタフィクションは明示してしまう)を挙げているが、[注12]「ひよっとこ」後半部も、ここで中村の指摘するようなメタフィクションの条件を備えているといっていいのではないか。後半部の語り手は「前に書いてある」と述べることによって、(3)「虚構性の自己暴露」を行い、本来テクストに潜在している(1)「メタ・コミュニケーション」の地平を明るみに出し、これまでの話が全て自分の虚構《フィクション》であった事を明示しているのである。

そして、重要なのは、こうしたメタフィクション的な語り手が、通常の語り手よりもメタの水準に立った「書き手」(作者)のような言表主体になっているという事である。[注13]――この「書き手」(作者)というのは、通常、表面に表れているテクストのメッセージよりも、さらにメタのメッセージを顕在化させているという意味で、通常の語り手よりも、メタの審級に立っている言表主体の事をいう。

筆者が主張したいのは、中盤部の語り手が、もともとこの「書き手」(作者)のような能力を備えており、後半部において「前に書いてある」と述べて虚構性を暴露することで、自らが冒頭部の語り手よりも、さらにメタのレベルに立った、そのような「書き手」（作者）であることを明示したという事――また、こうした「書き手」（作者）のレベルにおいて、中盤部の語り手は、冒頭部の語り手と自己同一的に統合されたのだという事なのである。つまり、全体を統括するこの「書き手」（作者）は、冒頭において〈無知の語り手〉を装って現場の様子を再現《ミメーシス》していたのであり、続く中盤部では、平吉のことを何でも知っている「全知」の立場を装って語り、後半部において、そのような自己が「書き手」（作者）であることを明示することで、冒頭部の語り手とメタレベルにおいて統合する。――このように「ひよつとこ」は、中盤部の語り手が「書き手」（作者）としての正体を明るみに出した地点から、全体が逆向きに統合されている小説なのである。

三―四、結末部の言説構造

前節で見てきたように、「ひよつとこ」は後半部において、物語そのものが虚構であることを暴露する事によって、中盤部の語り手が前半部の語り手とメタレベルにおいて統合されていた。もっとも、「書き手」（作者）の地平を明るみに出すことで、「ひよつとこ」は、作品世界を〈虚構の場〉として対象化し、冒頭部の場面（平吉の死の場面）を語り直すことを可能にする。冒頭部と後半部は、ともに平吉の死を語っているが、虚構の水準は転換されており、後半部では物語そのものが、作り話《フィクション》であることが暴露され、この「書き手」（作者）の観念のなかでイメージされた場面が、映像のフィルムを巻き戻すようにして語り直されていく。

では、そのような結末部分の語りは一体どのようになっているのだろうか。以下、その件を見てみよう。

平吉が町内のお花見の船の中で、お囃子の連中にひよつとこの面を借りて。《ママ》舷へ上つた時は、矢張かう云ふ心もちであつた。

それから踊つてゐる内に、船の中へころげ落ちて、死んだ事は、前に書いてある。船の中の連中は、皆、驚いた。一番、驚いたのは、あたまの上へ落ちられた清元のお師匠さんである。平吉の体はお師匠さんのあたまの上から、海苔巻や、うで玉子の出てゐる胴の間の赤毛布の上へ転げ落ちた。

『冗談ぢやねえや。怪我でもしたらどうするんだ。』之はまだ、平吉が巫山戯てゐると思つた町内の頭が、中つ腹で云つたのである。けれども、平吉は動くけしきがない。

すると頭の隣にゐた髪結床の親方が、流石におかしいと思つたか、平吉の肩へ手をかけて、『旦那　旦那…もし…旦那…旦那』と呼んで見たが返事がない。手のさきを握つてみると冷くなつてゐる。親方は頭と二人で平吉を抱き起した、一同の顔は不安らしく、平吉の上にさしのべられた。『旦那…旦那…こいつはいけねえや…』髪結床の親方の声が上ずつて来た。

すると其時呼吸とも声ともわからう《ママ》ない程、かすかな声が、面の下から親方の耳へ伝つて来た。『面を…面をとつてくれ…面を』頭と親方とはふるへる手で、手拭と面を外した。

しかし面の下にあつた平吉の顔はもう、ふだんの平吉の顔ではなくなつてゐた。小鼻が落ちて、唇の色が変つて、白くなつた額には、油汗が流れてゐる。一眼見たのでは、誰でも之が、愛嬌のある《ママ》。ひようきんな話のうまい、平吉だと思ふものはない。——たゞ、ひよつとこの面だけが、さつきの通り口をとがらして、とぼけた顔を胴の間の赤毛布の上に仰向けて、静に平吉の顔を見上げてゐる。

これは「ひよつとこ」最後の場面——平吉が死んだ時の冒頭部の状況を再び語り直している場面であるが、ここではそれまで別々に語られてきた「語ること」（telling）と「示すこと」（showing）の情報と視座とが合体している（左図）——いわば、二種類の〈一人称的語り手〉が、この最後の場面で融合するのである。

無知の語り手（「描写ブロック」showing）

全知の語り手（「叙述ブロック」telling）　……書き手（メタレベル　telling＋showing）

もっとも、注意したいのは、この「書き手」（作者）が「作品世界内／作品世界外」とは異なる視座に立っているという事である。たとえば、この箇所で「矢張かう云ふ心もちであつた」「町内の頭が、中つ腹で云つたのである」（点線部）とあって、作中人物の心中を説明しているような箇所は、「局外」（全知）の立場といえるが、その一方で、「おかしいと思つたか」「不安らしく」「上ずつて来た」（傍線部）などというのは、現場に居合わせた者の観察や推量をする立場である。

従って、このような語りは、通常の三人称形式とは区別されねばなるまい。なぜなら、すでに述べたように、三人称形式というのは、語り手が「登場人物になっていない」様式であるため、登場人物（一人称）の視点から現場の状況を報告する事が出来ないからである（しかし、ここで語り手は、登場人物（一人称）の視点から、「おかしいと思つたか」「不安らしく」などと、現場の状況を再現している）。――とはいえ、これは通常の一人称形式でもない。これも前述したように、一人称形式では、語り手が「登場人物になっている」様式になるため、他人の心理に言及することが出来ないからである（しかし、ここで語り手は、「矢張かう云ふ心もちであつた」「町内の頭が、中つ腹で云つたのである」などといって、作中人物の心理に言及している）。――後半部の「書き手」（作者）は、いわば現場に居合わせる作中人物でありながら、他者の内面についても語れる、といった具合に、「作品内／作品外」よりもメタのレベルに立っており、そこから作品内外を自在に往還している。

では、なぜ「ひよつとこ」では、このような語りが可能なのか――というと、それはこの後半部分が、それまでの「描写ブロック」(showing)と「叙述ブロック」(telling)の合体した形態になっている事が関係していよう。すなわち、読者はこの「書き手」(作者)が、冒頭部において現場を目撃している一人称的人物である事を知っており、また中盤部で平吉のことを何でも語れる能力を備えている事も知っている。そして、この後半部で作品世界そのものが、最初から「書き手」(作者)の観念の中でイメージされた世界であったという事も知っている。それゆえ、読者は「書き手」(作者)と同じメタレベルの視座に立って〈観念の世界〉で展開されるこの場面を、ある時は作品世界の外側から作中人物の心理を眺め、またある時は作品世界の内側から現場の状況を眺めるという、二重の視座で眺めることが可能になるのではないか。

いずれにせよ、「ひよっとこ」において分裂しているように見えた二種類の〈一人称的語り手〉――すなわち、①〈無知の語り手〉と②〈全知の語り手〉は、別々のブロック(描写ブロック/叙述ブロック)に分けられ、さらにその②〈全知の語り手〉が、結末部において②´「書き手」(作者)の正体を明るみに出す事で、①〈無知の語り手〉とメタレベルで同化する。この②´「書き手」(作者)は作品世界をメタフィクション的に対象化しつつ、自らの観念の中で、あるときは作中人物と同じ虚構の世界に属する住人の立場から現場の様子を再現し、またあるときは作中人物の内面についても語れるといった具合に、作品内外を自在に往還できるメタレベルの主体となる。そして、そのような語りを可能にしたのは、「描写」と「叙述」を別々のブロックに分けて、二つの視座をメタレベルで統合するという過程を経たこと――とりわけ、それによってこれまで語ってきた内容を観念の中で対象化する、というメタフィクション的な虚構空間が創出された事によるのだと結論したい。

四、むすびに

冒頭でも述べたように、芥川龍之介の小説スタイルの生成は、一人称の様式からしだいに三人称的な様式へと変容していく過程をもっている。そして、今回取り上げた「ひよつとこ」などは、ちょうどそのような転換期にあたるものとなる。

もっとも、そうした「ひよつとこ」では、最終的には「書き手」（作者）という「私」の視点から語るメタフィクション的なスタイルとなっている。こうしたメタフィクション的スタイルは、「語り手と作中人物の存在領域が一致しない」という広義の意味でいえば、三人称的（異質物語世界的）なスタイルといえるが、語り手が自らの観念のなかで、作中人物（一人称）のような立場も取り得るという意味で、少なくとも西欧リアリズム文学が目指したような三人称客観などとは区別されるべきスタイルといえるだろう。――結末における「ひよつとこ」の語り手は、自己を透明化させず「書き手」のような立場から自らの観念のなかで作品内外を自在に往還しつつ物語っているのである。

ともあれ、このようにして「ひよつとこ」に登場してきた「書き手」（作者）の存在は、後の「羅生門」の表現主体と同じ性質をすでに備えている。なぜなら、後述するように「羅生門」も、語り手が「作者」と名乗り、ナレーターのような立場から自らの観念のなかで展開される話を、自ら対象化しつつ物語る、というメタフィクション的様式となっており、「さっき書いた」「前にも書いた」などと述べながら、作品世界を自己言及的に対象化しながら語っているからである。それは「ひよつとこ」の語り手が、後半部において「前に書いてある」などと述べて、作品世界を対象化していくことと、同じような構造といえるのである。

いずれにせよ、本章では、芥川の小説スタイルの変容期に書かれた「ひよつとこ」の言説が、西欧リアリズム文学の目指したような三人称客観とは異なったスタイルの生成を物語っているという事を指摘するだけにとどめておこう。こうした小説スタイルが、芥川文学における表現的意匠や、語りの戦略性とどのように関係してくるのか、という問題については、次章において論じることとしたい。

注1　W・C・ブース『フィクションの修辞学』（米本弘一・服部典之・渡辺克昭訳、水声社、平成三年二月）百九十七頁

2　G・ジュネット『物語のディスクール』（花輪光・和泉凉一訳、書肆風の薔薇、昭和六十年九月）二百八十六頁

3　F・シュタンツェルは、『物語の構造』（前田彰一訳、岩波書店、平成元年一月）のなかで、三人称形式（全知）と一人称形式のテクストの構造上の違いとして、語り手の「肉体性」の有無を取り上げている。すなわち、語り手が作中人物（もしくは、その周縁にいる者）に位置して、「肉体性」を備えていれば、それは一人称形式の体制となり、語り手が作品世界の外側に位置して「肉体性」を備えていなければ（たとえ人格化されていても）、それは三人称形式（全知）の体制になるのだとしている（七十八頁）。こうした区分は、人称の区分を「登場人物／非登場人物」で分類したG・プリンスの定義にも相即していよう。

4　K・ハンブルガーは、『文学の論理』（植和田光晴訳、松籟社、昭和六十一年六月）のなかで、一人称小説と三人称小説の間には、厳然たる隔壁が横たわっているとして、純粋なフィクションは三人称小説のみであると述べているが、こうした彼女の理論は、前田彰一『物語のナラトロジー』（彩流社　平成十六年二月）で、以下のように説明されている。

K・ハンブルガーは、厳密な意味でのフィクション的な語りが行なわれうるのは、三人称物語のみであり、一人称の語り手が語る文学の語りの構造（一人称物語）は、厳密な意味ではフィクションではないと言う。つまり、一人称物語は、いわば一人称の語り手（「私」）を言表主体とする「仮構の（偽装された）現実言表」だからである。ハンブルガーにとって「叙事的フィクション」である三人称形式の小説と、一人称小説の「仮構の現実言表」との間には厳然たる隔壁が横たわっている。彼女によれば、小説の三人称形式と一人称形式の境界には、二種類のそれぞれ異なる役割を帯びた「語り手」が相対しているのではなく、境界をはさんでその一方に存在するのは、通常の人格化された語り手という観念には結びつかない非人称的ないしは無人称的な「物語機能」であり、もう一方に存在するのが、自らの物語り行為によって読者にその現存を常に意識せしめると

ころの「語り手」、すなわち人格化された一人称の語り手（「私」）なのである。この一人称の語り手こそが、自ら体験し、目撃し、見聞したことを伝達できるのである。一方、三人称小説においては語り手が語るのではなく、「物語機能」という非人称的な描出行為によってなされる「語り」がフィクションを構成するのである。（百六十六、百六十七頁）

こうしたハンブルガーの理論は、一人称が「仮構の（偽装された）現実言表」によるスタイルで、現実のコミュニケーションの地平を超え出ることがないのに対し、三人称は「非人称」としての「物語機能」がフィクションを構成するがゆえに、純粋なフィクションとなるとしている。G・プリンスの定義もこうしたハンブルガーの理論から逸脱するものではないだろう。

5　奥村恒哉「代名詞『彼、彼女、彼等』の考察—その成立と文語口語」（「国語国文」昭和二十九年十一月）

6　注5に同じ

7　この事はリアリズム文学が、「示すこと」（showing）に比重を置いていることも関係している。たとえば、田山花袋の次の言及をみよう。

一人称で書く場合と、三人称で書く場合を少し研究して見る必要がある。一人称で書く場合にはいくら説明しても不便は無いが、三人称で書く時には、この説明といふことがしつくりはまらない、いやはめることが難かしい。で、自然の結果として、三人称で書く小説は平面描写的になって、説明は成だけ避けるやうになつたのだろう。

花袋がここで三人称小説を書く場合は、「説明は成だけ避ける」と述べているように、リアリズムの三人称は事柄を「叙述」（語ること telling）するのではなく、「描写」（示すこと showing）するような仕方で伝える事で、読者に物語を独自了解させることが目指されている。「描写」を中心にするという事は、語り手の物語への介入を極力排除することでもあった。

8　G・ジュネット前掲書によれば、「示すこと」（showing）とは、「物語っているのは自分ではない」という錯覚を与えるもので、公式としては「最大限の情報＋最小の情報提供者」という語り手の後景化した再現のモードをいう。（百八十八―百九十六頁）

9　たとえば、前田前掲書が「叙述／描写」ではなく、「要約／場面」という用語を用いて説明しているのが、その一例である（七十一頁）。

10　G・ジュネット前掲書によれば、「語ること」（telling）とは「詩人自身の名において物語る」（最小の情報＋最大の情報提供者）ことで、語り手の存在が話者として前景化されたモードの事をいう。（百八十八―百九十六頁）

11　中村三春「フィクションとメタフィクション」（『国文学』平成十三年十一月）

12　中村三春『フィクションの機構』（ひつじ書房、平成六年五月）二百十八、二百十九頁

13　「書き手」という用語は、鈴木貞美「日本の小説話法の特殊性をめぐって」、曽根博義「『小説の方法』批判」（『現代日本文学の思想』五月書房、平成四年十二月所収→初出「日本研究」平成三年十月）のなかで用いられているものを参照した。鈴木によれば、「書き手」とは「絶えず自分の語りの内容や語り方に言及する語り手」のことであり、「虚構の場を対象化し、虚構の水準を転位させる」語り手のことであるという（百十五頁参照）。こうした「書き手」は、通常の語り手とは水準が異なるものとされる。

第六章　「ひよつとこ」の語り

――「嘘」の重層構造――

一、はじめに

「ひよつとこ」（初出「帝国文学」大正四年四月）は、まず冒頭部において、船上で馬鹿踊りをしている平吉が脳溢血で死ぬまでの様子が語られ、続く中盤部では生前の平吉の人物像や言動について語られる。そして、後半部において平吉の死んだ時の様子が再び語られるという、いわば①平吉の死（前半部）→②生前の平吉（中盤部）→③平吉の死（後半部）という三つのブロックによって構成されている。

もっとも、このような展開は、冒頭部において匿名のまま死んだ平吉が、その後、生前の情報を加えられる事で、個人としての意味づけを与えられて死ぬという事でもある。既に前章（Ⅰ『叙述ブロック』と『描写ブロック』―『ひよつとこ』の構造」）でも考察したように、全体は結末部から逆向きに統合されており、物語は予め決められた結末に向かって予定調和的に展開されているから、争点となるのは語り手が〈「匿名」の死〉として平吉を語る冒頭から、いかにして〈「個人」の死〉として語る後半部へと情報を変換していくのかという事になろう。

もっとも、やや先走っていえば、語り手は中盤部において、決して客観的真実を保証する平吉を語っているわけではなく、「人」の主観によって歪められた平吉像を語っている。このことは「ひよつとこ」が、いわゆる三人称客観小説などとよばれるスタイルとは異なっている事を表しており、本作の表現上の戦略性を考察するうえで、重要な問題を提起するものでもある。本章はそのような問題を踏まえたうえで、主に中盤部における平吉の語られ方について注目しつつ、考察を進めてみたい。

二、多声的ディスクール

まず語りの枠組みから確認すると、「ひよつとこ」中盤部は、叙法的には「叙述」（語ること telling）のスタイルで構成されている。「叙述」（語ること telling）というのは、「詩人自身の名において物語る」（最小限の情報＋最大限の情報提供者）ことで、もっぱら自らの存在を前景化させ、読者に向かって語り手が直接説明している様式の事であるが、このブロックも語り手が平吉に関する情報を説明的に語っているので、「叙述」（語ること telling）の様式となる（「叙述ブロック」前章参照）。

内容は、もっぱら平吉という主人公の人物像に関してのものとなっている。すなわち、語り手は、最初、世間一般の平吉の人物像について語り、次いで世間の知らない平吉の心理を分析し、最終的に平吉の一生について批評している。もっとも、そのように平吉を紹介していくに際して、語り手は必ずしも自分の言葉だけで説明しているわけではない。彼は自分の知識や判断だけに拠らず、複数の人間の言葉を引用したり、それを自らの言葉にかえたりしながら語るという特徴を持っている。たとえば、それは以下のような文章にあらわれている。

平吉はおやぢの代から、日本橋の若松町にゐる絵具屋である。死んだのは四十五で、後にはうけ口の肥つたお上みさんと、兵隊に行つてゐる息子とが残つてゐる。暮しは裕だと云ふ程ではないが雇人も二三人も使つてどうにか人並にはやつてゐるらしい。人の噂では、日清戦争頃に、秋田あたりの岩緑青を買占めにかゝつたのが、当つたので、それ迄は老舗と云ふ丈で、お得意の数も指を折る程しか無かつたのださうである。

平吉は、円顔の、頭の少し禿げた、眼尻に小皺のよつてゐる、何処かひようきんな所のある男で、誰にでも腰が低い、道楽は飲む一方で、酒の上はどちらかと云ふと、まづい《ママ》方である。唯、酔ふと、必、馬鹿踊を始める癖があるが、之は当人に云はせると、昔、浜町の豊田の女将が、巫女舞を習つた時分に稽古をしたので、その頃は、新橋でも芳町でも、お神楽が大流行だつたと云ふ事である。

これは中盤部の冒頭、語り手が平吉の人物紹介を行っている箇所であるが、注意したいのは、「…らしい」「…だそうである」「…と云ふ事である」（傍線部）といった伝聞推量形が使われていることである。というのも、このような伝聞推量形の語りは、決して客観的真実を保証するものではなく、むしろ、このような「人」の判断を加えることによって、平吉の人物像は曖昧になり、その情報は不確実なものになっているからである。

たとえば「どうにか人並にはやつてゐるらしい」という伝聞推量は、裏を返せば、もしかしたら平吉の暮らしは「人並み」ではなかったのかもしれないという可能性を、決して否定しない言い方である。また「秋田あたりの岩緑青を買占め」たというのも、噂であって事実ではない。平吉は何か別の方法で金を儲けたのかもしれないという可能性を含んでいるのである。

このような語り手は、作中人物と同じ視座に立っているので、一人称的な立場に近いといえるが、一人称といっても平吉の心理まで語っており、人間的な制約を受ける立場ではなく、とはいえ「全知」といっても、その情報は神の絶対性を保証するようなものでもない。語り手は平吉の心理を語ることも可能な能力を備えているにも関わらず、あえて「人」の判断を用いた曖昧なレトリックを使いたがる身振りを持っているのである。そして語り手がこのように複数の人間の判断を引用することによって、本作もまた様々な人間の声が引用された多声的なものになっている。

実際、語り手に引用された複数の声がお互いに反響しあい、お互いを打ち消し合う事で、読者に〈真実とは何か〉といった形而上的なアポリアを突きつけてくる場合もある。それが以下の箇所である。

①平吉の口から出た話によると、彼は十一の年に南伝馬町の紙屋へ奉公に行つた。するとそこの旦那は大の法華気違ひで、三度の飯も御題目を唱へない内は、箸をとらないと云つた調子である。所が、平吉がお目見得をしてから二月ばかりするとそこのお上みさんがふとした出来心から店の若い者と一しよになつて着のみ着のまゝでかけ落ちをしてしまつた。（略）大騒ぎをした事があるさうだ。

それから又、そこに廿迄ゐる間に店の勘定をごまかして、遊びに行つた事が度々あるが、その頃、馴染みになつた女に、②心中をしてくれと云はれて弱つた覚もある。（略）後で聞くと矢張其女は、それから三日ばかりして、餝屋の職人と心中をしてゐた。深間になつてゐた男が外の女に見かへたので、面当てに誰とでも死にたがつてゐたのである。

それから廿の年におやぢがなくなつたので紙屋を暇をとつて自家へ帰つて来た。半月ばかりすると或日、おやぢの代から使つてゐた番頭が、若旦那に②手紙を一本書いて頂きたいと云ふ。（略）その通り書いてやつた宛名が女なので、『隅へは置けないぜ』とか何とか云つて冷評したら、『これは手前の姉でございます』と答へた。すると三日ばかりたつ内に、その番頭が②お得意先を廻りにゆくと云つて家を出たなり、何時迄たつても帰らない。帳面を検べてみると、大穴があいてゐる。手紙は矢張、馴染の女の所へやつたのである。書かせられた平吉程莫迦をみたものはない。

それから……まだこんな事を書けばいくらでもある。しかしいくら書いても始まらない。何故かと云ふと、③之は皆、平吉が拵へた嘘だからである。

語り手はここで平吉の履歴についての話をするが、自らの言葉を使わずに「平吉の口から出た話によると」（点線部①）といって平吉の言葉を引用している。もっとも、そこから展開される話は、すべて平吉の「嘘」の訳であるが、かかる平吉の口から出る話（嘘）の登場人物達（紙屋の旦那、馴染みの女、番頭）もまた、「嘘」に欺かれたり、「嘘」をついたりする人たちになっている。平吉はここで「心中をしてくれ」「手紙を一本書いて頂きたい」「お得意先を廻りにゆく」（傍線部②）といった「嘘」（声）に騙されているが、そのような話をする平吉の話自体もまた「嘘」である（二重傍線部③）。――さらに、そのような話を引用する語り手の発言も、現行本では以下のように書き換えられている。[注1]

> これが皆、嘘である。平吉の一生（人の知つてゐる）から、これらの嘘を除いたら、あとには何も残らないのに相違ない。

この「…相違ない」（傍線部）というのも、強い断定形ではあるものの、やはり人間の判断である以上、「神」の絶対性を保証するものではない。こうした語り手の発言もまた、広義の「嘘」と捉えるなら、この箇所は語り手の「嘘」（声）のなかに、平吉の「嘘」（声）があり、平吉の「嘘」（声）のなかに、登場人物達（紙屋の旦那、馴染みの女、番頭）の「嘘」（声）がある。もっといえば、それらの人物と関係を持っている人たち（お上さん、深間になった男、馴染みの女）の「嘘」（声）も、話の深層に潜在しているという事になる。つまり、ここでは入れ子型に人間の「嘘」（声）が重層化されているのであり、それらが深層に向かって無限に交響していく、という多声的な構造になっているのである。従って、この箇所は何一つ真実を語っていない。ここにあるのは、むしろ人間の言葉という「嘘」の連鎖なのである。

以上、見てきたような語り――すなわち、客観的に語るのではなく、「人」の判断（主観）のフィルターを通すことで真実を隠蔽するという語りは、後の「地獄変」（初出「大阪毎日新聞」、「東京日日新聞」大正七年五月）や「藪の中」（初出「新潮」大正十一年一月）にも通ずる手法である。「ひよつとこ」というテクストは、後年に通ずるそうした方法意識が、この時期の芥川の中にすでに胚胎していた事を表している。

三、対話的語り

前節でも見てきたように、「ひよつとこ」（中盤部）における語りは、決して単声的な言説によって進行されているわけではなく、語り手は世間の噂や平吉の言い分など、複数の人間の声を引用しながら語っており、その言説は多声的なものになっている。従って中盤部において、語り手は客観的な真実を保証するような平吉像を語っているのではない。語り手は他人から聞いた話や、自らの見聞した事によって構成したところの平吉像――いわば〈自分の知っている平吉像〉（自らのイメージする平吉像）について語るような人物となっている。

ところで、このようにして「ひよつとこ」の言説に潜在している複数の声は、単に間接話法のレベルで引用されているだけにとどまるものでもない。語り手はまた体験話法的（自由間接話法的）なレベルでも、作中人物の声を引用し、さらにはこれと対話的な関係を結ぶという特徴も持っているのである。そうした対話関係は、たとえば次のような文に表れている。

A・しらふでゐる時の平吉の方が、①ほんとうの平吉のやうに思はれるが、②彼自身では妙にどつちとも云ひ兼ねる。

B・どっちの平吉がほんとうの平吉かと云ふと、之も彼には、判然とわからない。

ここには、複数の声（判断）による対話関係が潜在しているといえよう。たとえば、「A」の場合、「……やうに思はれる」（傍線部①）という文の主語は、語り手が前景化しており、「……どっちとも云ひ兼ねる」（波線部②）は平吉（彼）が前景化している。語り手は、ここで「しらふ」の平吉が本当の平吉ではないかと思うが、「どっちとも云ひ兼ねる」という平吉の声（判断）を参照して、自身の考えを留保する――いわゆる〈参照〉という形での対話になっている。「B」の場合、「…ほんとうの平吉か」（点線部③）という述語の主語は、読者の声が潜在した問いかけであり、「彼には、判然とわからない」（波線部②）は、平吉（彼）の答えである。――いわゆる〈問答〉という形での対話になっている。

では、このような作中人物との対話がなぜ可能なのか――というと、それはこれが作中人物の生きる作品世界ではなく、あくまで語り手の知覚領域――すなわち〈観念の世界〉で語られているためであろう。前述した通り、中盤部は「叙述」（語ること telling）の様式（叙述ブロック）で語られているが、これは語り手が読者に向かって直接説明しているモードであって、いわば語り手の観念領域に属する世界が展開されている叙法である。従って語り手は現実の平吉と対話しているわけではなく、自身の観念のなかで平吉のことを想起したり、平吉の身になって考えたり、平吉と対話したりしながら、その内面を探求しているのだといえる。

もっとも、こうした声との対話関係は、語り手の観念のなかで行われている以上、平吉や読者の主体は、なかば語り手と融合されているといえ、その意味でこれは、対他的（「私-平吉」関係的）コミュニケーションではなく、対自的（「私-私（平吉）」関係的）コミュニケーション――すなわち、〈自問自答〉の形態に近いものだともいえよう。

いずれにせよ、このような〈対話的語り〉は、語り手の観念の様式と結びついている事から、とりわけ語り手が思索のモードに入る際に行われるが、かかる特徴の最もよく現れているのが、「平吉が酒を飲むのは…」以下の文――すなわち、語り手が平吉の心理の領域に踏み込んでいく叙述となる。すこし長くなるが引用しよう。

> 平吉が酒をのむのは、②当人の云ふやうに生理的に必要があるばかりではない。①心理的にも、飲まずにはゐられないのである。③何故かと云ふと、酒さへのめば気が大きくなつて、何となく誰の前でも遠慮が入らないやうな心持ちになる。踊りたければ踊る、眠たければ眠る。誰もそれを咎める者はない。（略）①平吉には、何よりも之が難有いのである。③何故に之が難有いか。②それは自分にもわからない。①平吉は唯酔ふと、自分が全、別人になると云ふ事を知つてゐる。（略）さうして、その記憶に残つてゐる自分と今日の自分と比較すると、どうしても同じ人間だとは思はれない。それなら、③どつちの平吉がほんとうの平吉かと云ふと、之も②彼には、判然とわからない。酔つてゐるのは一時で、しらふでゐるのは始終である。さうすると、しらふでゐる時の平吉の方が、ほんとうの平吉のやうに①思はれるが、②彼自身では妙にどつちとも云ひ兼ねる。Janus と云ふ神様には、首が二つある。どつちがほんとうの首だか知つてゐる者は誰もゐない。①平吉もその通りである。

まず、ここでの語りの構造を確認すると、少なくとも三つの声が織り込まれていることがわかるだろう。すなわち、語り手の声（下線部①）、平吉の声（波線部②）、読者の声（点線部③）である。もちろん、これは便宜上の区分にすぎない。先にも述べたように、この「語り手‐読者‐平吉」という三者のコミュニケーション構造は、語り手の観念領野において行われており、〈自問自答的〉（「私‐私（平吉、読者）」関係的）なコミュニケーションに近いものである。従って、語り手と平吉の声が重なっている部分もあるし、語り手と読者の声が重なっている部分もある。これはあくまで考察上の目安としておきたい。

確認したいのは、ここでの対話構造なのである。語り手は、まず「生理的に必要がある」という平吉の言明を脇に置き、「心理的にも、飲まずにはゐられないのである」と自身の判断を前景化させた後、その語りを以下のように展開させていく。「何故か」（問い）→「平吉には、何よりも之が難有いのである」（答え）。「平吉には、何よりも之が難有いのである」（説明）→「何故に之が難有いか」（問い）→「自分にもわからない」（答え）。「どつちの平吉がほんとうの平吉か」（問い）→「判然とわからない」（答え）。「しらふでゐる時の平吉の方が、ほんとうの平吉のやうに思はれる」（提案）→「どつちとも云ひ兼ねる」（提案の否定）→「Janus と云ふ神様には…」（結論）。

このような展開をみると、語り手は平吉と観念のなかで〈自問自答的〉（「私-私」関係的）に対話し、またそうした対話を連鎖させていく事をもって、自らの語りの推進力にしていることがわかる。従って「Janus と云ふ神様には…」以下の結論も、平吉自身の考えというより、むしろ観念のなかで、なかば平吉に同化した語り手が〈自問自答的〉（「私-私（平吉、読者）」関係的）に思索を深めていった結果、出した結論とみなすべきだろう。「Janus の神の首」に象徴される二元論のアポリア――すなわち〈真実の自己とは何か〉といったような形而上学的な問題に拘泥しているのは、語り手であって平吉ではない。平吉は語り手の思考に従属した形で語られているのである。

以上のように、語り手は中盤部において、世間の噂を引用したり、平吉本人の言い分を参照したりしながら、平吉の人物像について説明している。また、彼の内面については平吉自身の考えを参照しながら、これと対話するようにして語っている。語り手は〈真実の平吉〉を語っているわけではなく、〈自分の知っている平吉〉について語っているのであり、結局のところ、そのような平吉を通して、自分自身の問題について探求しているのだともいえる。

四、嘘の重層構造

見てきたように、「ひよつとこ」の言説表現は、いわゆる三人称客観などという様式とは異なったものを目指している。三人称というのは、本来「その場にいない者」の視点のことをいうが、(注2)「ひよつとこ」は認識主体＝「私」を後景に退かせて、事物や事柄を客観的に描出するのではなく、認識主体＝「私」を大きく前景化させて、様々な人の噂や主張を引用したり、自らの推量を加えつつ、平吉を主観的に描き出すという手法を取っているのである。

そして筆者の主張したいのは、「ひよつとこ」がそのように認識主体＝「私」を前景化させていく事によって、本作の語りも「人」の言葉＝「嘘」というものを戦略的に用いた言説になっている、という事なのである。前述の通り、中盤部の語り手は、平吉の人物像を、複数の声を引用して語っていたが、それらの情報は「人」の判断を含んでいるので絶対ではなく、また平吉との対話や、それを参照して自ら批評を下す語り手の判断も、「人」のものであり、絶対ではない。語り手は客観的な真実を保証する平吉を語っているわけではなく、自分の知っている平吉について語っているのであり、平吉の人物像は騙られているのだといえる。

もっとも、「人」の言葉＝「嘘」を用いた騙りは、中盤部だけに限ったことではない。結論からいってしまえば、この物語そのものが「作者」(書き手)である語り手の虚構《フィクション》に他ならず、平吉の存在そのものが語り手の「嘘」であった可能性まで「ひよつとこ」の語りは明示している。ただ、この事を考察するためには、物語全体の語りの構造について確認してみなければならない。

「ひよつとこ」の構造については、すでに前章（「『叙述ブロック』と『描写ブロック』―『ひよつとこ』の構造」）でも考察したように、審級の異なる複数の語りによって、全体が構成される形になっていた。すなわち、物語の前半部の語り手は、作中人物の立場から平吉について何も知らない人物の視点（無知の視点）で現場の様子を語り、中盤部では平吉のことについて何でも知っている人物の視点（全知の視点）で語っている。もちろん、両者の間には「無知／全知」という形で情報量の間に断絶があり、全く視座の異なる語り手が並立している。しかし、両者は後半部における次の文章によって統合するのであった。

　平吉が町内のお花見の船の中で、お囃子の連中にひよつとこの面を借りて。《ママ》舷へ上つた時は、矢張かう云ふ心もちであつた。
　それから踊つてゐる内に、船の中へころげ落ちて、死んだ事は、前に書いてある。船の中の連中は、皆、驚いた。

注意したいのは、ここで「前に書いてある」（傍線部）と述べられている事であった。語り手は、いわばここで自身が「書き手」（作者）であり、物語が自身の「嘘」であった事を暴露することによって、前半部と中盤部の語り手を、自己同一的に統合しているのである。前章の図を再び引用しよう。

無知の語り手（「描写ブロック」showing）
全知の語り手（「叙述ブロック」telling）……書き手（メタレベル　telling＋showing）

このような物語の構造を踏まえていえば、「ひよっとこ」は、前半部において「書き手」（作者）が〈無知の語り手〉を装って現場の様子を騙っていたのであり、続く中盤部では〈全知の語り手〉を装って平吉の人物像を騙っていたという事がいえる。そして、最終的に自身が「書き手」（作者）であり、物語そのものが自身の「虚構《フィクション》」であった事を暴露することで、〈無知の語り手〉と〈全知の語り手〉を（自らの偽装であったという形で）、自己同一的に統合させているのである。

　従って、「ひよっとこ」は中盤部だけではなく、最初から最後まで「人」の視点・判断の持つ「嘘」――情報の不確実性・相対性を問題化した語り――によって構成されているといえる。繰り返しになるが、語り手は①前半部において、あたかも平吉の死の現場を目撃しているかのように「描写」（示すこと showing）していたが、これはそのように装っているだけであり、いわば「嘘」である。また②中盤部では、平吉の人物像を複数の声を引用して「叙述」（語ること telling）していたが、それらの情報も「人」の判断を含んでいるので絶対ではなく、また平吉との対話や、それを参照して自ら批評を下す語り手の判断も、「人」のものであり絶対ではない。平吉の人物像は騙られているのであり、いわば嘘である（いや、そもそも平吉という人物そのものが、実在したのかどうかも定かではない）。さらにいえば、③物語全体が「作者」（人）の虚構であり、「嘘」である。――このように、語り手は、「人」の視点を戦略的に用いながら作品世界を騙り、〈真実の自己とは何か〉という自らの主題意識を展開させ、予定調和的な物語を作り上げているのである。

　以上のように、「ひよっとこ」の語りは、人間の「嘘」――「人」の視点の持つ不確実性・相対性を戦略的に用いて、三人称客観が目指す「神」（全知）の視点に対する懐疑を打ち出している。芥川の小説スタイルが、認識主体である「私」を積極的に前景化させていった事の背景には、このような人間の認識に対する懐疑主義の問題が潜在しているのである。(注3)

五、むすびに

以上、「ひよつとこ」（中盤部）における平吉の人物像の語られ方の分析を中心に、その言説の構造について考察した。見てきたように、「ひよつとこ」は人間の「嘘」――「人」の視点の持つ不確実性・相対性を戦略的に用いて、三人称客観が目指す「神」（全知）の視点に対する懐疑を打ち出した語りになっていた。

もっとも、この事は言い換えれば、「ひよつとこ」の騙りにおいては、三人称客観の「全知」（神）の視点が持つ絶対性（一元性）に対峙するところの、「人」の視点が持つ相対性（二元性）が問題化されている、という事でもあるわけだが、こうした事は「Metronome」（前半部）と「Janus」（中盤部）だけが、本文中アルファベットで表記されていることにも表れている。というのも、前半部における語り手の意識は、「橋の上／橋の下」を行ったり来たりする往復運動を持っていたが、「Metronome」という表記は、このように注意を往復させて、自らの態度を決定しかねている語り手の態度を象徴したものといえるし、また続く中盤部では、語り手は「しらふの平吉」と「酔っている平吉」と、どっちが真実の平吉なのかという批評を展開させていたが、ここでの「Janus」という表記も「しらふの平吉／酔っている平吉」の間で、真実の平吉の姿を決定しかねている語り手の態度を象徴しているといえる。そして、このような偶数性（二元性）は、語り手の態度の決定不能性を齎しながら、平吉（ひょっとこ）の死の持つ絶対性（一元性）と対峙せられているが、これは（神や死といった）絶対的（一元的）な視点と対照化されるところの「人」の視点が持つ相対性（二元性）といった、本作の主題とも結びついた語りの性質を象徴しているのではないだろうか。

いずれにせよ、このような「ひよつとこ」の物語言説は〈真実の自己とは何か〉という平吉をめぐる物語内容の主題（二元論のアポリア）とも絡めて、もっと考察されねばならない問題であろう。「平吉の一生から嘘を除いたら何も残らない」という批評は、平吉のものというより、むしろ語り手自身の抱える問題の表れでもあるのではないか。

注1　定稿の本文は、『芥川龍之介全集　第一巻』（岩波書店、平成七年十一月、百三十七頁）に従った。

2　夏目漱石によれば、「彼とは呼ばれたる人物の現場に存在せざるを示すの語」である（『文学論』大倉書店、明治四十年七月）

3　「全知」の客観性への懐疑を含んだ語りは、高見順「描写のうしろに寝てゐられない」（「新潮」昭和十一年五月）における表現意識を先取りしたものといえるかもしれない。これは後で本書（補遺）でもふれるが、高見は、そこで「社会的共感性への不信」という言葉で従来の「全知」の視点の客観的立場に対する懐疑を表明し、ヨーロッパの「神」の視点ではなく、「作者」という「人」の視点で語ることの必要性を説いている。その詳細は、後に確認されたいが、「ひよつとこ」の言説にも、後年の高見に通ずるこうした表現意識が、既に胚胎しているといえるのではないか。本稿でも確認してあるように、語り手（作者）は「…らしい」「…相違ない」「…の話では」などと、複数の「人」の主観（判断）を用いて語っているが、こうした語りは、「人」の視点を戦略的に採用することで、三人称客観の「全知」（神）の視点に対する懐疑を含んだものにもなっている。すなわち、平吉の暮らしは人並みだったらしい（もしかしたら、人並みではなかったのかもしれない）、平吉が馬鹿踊りをするのは、お神楽の影響らしい（もしかしたら、違うかもしれない）、平吉ほど嘘をつく人間もいないと思う（これは平吉自身も考えているのだから間違いない）という「全知」（神）の客観性への懐疑を根底に孕んだ言説である。

第七章　テクストの「作者」

――「羅生門」における自意識的語り――

一、はじめに

これまで本書で考察してきたように、芥川の小説スタイルは処女作とされる「老年」以降、大きく変化していく。それは具体的には「大川の水」や「VITA SEXUALIS」のような一人称形式であった芥川の表現スタイルが、「老年」以降、三人称的な形式に変容していくことと軌を一にしている。

もっとも、一人称から三人称的スタイルへといっても、事はそれほど単純ではない。すでに第四章（「偽装された〈三人称〉――『老年』における語りの構造」）でも論じたように、「老年」は一見「局外」の視点から物語を客観的に語った三人称小説のように見えるが、実質的には語り手は「局外」に退いておらず、〈肉体をもった幽霊〉として作中人物の世界に居合わせ、現場の様子を実況中継的に伝えるという一人称的スタイルになっているのである。そして続く「ひよつとこ」でも、語り手はやはり「局外」に退かない。冒頭部において、主人公のことを何も知らない無知な作中人物を装って、現場の様子を実況し、その後、主人公のことを何でも知っている「全知」の立場を装って平吉の人物像を批評・分析していくという展開になっており、さらにそのような〈無知の語り手／全知の語り手〉という二種類の〈一人称的語り〉をメタレベルで組み合わせるという構成になっていた。いわば、三人称形式といっても、芥川のそれは認識主体である「私」を局外に退かせないで、どこまでもその主観的判断を前景化させていこうとする表現意識をもって展開されているのである。

そして、こうした表現意識を発展させていった結果、登場してきたのが「羅生門」（初出「帝国文学」大正四年十一月）になる。いわゆる芥川の準処女作とされる本作は、「ひょつとこ」の結末部におけるメタフィクション的なスタイルと同じような構造になっており、そこに前作「ひょつとこ」の表現から連続して展開される表現様式上の問題が認められるものである。

本章では、そうした「羅生門」の語りの構造に焦点をあてつつ、本作の表現上の特徴とはどのようなものなのか、またその従来のリアリズム文学などに対する表現の新しさとは、どのような点に求められるのか、という問題について考察する。

二、「羅生門」の問題

「羅生門」の語り手は自らを「作者」と名乗り、「Sentimentalism」という表記を用い、「旧記によると…」などと述べて文献を引用する。こうした語り手は実体性を備え、一個人としての自己を主張しており、「第三の作中人物」と呼べるほどの存在感を持っている。そして従来の研究では、こうした「羅生門」の語り手の存在感を持った独自のあり様が、しばしば注目されてきた。(注1)

たとえば、石原千秋「語り手と情報―芥川龍之介『羅生門』」（『テクストはまちがわない』筑摩書房、平成十六年三月所収↓初出「テクスト論は何を変えるか『羅生門』」「国文学」学燈社、平成八年四月）は、「羅生門」の語り手が「自己顕示的」である事を指摘した代表的な論考となる。石原がそこで焦点をあてているのは、語り手の情報量という問題であるが、石原の述べるところによると、「羅生門」の語り手は「自己を顕在化させる」ために、「自分は誰よりも多くの事を知っているという形をとっている」という。そして、その具体例として指摘されているのが、本文における以下の箇所となる。

その代り又鴉が何処からかたくさん、集つて来た。昼間見ると、その鴉が、何羽となく輪を描いて高い鴟尾のまはりを啼きながら、飛びまはつてゐる。殊に門の上の空が、夕焼けであかくなる時には、それが胡麻をまいたやうに、はつきり見えた。鴉は、勿論、門の上にある死人の肉を、啄みに来るのである。――尤も今日は、刻限が遅いせいか、一羽も見えない。唯、所々、崩れかゝつた、さうしてその崩れ目に長い草のはへた石段の上に、鴉の糞が、点々と白くこびりついてゐるのが見える。下人は七段ある石段の一番上の段に、洗ひざらした紺の襖の尻を据ゑて、右の頬に出来た、大きな面皰を気にしながら、ぼんやり、雨のふるのを眺めてゐるのである。

ここで石原が注目するのは「…見えた」とか「…見えない」(傍線部)という文である。これは一見「下人の視点から語られた文」のように見える。しかし、事実はそうではない。「下人の視点」から「語り手が語っている」のでもない。この時「下人は七段ある石段の一番上の段」で「ぼんやり、雨のふるのを眺めてゐる」(点線部)のだから、下人の眼には鴉も糞も見えていないのである。従って、これは「語り手の視点から、語り手が見たものを、語り手が語って(注2)」いる文なのであり、語り手が下人よりも多くの情報を得ていることを表したものなのである。

こうした指摘の重要性は、F・シュタンツェルの人称理論と照合させると、いっそう明確になろう。既に第四章(「偽装された〈三人称〉―『老年』における語りの構造」)でも指摘したように、人称の区分を構造分析の骨子に据えたシュタンツェルは、一人称小説と三人称(全知)小説の区分として語り手の存在領域の違いを取り上げていた。――すなわち、語り手が作中人物（もしくはその周縁にいる者）と同じ領域に位置して肉体性を備えていれば、それは一人称形式の体制となり、語り手が作品世界の外側に位置して肉体性を備えていなければ（たとえ人格化されていても）、それは三人称形式（全知）の体制になるのであった。(注3)

しかし「羅生門」の場合はそうではない。本作の語り手は、一応、主人公とは存在領域の異なる「局外」（三人称）の位置に立っているといえるが、それでいながら同時に「…見えた」「…見た」などと、作中人物（一人称）のような視点から現場の様子を語っている。すなわち「羅生門」の語りは、作品の外側と内側の両方を自在に往還しながら――情報量の誇示だけでなく――自身がどのような視点でも語りうるという全能性をも顕示しているのである。

では、このように一見シュタンツェルのテーゼに反したようにみえる語りの表現様式は、一体どのようにして可能となるのであろうか。言い換えれば、いかなる語りの体制によって、語り手は「一人称／三人称」という〈人称の壁〉を越境しているのであろうか。このことは「羅生門」以外のテクストの構造にも通ずるものがあるし、これまで本書で紹介してきた人称理論の不足を補う考察ともなるだろう。以下、本稿はそのような問題も踏まえた上で、「羅生門」の言説構造の分析をしてみたい。

三、「羅生門」の二重構造

まずは本作における言説の枠組みから確認しておこう。周知のように「羅生門」という小説は、物語の冒頭において、下人が門の下で雨やみを待っている様子から語られるが、前述した引用文を見てもわかるように、語り手は下人の知らないような事まで語っている。

このように作中人物よりも語り手の情報量が上回っているスタイル（語り手＞作中人物）は、G・ジュネットによれば「焦点化ゼロ」というものになる。これは「潜在的には、物語世界のあらゆる時間・空間に起こった出来事、そしてあらゆる登場人物の内面を記述することが可能」な体制のことである。(注4)

また、叙法としては、いわゆる「語ること」(telling)とよばれるものになる。これもジュネットが前掲書の中で紹介している物語論《ナラトロジー》の用語で、第五章(「『叙述ブロック』と『描写ブロック』―『ひよつとこ』の構造」)で紹介したもの。定義としては、語り手が物語に前景化してきて、読者に向かって直接説明したり、報告したりする体制の事をいい、語り手の観念領域で展開されるモードの事であるという。

従って「羅生門」は何でも知っている「全知」のような語り手が、ナレーターのように登場してきて、自らの観念のなかで展開されている作中人物の世界を、読者に向かって説明的に聞かせるスタイルになっているといえる。ただ、ここで注意したいのは、語り手は決して過去の物語のみを語っているわけではなく、そのような過去の物語を語っている現在の自分についても言及しているという事である。たとえば、本文のなかに以下のような箇所がある。

作者は①さつき、「下人が雨やみを待つてゐた」と書いた。しかし、下人は、雨がやんでも格別どうしやうと云ふ当てはない。ふだんなら、勿論、主人の家へ帰る可き筈である。所がその主人からは、②四五日前に暇を出された。①前にも書いたやうに、当時京都の町は一通りならず衰微してゐた。②今この下人が、永年、使はれてゐた主人から、暇を出されたのも、この衰微の小さな余波に外ならない。（略）その上、②今日の空模様も少からずこの平安朝の下人の①Sentimentalismに影響した。②申の刻下りからふり出した雨は、未に上るけしきがない。そこで、下人は、何を措いても差当り②明日の暮しをどうにかしやうとして――云はゞどうにもならない事をどうにかしやうとして、とりとめもない考へをたどりながら、②さつきから朱雀大路にふる雨の音を、聞くともなく聞いてゐた。

ここには明らかに位相の異なる二つの時間軸が存在している事が確認されよう。たとえば「さつき…書いた」「前にも…書いた」などとあるが、この「さつき」「前にも」（傍線部①）という表記は、今現在この物語を書いている「書き手」（作者）の地点（いま・ここ）から捉えられた時間意識であり、一方の「四五日前」「今」「今日」「さつき」（点線部②）などとあるのは、ストーリーの展開されている下人の地点（いま・ここ）から捉えられた時間意識である。また「Sentimentalism」（傍線部①）というアルファベット表記は、現代人の記述であり、「申の刻下り」（点線部②）というのは平安朝の表記となる。――すなわち、「羅生門」の語り手は、一方で下人と時間感覚を共有する視点で語りながら、もう一方では物語を書いている現在（いま・ここ）の視点で語っているのである。こうした特徴は、もちろんこの箇所だけに限ったことではなく、本作の随所に認められるから、「羅生門」という小説は「作者」（書き手）の現在（いま・ここ）と作中人物の現在（いま・ここ）という、少なくとも位相の異なる二種類の言説を含んだ構造になっている事がわかる。[注5]

このように小説のなかに二つの小説があるものを、我々はメタフィクションと呼んだりするが、その点、①作中人物の時空間と、②「作者」の時空間という二つの領域を備えている「羅生門」もまた、かかるメタフィクション的な性格を備えた小説になっているといえるのではないか。実際、P・ウォー『メタフィクション』（結城英雄訳、泰流社、昭和六十一年七月）も「メタフィクションの最小公分母は、フィクションの創造とそのフィクションの創造に関する陳述とを、同時に行うこと」（十九頁）と規定しているが、「羅生門」の語り手もまた、作中人物と同じ時間感覚を共有する物語を展開する一方で、「旧記によると…」「前にも…書いた」などと語っており、いわば〈下人の現在〉と〈下人の物語を創造している「作者」の現在〉という二つの時間が語り分けられており、

広義のメタフィクションに分類できると考えられるのである。(注6)

四、自意識的語り

四—一、対自的(「私—私」関係的)構造

見てきたように「羅生門」の言説は、「語ること」(telling)に比重を置いたスタイルになっている。ただ、注意したいのは、「羅生門」がそのような叙法に比重を置いたメタフィクション的構造となっているため、作品空間も〈現実の世界〉(偽装された現実)というより、語り手の頭の中でイメージされた〈観念の世界〉になっていることが明示されている事である。すなわち「羅生門」は「旧記」で伝えられている物語を、語り手が頭の中でイメージしながら、批評や分析を加えて語った物語になっている。

この事に注目したいのは、そのようにして作品世界が語り手の〈観念の世界〉で展開されることで、「語り手—作中人物」の関係性も、対他的(「私—彼」関係的)なものというより、対自的(「私—私」関係的)なものになっていくからである。

たとえば、次のような文章を見てみよう。

下人は雨やみを待っていた。

この文は通常のフィクションとメタフィクションの場合とで構造が異なってこよう。たとえば、通常のフィクションの場合、物語の作品空間は〈現実の世界〉であるように偽装されているので、語り手もまたこの「下人は雨やみを待っていた」という情景を、作品世界の外側から描出することで、あたかも現実の世界であるかのよう

に再現していくことになる。つまり、その場合、ここでの語り手と下人の関係は、対他的（「彼‐私」関係的＝「下人と関係する〈私〉」）となる。

　しかし、メタフィクションなどの場合は、そうではない。メタフィクションは、その作品世界が、あくまで（「作者」と名乗って登場する）語り手の〈観念の世界〉であることが明示されるスタイルになる。従って、上記の言説も、次のような語句が補足的に挿入されたものとみなす事が出来る。

　　下人は雨やみを待っていた。（と、作者は書いた）

　このような文章の場合、「語り手‐下人」の関係は、先の対他的（「私‐彼」関係的）なものとは異なってくる。なぜなら、語り手はここで下人と関係しているのではなく、あくまで自分の頭のなかでイメージされている下人と関係しているからであり、その言説も自意識的（「私‐私（下人）」関係的＝「私の頭の中でイメージしている下人と関係する〈私〉」）なものとなるからである。

　そして「羅生門」の語りについて考えてみた場合、本作も前述したようにメタフィクション的な要素を含んでいる以上、ここでは後者に類似した構造になっているといえる。「羅生門」の語り手と作中人物の関係は、対他的なものというよりは、対自的なものなのである。

　さて、このことを重視したいのは、テクストの構造がこのように対自関係構造（「私‐私」関係）となることによって、作中人物もまた語り手の検閲を離れた自由な主体として描かれるのではなく、語り手にコントロールされる可能性をもった、観念上の傀儡（人形）として存在していく事になるからである。――すなわち、語り手〈私〉の〈観念の世界〉のなかで、下人も「私」になり、老婆も「私」になり、読者も「私」になるという事

――そして、語り手は自らの〈観念の世界〉で、そのような〈「私」化された他者〉と自意識的（「私」―私（下人、老婆、読者）」関係的）な仕方で関係していくという事である。

従って、「羅生門」の言説は、語り手が〈自らの頭の中でイメージされている物語を、自らの頭のなかでイメージされている読者に語〉ったり、〈自らの頭のなかでイメージされた話に、自らの批評や分析を加え〉たりするという、一人芝居（あるいは、一人狂言）のうちに成立しているという事になる。また、そのことは語り手が「一人称／三人称」という〈人称の壁〉を自在に往還していく事を可能にする要因ともなっていく。以下、その具体的様相について、本文に沿って確認してみることにしよう。

四―二、人称の無効化

まず「語り手―下人」関係についてみていくと、語り手は下人を客観的に眺めるのではなく、作品内外の様々な角度から語っていることがわかる。たとえば、以下の場面である。

> それから、何分かの後である。羅生門の楼の上へ出る、幅の広い梯子の中段に、一人の男が、猫のやうに身をちゞめて、息を殺しながら、上の容子を窺つてゐた。楼の上からさす火の光が、かすかに、その男の右の頬をぬらしてゐる。短い鬚の中に、赤く膿を持つた面皰のある頬である。下人は、始から、この上にゐる者は、死人ばかりだと高を括つてゐた。

ここで語り手は、下人の事を「一人の男」などと呼び、最初、彼が誰だかわからないが、その後「面皰のある頬」を見て、はじめて「下人」であると特定し、その後、下人に焦点化して語っている。いわば、語り手は最初まるで下人の事を、現場に居合わせる幽霊のような作中人物（一人称）の視点から客体化して描写し、その後は下人に憑依するようにして、「局外」（三人称）から下人の視点に同化していくという事である。

では、なぜこのように語ることが可能なのかというと、それは語り手が自分の頭の中でイメージしている作品世界を自ら語る、という対自的＝自意識的な仕方で、作品世界を描出しているからであろう。すなわち、語り手は物語と関係している（物語と関係する私）というより、自らの頭のなかでイメージされている物語と関係している（私の頭の中でイメージされている物語と関係する私）のであり、それによってある時は（観念の中の）物語内部の一人称的視点から語り、またある時は（観念の中の）物語外部の三人称的視点から語る、といった具合に、様々な角度から作品世界を描出する事を可能にしていくのである。

もっとも、このような特徴は「語り手‐下人」関係だけに関したことではない。老婆と語り手の関係もまた、対他関係的（「私‐老婆」関係的）なものというより、対自関係的（「私‐私（老婆）」関係的）なものとなっている。すなわち、語り手は（作品世界の外側から）下人に焦点化して下人の視点で老婆を眺めているのではなく、自らの頭のなかでイメージしている老婆の姿を、自分の視点で眺めているという事である。以下の場面を見てみよう。

老婆は、片手に、まだ屍骸の頭から奪つた長い抜け毛を持つたなり、蟇のつぶやくやうな声で、口ども りながら、こんな事を云つた。

成程、死人の髪の毛を抜くと云ふ事は、悪い事かも知れぬ。しかし、こういう死人の多くは、皆、その位な事を、されてもいゝ人間ばかりである。（略）その仕方がない事をよく知つてゐたこの女は、自分のする事を許してくれるのにちがひないと思ふからである。――老婆は、大体こんな意味の事を云つた。

この箇所は定稿では直接話法で書かれているものである。従って定稿では「下人」の視点から観察された場面のようにもみえるが、そうではない。――老婆の発話は蟇がつぶやく口ごもりのようなものなので、下人のレベルでいえば、老婆の発話は本来よく聞き取れない内容の筈である。しかし、初出稿（引用文）が間接話法で書かれているように、語り手は自らの頭の中でイメージされている老婆の言葉を――再現できない不都合が起こったために――自分が代弁し、「こんな事を云つた」（傍線部）という文で挟み込むことで、自身の翻訳した台詞であることを強調してみせている。こうした語りが可能なのは、語り手が作中人物の視点で、この物語を語っているのではなく、自らの頭の中でイメージされた世界を自ら語っているからであり、それによって下人には聞き取りにくい内容の台詞でも、自らの知覚で代弁することが可能となるのである。

いずれにせよ、本稿は先に「羅生門」の語り手が「一人称／三人称」の〈人称の壁〉を自在に往還しているという事を指摘したが、そのような語りを可能にしているのは、本作が「語ること」（telling）に比重を置いたメタフィクション的な性質を備えているからだといえる。すなわち「羅生門」の作品空間が、語り手の〈観念の世界〉という、ある意味〈四次元的な空間〉である事が明示されることで、語り手は――そうした〈観念の世界〉（四次元的な空間）の中で――ある時は作中人物（一人称）の視点から語り、ある時は「局外」（三人称）の視点から語るということが可能になる。そこで作中人物に見えていないものや、よく聞こえていないものでも、自らの人称的視点で替えることが出来るのである（このことについて「ひよつとこ」の後半部を想起してもいいだろう。「ひよつとこ」の後半部もまた、「…前に書いてある」と述べることで、語り手が書き手としての正体を明らかにし、自らの観念のなかで再現された場面を、映像のフィルムを巻き戻すようにして語っていたが、「羅生門」の語りも原理的にはそれに通ずる）。

五、傀儡師の方法

五―一、作中人物の傀儡化

ところで、これまで本稿は「羅生門」が語り手の〈観念の世界〉で展開されていることを見てきたわけであるが、そのように語ることは、単に人称の区分を無効にするというだけではない。これは一方で語り手が登場人物を自らの都合のよいようにコントロールする事にも通じている。たとえば、以下のような箇所を見てみよう。

どうにもならない事を、どうにかする為には、手段を選んでゐる遑はない。選んでゐれば、築地の下か、道ばたの土の上で、餓死をするばかりである。さうして、この門の上へ持つて来て、犬のやうに棄てられてしまふばかりである。選ばないとすれば――下人の考へは、何度も同じ道を低個した揚句に、やつとこの局所へ逢着した。しかしこの「すれば」は、何時までたつても、結局「すれば」であつた。

これは下人自身が「盗人になるか」「餓死するか」と〈自問自答〉している思考が語られている箇所であるが、注意したいのは、ここでの思考が下人自身による（語り手の検閲を離れた）主体的な〈自問自答〉（「下人―下人」関係的コミュニケーション）というより、むしろ語り手自身による〈自問自答〉（「私―私（下人）」関係的コミュニケーション）になっているという事である。いわば、語り手は自らの観念のなかで、下人に同化しながら「盗人になるか」「餓死するか」という下人の思考を、自らの物語の展開に都合の良いようにコントロールしつつ、探求的に語っているという事であり、下人が傀儡化（人形化）されている事を表したものとなっているという事である（語り手が自由間接話法などを用いて、自己の意見を開陳し、下人の選択肢を奪い、盗人に仕立て上げようとしている、ということは、三谷邦明に指摘がある(注7)。

もっとも、こうした問題は下人だけに限ったことではない。たとえば、老婆なども先の引用文で考察したように（語り手の検閲を離れて）主体的に描出されるのではなく、この語り手の観念のなかで傀儡化され、自意識的（「私‐私（老婆）」関係的）な仕方で語られた存在に他ならない。

また、さらにいうと、読者も下人や老婆と同じく、語り手にとってコントロール可能な、観念上の傀儡に他ならない。たとえば、本作では「何故かと云ふと、この二三年、京都には…」とか「この時、誰かがこの下人に（略）問題を、改めて持出したら…」などとあり、「何故か…」「誰かが…」と「作者」に問いかける読者の言葉が想定されている。しかし、こうした読者は現実の読者である我々というよりも、あくまでこの語り手が〈頭の中でイメージしている読者の像〉である。従って、我々読者はこの小説を読み進める限り、語り手の要求する、そのような読者の役割を演じながら読み進めなければいけないことになる。つまり、読者の反応もまた、この語り手の観念領域のなかで傀儡化され、予めコントロールされたものとなっているのである。

繰り返しになるが、「羅生門」の世界は作品世界も、登場人物も、読者も、語り手の検閲を離れて、自立的に存在しているというより、それらは全て語り手によって頭のなかでイメージされた存在であり、傀儡（人形）化されたものとなっている。語り手は自らの頭のなかでイメージされた作中人物を自分で演じておいて、それに自分で批評・応答を加えたり、自分で読者に質問させておいて、自分でそれに答えたりしているが、本作はそのような語り手による〈自作自演〉（自分で登場人物を演じておいて、自分でそれに批評を加える）や〈自問自答〉（自分で読者に質問させておいて、自分でそれに答える）的な関係性のもとに成立している（こうした言説は第六章でふれた「ひよつとこ」の〈対話的語り〉の方法にも通じている）。「羅生門」は、そのような一人芝居による語り手の自意識の運動が、そのまま語りに反映された文体によって展開されているのである。

五―二、反復される言説

見てきたように、「羅生門」では、語り手が作品世界、登場人物、読者と対自的（「私―私」関係的）な仕方で関係することで、人称の区分を無効化し、作中人物や読者を傀儡化していたが、それだけでなく、さらに語り手が自分自身の発言とも対自的（「私―私」関係的）に関係していくという特徴も見て取れる。

それは具体的には、本作における反復表現に表れている。反復表現というのは、たとえば「狐狸が棲む。盗人が棲む」とか「雨風の患のない、人目にかゝる惧のない」といった押韻的なものから、次のような用例も含まれる。

そこで、下人は、何を措いても差当り明日の暮しをどうにかしやうとして――云はゞどうにもならない事をどうにかしやうとして

それは、さつき、門の下でこの男に欠けてゐた勇気である。さうして、又さつき、この門の上へ上つて、この老婆を捕へた時の勇気とは、全然、反対な方向に動かうとする勇気である

広い門の下には、この男の外に誰もゐない。唯、所々丹塗の剥げた、大きな円柱に、蟋蟀が一匹とまつてゐる。羅生門が、朱雀大路にある以上は、この男の外にも、雨やみをする市女笠や揉烏帽子が、もう二三人はありさうなものである。それが、この男の外には誰もゐない。

…冷然として、この話を聞いてゐた。（略）大きな面皰を気にしながら、聞いてゐるのである。しかし、之を聞いてゐる中に

さらに、こうした反復表現の発展したものとして、自己言及的な語りも挙げられる。すなわち「一人の下人が羅生門の下で、雨やみを待つてゐた」と述べた後、「作者はさつき、『下人が雨やみを待つてゐた』と書いた」と語り直したり、「この老婆に対するはげしい憎悪」と語った後、「――いや、この老婆に対すると云つては、語弊があるかも知れない」と言い直したり、「洛中のさびれ方は一通りでない」と述べた後、「前にも書いたやうに、当時京都の町は一通りならず衰微してゐた」と繰り返したりするのがそれである。

もちろん、このような反復表現は単に韻を踏んだり、類似表現を並列させたり、自己言及したりして、語調を整えるというレベルにとどまるものではない。ここには自己の語った内容に対する自意識（対自的意識＝私を見る私）の視点も確認できるのである。――つまり、語り手はかつての自己の発言を、たえず復唱し反芻し咀嚼しながら、自らの言説内容に微妙な差異を生みだしつつ、漸進的に語りを展開させているのであり、そのような〈自己の発言に意識的な自己の視点〉――あるいは〈自己の発言をつねに点検する自己の視点〉というのも、本作の語り手の自意識的＝対自的（「私-私」関係的）な性格を表わすものなのである。

いずれにせよ「羅生門」という小説では、作品世界も、登場人物も、読者も、すべて語り手の観念のなかで傀儡化され、語り手はそれらと対自的（「私-私」関係的）な仕方で関係しながら、さらに自らの発言とも対自的（「私-私」関係的）な仕方で関係していく。そこには、あらゆるものを「私」という人称の統括下において、語っていこうとする語り手の自己顕示的な衝動――観念の中で肥大化された自意識の問題があるのである。

六、むすびに

以上、本稿は「羅生門」がメタフィクション的な構造になっている事に着目しつつ、その語りの対自構造について分析してきたわけであるが、ここで誤解されないよう補足しておきたいのは、見てきたような「羅生門」の語りの特徴は、通常どのような小説も潜在的に備えているという事である。すなわち、いかなる小説であれ「作者」の〈観念の世界〉で展開されたものであり、そのような世界で「作者」が一人芝居的に再現しているものに他ならないという事である。しかし、通常の近代小説などのフィクションの場合――特に十九世紀後半以降のヨーロッパ近代における三人称客観小説などの場合――語り手が「作者」として介入してきたり、自身の語っている物語に自己言及を加えたりするようなことはない。また、近代リアリズム小説は「描写」（showing）が中心で、「叙述」（telling）を忌避する傾向もある。従って「羅生門」のような自意識的な構造は潜在化に置かれることになる。

　このことは近代小説との違いを考える上でも重要である。そもそも近代小説とは、一般に作品世界を、あくまで三次元的な現実世界として忠実に模倣しようとする意識に基づいているものであろう。それゆえ人称といっても、それは語り手が作品世界の「内部（一人称）／外部（三人称）」の地点から、作品世界に三次元的な遠近法を与えていくための便宜的なものにすぎないともいえる。[注8] しかし、そうだとすると「羅生門」の語り手のように、作品世界の「内部（一人称）／外部（三人称）」に対してメタの立場に立つ「作者」（書き手）の審級を位置づけることは出来ない。

　その意味で、「羅生門」の表現は、近代リアリズム小説の持つ作品世界の枠組みを破壊する方法を用いているといえる。[注9] ――また、語り手が作中人物を観念の中で「傀儡化」（人形化）していく「羅生門」の語りは、三好行雄などのいう「意識的芸術活動」（登場人物を自らの知性の統治下におこうとする手法）の問題とも交差してくる。[注10] ――これは自然や現実よりも、人為や虚構を前景化させていくメタフィクション的な手法なのである。

　いずれにせよ、「羅生門」の語り手は、作中人物と存在領域を異にしているという点で、広い意味では三人称形式といえるのであろうが、作中人物を観念の中で傀儡化（人形化）していく「羅生門」の語りは、テクストの

「作者」（これは伝記的人物としての「作者」ではなく、全てのフィクションの言説に潜在している機能としての「作者」）の視点を自覚的に方法に取り込んだ小説でもあり、それによって通常の三人称の制約を無効化する。そのようなところに表現的意義をもった小説なのだといえるだろう。

注1　「羅生門」の〈語り手〉に関する先行研究について主要なものを挙げると、まず①本作の言表主体に、観念の陥穽に陥った下人を「批評」する語り手の姿をみる田中実「批評する〈語り手〉—芥川龍之介『羅生門』」（『小説の力』大修館書店、平成八年二月所収→初出「批評する〈語り手〉—『羅生門』」「国語と国文学」平成六年三月）②「期待の地平」や「自由間接言説」などを用いながら読者を操る語り手＝書き手を考察した三谷邦明「『羅生門』の言説分析—方法としての自由間接言説あるいは意味の重層性と悖徳者の行方」（『近代小説の〈語り〉と〈言説〉』有精堂出版、平成八年六月所収）、ほか③語り手の優位性を軸にA・「登場人物『作者』が『書いた』空間」、B・「登場人物『語り手』が語る空間」、C・「旧記の空間」という重層的構造を読み取った江藤茂博「芥川龍之介『羅生門』論—『語り手』の優位性と重層的テキスト空間」（「日本文学」平成六年一月）、④「羅生門」の「自在で身勝手な語り手」を問題化した永栄啓伸「『羅生門』論のむずかしさ—下人の正義・語り手への偏重」（「皇學館論叢」平成十二年二月）など、多くの論考がある。——本稿もこうした考察を参考にしているが、先行論のなかで時々見え隠れする、語り手の「全能性」「自在性」というものが、構造的にどのように説明されるのか、ということを主に問題化した。

2　この指摘は初出時では石原のものではなく、長谷川達哉「下人の行方と、語り手の『いま・ここ』—『羅生門』の言説分析の試み」（「中央大学国文」平成十年三月）によって間違いを指摘され、引用したものであるという。従って、正確にいえば長谷川の指摘である。

3　F・シュタンツェル『物語の構造』（前田彰一訳、岩波書店、平成元年一月）七十八頁

4　土田知則、神郡悦子、伊藤直哉『現代文学理論』（新曜社、平成八年十一月）五十五頁

5　もっとも、「書き手」の現在と作中人物の現在は、それほどはっきりと分節化されているというわけでもない。たとえば、本文に「この時、誰かがこの下人に、さっき門の下でこの男が考えていた、餓死をするか盗人になるかという問題を、改めて持出したら…」などという文があるが、この「さっき」は、下人にとっての「さっき」でもあり、書き手にとっての「さっき」でもある。

6　「羅生門」がメタフィクション的であることは、田中前掲書（二十三頁）や、前田彰一『物語のナラトロジー』（彩流社、平成十六年二月、二百三十頁）でも指摘されている。

7　三谷は前掲論で次のように述べている。

> …この語り手＝書き手＝「作者」は、無責任で傲慢で欺瞞的な人物である。まず、彼は、自由間接言説を用いて、下人を「餓死」まで追い込む。失業から餓死までの間には、職探しや親族との相談あるいは友人の居候となる等々、さまざまな選択肢があるはずである。そうした下人を囲繞している社会性を、「引剥」のように剥ぎ取り、下人に窮地とも言える「餓死」を与えているのである。その上で、下人は、「盗人になる」「勇気が出ずにゐた」と述べ、下人が想像していなかったことさえ、外部から推奨しているのである。（略）このテクストでは、下人が盗人になったのではなく、「作者」が下人を盗人に仕立てあげたのであって、この結果を先取りした草子地は、そうした書き手の悖徳性を鮮やかに示唆しているのである。しかも、「作者」は、「盗人になるより外に仕方がない」と先を読み、主題の一端を明らかにしてしまっているのである。「餓死」から「盗人」との間の飛躍をどのように関係付けるかが、「作者」に委ねられた〈手腕〉なのである。
>
> この信用できない「作者」は、草地子を通じて、自己の意見を他の段落でも開陳している。（二百十六頁）

これは自由間接言説をキーワードにした分析で、本稿とは異なるが、「羅生門」では下人よりも語り手の主題意識の方が先行している、という認識では類似しているため紹介した。

8　近代小説におけるリアリズムとは、フィクションを疑似現実とみせかけるために、作品世界から作者の痕跡を消すように見せかける必要があった。実際、安藤宏も日本の近代小説の改革とは「作中から（略）語り手の介入の痕跡をいかに排除するか」という課題と共に始まり、「話し手の顔の見えない話し言葉」を「書き言葉」として創り出して「客観的な三人称」を「よそおう」という矛盾をはらんだ企てにおいて展開されたと主張している（安藤宏・高田祐彦・渡部泰明『日本文学の表現機構』岩波書店、平成二十六年三月、百五十八、百五十九頁、および『自意識の昭和文学』至文堂、平成六年三月、四十一、四十二頁）――従って人称といっても――人称の概念は、もともと日本語に存在しなかった――それは語り手を一人称（作品内）か三人称（作品外）に設定し、物語に三次元的な遠近感を与えるための便宜的なものにすぎないものであったともいえるであろう。

9　こうした芥川のスタイルは、D・ロッジ『小説の技巧』（柴田元幸、齋藤兆史訳　白水社　平成九年六月）のいう「作者の介入」という様式にも通じている。「作者の介入」とは、ロッジによれば、小説に「作者」が登場し、虚構性を暴露することで「話全体が『作りもの』であることをあからさまに認めてしま」い、リアリズムなどの「文学の伝統的方法に疑問を投げかけ」る手法であるという。それゆえ、これは「リアリズムの幻想」を打ち破る「『枠組み破壊』の手法」である。

（注・「作者の介入」は）危険な手であり、一歩間違えば、アーヴィング・ゴフマンが言うところの「枠組みの破壊」――ある種の行動を支配している規則や慣例の破棄――につながる。これらの表現は、リアリズムの幻想を得るために普通読者が脳の片隅に追いやっておく事実、すなわち自分は架空の登場人物たちの行動を綴った小説を読んでいるのだという事実を改めて引っぱり出してしまうことになる。

この手法を好んで用いるのはポストモダンの作家たちで、彼等は伝統的リアリズムへの盲信を破棄すべく、小説という構造体の骨組みを読者の前にさらすのである。（二十四、二十五頁）

10　「意識的芸術活動」というのは、三好行雄『芥川龍之介論』（筑摩書房、昭和五十一年九月）が説明しているように、「作品のあらゆる細部を、〈意識〉の統治下におく」という「主知主義の美学」の事であり（百五十七頁）、登場人物の心理や性格などを、人形を操る傀儡師のような巧みさで分析し、批評していく態度の事をいうが、芥川の表現の特徴というのも、語り手が自らの〈観念の世界〉で、作品世界と自意識的（「私-私」関係的）な仕方で関係していくことで、作品の細部まで神経を張り巡らせ、登場人物を自らの管轄下に置き、これに知性的な分析のメスを加えながら書いていく傀儡師の手法だったともいえるのではないか。

第Ⅲ部　「羅生門」の誕生

本書では、これまで「大川の水」（初出「心の花」大正三年四月）をはじめとする初期習作から、芥川の小説スタイルが確立された「羅生門」（初出「帝国文学」大正四年十一月）に至るまでのテクストを俎上にあげて、その言説構造の変化を分析してきた。そして芥川の小説スタイルが、どのようにして生成されていったのか、その小説文体がいかなる経緯を経て確立されていったのか、という問題に焦点をあててきたのであった。

もっとも、そのような表現様式の変容過程とは、初期の叙情的・感傷的な一人称的作風から、しだいに「羅生門」のような理知的・分析的な三人称的小説スタイルに変容していく過程ともなっていた。以下、ここまでの内容を一旦まとめておこう。

まず、本書の第一章〜第三章までは、「老狂人」「死相」といった芥川の最初期のものから「VITA SEXUALIS」までのテクストを取り上げ、そのスタイルの変容について分析した。この時期に書かれたものは、基本的に同時代的な流行や他作家の影響が強く、いわゆる習作とよばれるものがほとんどであった。たとえば「老狂人」「死相」「大川の水」などでは感覚描写が多く用いられているが、これは当時の〈感覚描写ブーム〉や印象主義の流行と関わりがあった。また、これらのテクストでは隠喩《メタファー》などの表現も多く用いられていた。特に「大川の水」では、比喩によって様々なものが結びつけられることで、自然と人間の一体化したような世界が描出されているということであった。

その後の「VITA SEXUALIS」では、こうした隠喩《メタファー》的文体が、換喩《メトニミー》的文体へと変容していく様相がうかがえた。ヤーコブソンが述べるように、隠喩は詩的文体、換喩は小説的文体とされているが、こうした分類に従えば、「大川の水」から「VITA SEXUALIS」にかけて、芥川文学の表現様式もまた、詩的スタイル（隠喩的文体）から小説的スタイル（換喩的文体）へと変容していくということであった。実際「VITA SEXUALIS」の内容をみても、部分で全体を表現したり、前後の因果関係（文脈）で類推させたりする換喩表現を駆使しながら、主人公の幼少期からの「性」について描いており、小説としての結構は整っていると結論したのであった。

続く第四章～第七章では、処女作「老年」から「羅生門」までのテクストを俎上にあげて、芥川独自の小説スタイルの生成過程を分析した。この時期は芥川の作風が、いわゆる一人称から三人称的なスタイルへと変容していく様相が見て取れた。もっとも、三人称的スタイルといっても、芥川文学のそれは語り手が後景に退くことなく、常に（一人称的に）前景化しているという点に特徴があった。具体的にいうと、「老年」は、一見、三人称小説のように見えるが、実際は語り手が〈肉体を持った幽霊〉として作中人物のように登場し、現場の様子を実況中継的に語る一人称の視点で物語っており、「ひよつとこ」もまた〈無知の語り手〉と〈全知の語り手〉という二種類の〈一人称的語り〉を組み合せ、それをメタレベルにおいて統合するという手法をとっていた。そして、そのように語り手を前景化させたまま、三人称（彼・彼女をめぐる物語）を語ろうとしていく身振りのなかで、「羅生門」のようなメタフィクション的なスタイルが生成されてくるということであった。

このようにして誕生した「羅生門」の小説スタイルとは、具体的には「叙述」（語ること telling）という叙法に比重をおいた様式として説明される。「叙述」（語ること telling）とは、語り手が前景化してきて、読者に向って物語を説明的に語っていくスタイルであり、主に語り手の観念領域で展開される叙法とされる。そして、これによって「羅生門」の語り手もまた、自らの〈観念の世界〉のなかで、〈自作自演〉（自分で登場人物を演じておいて、自分でそれに批評を加える）や、〈自問自答〉（自分で読者に質問させておいて、自分でそれに答える）という一人芝居的な語りを展開させている、ということであった。もっとも、こうした語りにおいては、人称の区分はあまり意味をなさない。なぜなら「羅生門」のような語りは、作中人物と語り手の存在領域が異なるという意味では、一応、三人称小説といえるだろうが、いわゆるヨーロッパ的な「全知」のスタイルとは違って、「作者」と名乗る語り手の〈観念の世界〉のなかで、ある時は一人称的視点から語り、またある時は三人称的視点から語ることを可能にしているからである。

もっとも、続く「鼻」「芋粥」「手巾」もまた、こうした「羅生門」の表現スタイルの延長にあるといえるのであるが——そうした「羅生門」以降のテクスト分析に入る前に、ここでいったん芥川の作品史の流れから離れて、「老年」から「羅生門」の間に執筆されたといわれる「羅生門」の「草稿ノート」について取り上げてみることにしよう。——このノートは単に「羅生門」の生成過程を表すだけでなく、これまで本書で分析してきたような芥川の初期小説スタイルの生成過程が、そのまま反映されたような展開になっているものである。

以下、この「草稿ノート」における断片の一つ一つに検証を加えながら、芥川の文体がどのようにして生成されていったのか。また、その小説スタイルがどのような変遷を経て、現行「羅生門」のそれへと変貌していったのかという問題について、別の角度から考察を加えたい。

第八章　「『羅生門』草稿ノート」をめぐる問題（その1）

——生成過程の考察——

一、はじめに

「羅生門」の「草稿ノート」は、もともと岩森亀一コレクションの一部であったものである。後に山梨県立文学館が購入し、平成五年刊行の『芥川龍之介資料集』のなかに収められた。この「草稿ノート」は早くから「羅生門」の下書きとして研究者に注目されており、「国文学」（昭和六十年五月）では、関口安義の解説付きで写真版が紹介され、さらに『芥川龍之介全集　第二十三巻』（岩波書店、平成十年一月）では『芥川龍之介資料集』（前出）の写真版が活字翻刻されている。

資料の書かれた具体的な時期については諸説あるが、もっとも有力視されているのは、森本修「『羅生門』成立に関する覚書」（「関大　国文学」昭和四十年七月）の指摘する「大正四年二月末以後九月に至る間」とする見方である。これは「羅生門」執筆の時期を、吉田弥生との失恋があったとされる「大正四年二月」（注1）から脱稿の日付とされる「大正四年九月」（注2）の間に取ったもので、現在でもなお定説とされているものである。実際、このような見方に従う研究は多く、ほかに①竹盛天雄「『羅生門』—成立をめぐる試論」（『介山・直哉・龍之介』明治書院、昭和六十三年七月所収→初出「『羅生門』—その成立をめぐる試論」『芥川龍之介研究』明治書院、昭和五十六年三月所収）、②清水康次「『羅生門』への過程」（『芥川文学の方法と世界』和泉書院、平成六年四月所収→初出「『羅生門』への過程―岩森亀一氏所蔵の資料を用いて」「国語国文」昭和五十七年九月）、③笠井秋生「芥川龍之介『羅生門』―成立時期、執筆動機、末尾の改訂などをめぐって」（「梅花短期大学研究紀要」昭和六十年十二月）、④関口安義『「羅生門」を読む』（小沢書店、平成十一年二月）なども、葛巻義敏の証言[注3]や、ルイス「マンク」との関係[注4]、また「草稿ノート」における「漢詩の落書き」の問題[注5]などを根拠としつつ、その執筆時期を「大正四年九月頃」と推測している。

ただ、その一方で執筆時期を「大正三年末頃」とする研究者もいる[注6]。その代表的な人物が海老井英次である。海老井は「『羅生門』―その成立の時期」（「国文学」昭和四十五年十一月）のなかで、「小説を書き出したのは友人の煽動に負ふ所が多い」（初出「新潮」大正八年一月）における作者の証言[注7]や「羅生門」の跋文[注8]、また「或る阿呆の一生」（初出「改造」昭和二年十月）の記述など[注9]を参照にしつつ、従来の説を否定。「大正三年末から四年初頭の起筆、以後間もなくの成立」という自身の見解を打ち出している。もっとも、この見方は後に修正され「『老年』から『羅生門』へ―大正三年秋の〈精神的な革命〉における飛翔」（「解釈と鑑賞」昭和五十八年三月）では、「羅生門（跋文）」の記事に再び注目。「ひよつとこ」以前に「帝国文学」に送り返された幻の小説のある事に着目し、それが「羅生門」の初稿原稿だったと推測、そこから「羅生門」が「大正三年十二月」（初稿原稿）と「大正四年九月」（再稿原稿）の二度にわたって脱稿されたとする新説を提出した。こうした海老井の見方は、従来の「老年」→「ひよつとこ」→「羅生門」という作品史の流れを否定して、「老年」→「羅生門（初稿）」→「ひよつとこ」→「羅生門（再稿）」と読みかえたもので、「羅生門」の執筆動機を「失恋による痛手」ではなく、「大正三年、秋」における芸術観上の開眼にあったとするものである。

もっとも、こうした海老井の説は研究史に一石を投じ、波紋を広げたが、従来の定説を覆すほどには至っていない。たとえば「草稿ノート」の執筆時期を「大正四年九月」と断定する関口前掲書は、ノートの余白に書かれた「漢詩の落書き」の問題を決定的な根拠としつつ、成立時期問題にはもう決着がついたと述べている。このような発言を見ると、海老井の説はすでに否定されてしまったような観もある。

しかし、それにも関わらず、海老井の「大正三年、初稿説」は、今なお完全に否定しきれない重要な問題を含んでいる事もまた確かではないか。たとえば「草稿ノート」における表現描写を見ると、「ひや〳〵冷いものが肌にさはるやうになつた」「流石に気味が悪くない」「生暖い滴くが指の間をたら〳〵と流れる」などといった肉体感覚に訴えるような表現が多く目につく。これは主人公に焦点をあてて、主人公の一人称的視点からその肉体感覚を主観的に描写していこうとする試みといえるが、こうしたレトリックは、実は「老狂人」「死相」といった初期習作群のそれとよく似ているのである。

実際、すでに第一章（「感覚の変容―『老狂人』『死相』から『大川の水』へ」）でも指摘したように、初期習作の表現には「ひく声がごと〳〵」（老狂人）とか「暖な日の光」（死相）、「頬ずりもした」（VITA SEXUALIS）といった「肉体感覚」（視覚・聴覚・嗅覚・味覚・触覚）に訴えるレトリックが非常に多く用いられていた。その具体例のいくつかを引用すると、以下のようなものである。

「天にまします……さんたまりあ……　つみ人を……」きれ〴〵な、しかも深い感激にみちた、祈禱の言が、低く、かなしく、刺すやうに、私たちの耳に、ひゞきました。

その声が、とぎれたと思ふと、やるせのない、慟哭の声が、更に強く、更にかなしく、限ない、多く「の」人々の胸を通じて、ひゞいてゐる、生の孤独を訴へる声が、この人々にかはつて、この老人の口からもれたやうな、――私には、その興奮した息づかひまで、きこえたやうに思はれました。――「老狂人」

玄関へはいると　本間はすぐ襖と障子をしめた　さうして自分を畳の上へ寝かした　自分は本間が立つた

ま丶前をまくつたのを見て　同じやうにした　猿股をはかない頃の事であるから二人とも腰から下の肉体がそのま丶現れた
本間は自分の腿の上に腰をおろして　Omanko をした　二人の Zeugungsglied が接触するのである　本間は何度も「あ丶　い丶心もちだ」と云つた　自分は僅に触覚の淡い快感を感じたのにすぎない――「VITA SEXUALIS」

これらの表現を見ると、「興奮した息づかひまで、きこえた」「自分は僅に触覚の淡い快感を感じた」などといった五感（とくに触覚）に訴える描写が多く用いられていることがわかる。語り手は、いわば「私」（主人公）の肉体に焦点をあて、その感覚を主観的に描出していく事で、読者と身体的なレベルでの体験の共有を目指しているのだともいえる。

しかし、こうした表現は、その後しだいに芥川のテクストから捨象されていき、「大正四年九月頃」には、ほとんど用いられなくなっているのである。以下、「ひよつとこ」と「仙人」の描写を見てみよう。

…幕の間から、お揃ひの手拭を、吉原かぶりにしたり、米屋かぶりにしたりした人たちが『一本、二本』と拳をうつてゐるのが見える。首をふりながら、苦しさうに何か唄つてゐるのが見える。それが橋の上にゐる人間から見ると、滑稽としか思はれない――「ひよつとこ」

…見物の方では、子供だと、始から手を拍つて、面白がるが、大人は、容易に感心したやうな顔は見せない。寧、冷然として、煙管を啣へたり、鼻毛をぬいたりしながら、莫迦にしたやうな眼で、舞台の上に周旋する鼠の役者を眺めてゐる。けれども、曲が進むのに従つて、錦切れの衣裳をつけた正旦の鼠や、黒い仮面をかぶつた浄の鼠が、続々、鬼門道から這ひ出して来るやうになると、さうして、それが、飛んだり跳ねたりしながら、李の唱ふ曲やその間へはいる白につれて、いろいろな所作をするやうになると、見物も流石に冷淡を装つてゐられなくなると見えて――「仙人」

ここでは初期習作と比べて、明らかに表現が客観的になっていることが確認できよう。一応「拳をうつてゐるのが見える」「何か唄つてゐるのが見える」「感心したやうな顔は見せない」といった感覚描写（視覚＝見える）はあるものの、こうした知覚はあくまで外界の風景を捉えるために向けられたもので、初期習作のように作中人物の肉体感覚そのものに向けられているのではないのである。

従って、こうした表現描写の特徴を踏まえていうと、もしこの「『羅生門』草稿ノート」が、関口らの断定する通り、「大正四年九月頃」に書かれたものだとすれば、「草稿ノート」はこの時期に、わざわざ初期習作の段階にまで表現のレベルを後退させているという事になる。しかし「大正四年九月」という、芥川文学の表現様式が大きく変容していく時期に、わざわざ古い文体で記述されるなどという事があるのだろうか。その意味でいえば、海老井が直観したように、この「草稿ノート」をかなり早い時期に書かれたものだとみなすのは、決して的外れというわけでもないだろう。

以上のような事から、本稿もまた海老井の説にも、一定の妥当性が備わっていることを認めたい。もちろん、執筆時期をめぐる問題については、ほかにも作者自身の発言との照合や文献の検証など、様々な考察も必要であろうから、この「草稿ノート」が、ただちに「大正三年」に執筆されたと断定することは出来ない。したがって、ここではノートが大正三年に書かれた可能性も射程に入れなくてはいけないという事――その表現描写が大正三年における初期習作のものとの関係も考慮も入れて考察しなければならないものであるという事――を確認するだけにとどめて、論を進める事にする。

二、「草稿ノート」読解（「1」～「5」）

前章では「草稿ノート」の執筆時期の問題について考察してみた。この問題については、従来から「大正四年九月頃」という見方が有力視されているが、文体やレトリックの特徴などを見ると、むしろ「大正三年頃」のそれに近いという事であった。執筆時期の特定については難しい問題を含んでいるので断定はしないが、海老井英次の「大正三年執筆説」の妥当性も認めつつ、この「草稿ノート」がかなり早い時期に書かれた可能性のある事を示唆した。

さて、本稿がこのような執筆時期について拘泥してきたのは他でもない。「草稿ノート」の執筆時期の範囲を「大正三年秋～大正四年九月」と広く捉えることで、「草稿ノート」を初期習作の一人称的スタイルから、「羅生門」のような三人称的なスタイルへと変容していく転換期にあたる時期の資料と位置付けて考えてみたいからである。

①「草稿ノート1」

実際、初期の頃の「草稿ノート」を見ると、単なる表現描写のレベルというだけでなく、その言説構造も初期習作に近いものとなっていることが確認される。以下、もっとも最初の頃に書かれたと推定されている「草稿ノート1」の本文から見ていく事にしよう。

はじめは雨がふつてゐるとは気がつかなかつた　〔この〕〔ただ〕この頃よくある霧で　〔この部分空白〕の袖

がし〔める〕つとりと／露をもつのだと思つてゐた　それが今では猪の皮の鞘をかけた太刀の柄から　滴になつてぽたりぽたり／〔この部分空白〕の草履をはいた足の甲に落ちるのである

【意訳】はじめは雨がふっているとは気がつかなかった。ただ、この頃、よくある霧で袖がしめるのだと思っていた。それが今では猪の鞘をかけた太刀の柄から、滴になってぽたりぽたりと草履をはいた足の甲に落ちるのである。

＊なお、右の意訳は、筆者が本文に解釈を加えて翻訳したものであるが、あくまで本文を読む際の便宜を図ってのもので、恣意的なものを含んでいる事は予め断っておく。（以下、同じ）

＊＊引用の際、削除されている文は（　）、挿入されている文は［　］、改行は／という形に表記を直した。（以下、同じ）

これが最初期の頃と推定される「羅生門」の書き出しである。もっとも、本文は数行程度の短いものであって小説としての体裁はなしていない。

ここで注意したいのは「気がつかなかつた」「思つてゐた」などとある事である。語り手は、このようにして主人公の視点から語っているが、かかる言説はG・ジュネット『物語のディスクール』（花輪光・和泉涼一訳、書肆風の薔薇、昭和六十年九月）の定義に従えば、「内的焦点化」とよばれる様式に分類されるものになる。「内的焦点化」というのは、語り手の情報量が「語り手＝作中人物」と公式化されているもので、作中人物の一人に焦点をあてて、その人物の見ないこと、知らないことについては語り手も語らない、という態度を取るというものである。

ジュネットによれば、こうしたスタイルの場合、語り手は焦点化された作中人物の主体とほぼ同化しているので、その言説構造は一人称に近い形態になるという。それは「内的焦点化」について、ジュネットが以下のように規定している事にも表れていよう。

…内的焦点化であるか否かを区別する最低基準であるが、これはロラン・バルトが彼のいわゆる物語言説の人称法を定義した際に抽き出されたと言ってよい。この基準というのは、問題となる切片を一人称に書き直したとして（もちろん、もともと一人称で書かれていればその必要はないのだが）、そのような操作が「文法的代名詞の変化そのものを除いて、言説の他のどんな改変をも」生じさせずにすむかどうか、ということである。たとえば、「ジェイムズ・ボンドはまだ若々しい様子をした五十歳くらいの男を認めた、云々」という文は、一人称に翻訳することができる（「私は〔……〕認めた、云々」）のだから、われわれにとって内的焦点化に属していることになる。（二百二十六頁）

ここでジュネットは、三人称で書かれた文章の主語を「私」に置き換えてみても、意味論上の誤りを伴わずに変換できるとすれば、それは「内的焦点化」に分類されるとしている。「草稿ノート１」には主語が明記されていないが、これらの文もまた「私」という主語に置き換えて読んでみても問題はないので（「私は、はじめ雨が降っているのだとは思わなかった」云々）、「内的焦点化」に属していることになる。

ちなみに、この「内的焦点化」にはさらに下位区分があり、「内的固定焦点化」（特定の作中人物の視点を一貫して守るタイプ）、「内的不定焦点化」（視点を移動させながら物語内容を語り進めるタイプ）、「内的多元焦点化」（同一の出来事を異なった視点から語りなおすタイプ）という三種類に分けられるが、「草稿ノート」の初期段階における原稿を見ると、「交野六郎は　雨の中をぬれながら歩いてゐた」（草稿ノート2）、「交野平六のその時はじめて雨だなと思つた」（草稿ノート3）、「交野の平六は　羅生門の下へ来てはじめてずぶぬれになつた（紺の）襖の／袖をしぼつた」（草稿ノート5）などとあり、すべて主語を「私」に置き換えても、問題なく読めるようになっている。従って「草稿ノート」の初期段階（とりわけ「1」〜「5」）の原稿は、主人公の視点が一貫して守られており、下位のレベルでいえば「内的固定焦点化」に分類できるだろう。

いずれにせよ、初期段階における言説の構造が、このように「内的固定焦点化」のスタイルを取る事によって、「羅生門」も当初は、主人公の一人称的視点から「悪」（盗人）の世界に身を投じていく男の物語として描かれていた事が伺える。すでに本書で何度か指摘したように、芥川の小説スタイルも「大川の水」や「VITA SEXUALIS」のような初期習作では、一人称の形式を取っていたが、「羅生門」もまた、当初はそうした初期習作と同じ一人称的スタイル――すなわち、盗人になるまでの経緯を読者が主人公と一緒になって体験していくようなスタイル――だったのであり、それがしだいに現行本のようなスタイルへと変容していくのである。

では、このような「『羅生門』草稿ノート」は、なぜ当初の一人称的スタイルから離れていってしまったのか。後述するが、そこには「作者の意図」とは異なる力も働いていたと考えられる。以下、本稿は「草稿ノート」における一つ一つの断片を検証しながら、そのような言説構造の変化していく様相について考察していくことにしたい。

②「草稿ノート2」

はじめは雨だとは思はあなかつた　たゞ此頃よくふる霧が日のくれと一しよに深くなつた／のたと思ってゐた。／

＊　＊　＊

交野六郎は　雨の中をぬれながら歩いてゐた　□牛の皮の足袋と〔この部分空白〕の草履とは／（さつき）〔とうに〕ぬいで帯にはさん（でおいた）ゐる　〔何しろ〕路〔が〕（はぬかつてゐる）一面にぬかつてゐるので〔（はだしながら）〕〔（を）〕（足のふ／み所を）悪くするとすべ（る）りさうになる　それでなければ〔ぬく〕（ふみこんだ）足が（ぬ）痛む程　泥の中へふみ／こんでしまふ〔（その上）〕（柄糸蒴□紺の柄糸がほつれた柄〔か丶つた　長い〕太刀の鞘からは　たへず雨だれかおちる）その／（水が又　時〔によると〕々は　太脛へぽたりとたれ事がある　その上〔又〕たへず滴が顔にか丶る〔さうしてそれが□□〕顔へおちて）〔それから〕鼻柱を／（縦に口ひげの中へ）流れこ（む時のは）（流石に気味が悪くない事はない悪い）〔（交野）〔平六〕はその柄頭の〔男〕（金物）〔金ばかり〕を見つめ〔て〕（てはながら）歩いた（以下、略）

【意訳】はじめは雨だとは思わなかった。ただ、この頃よくふる霧が日のくれと一緒に深くなったのだと思った。

＊　＊　＊

交野六郎は、雨の中をぬれながら歩いていた。牛の皮の足袋と〔空白〕の草履とは、とうに脱いで帯にはさんである。何しろ路が一面にぬかっているので、足の踏み所を悪くすると、すべりそうになる。それでなければ、ぬく足が痛むほど、泥の中へ踏み込んでしまう。紺の柄糸がほつれかかった長い太刀の鞘からは、たえず雨だれが落ちる。その水が又、時によると、太腿へぽたりとたれる事がある。その上たえず滴が顔にかかる。そうしてそれが、鼻柱を縦に口ひげの中へ流れ込むのは、流石に気味が悪い。平六は柄頭の金物ばかり見つめて歩いた。…

「草稿ノート2」は、先ほどの「草稿ノート1」の話の続きになっている。内容としては、交野六郎が雨の中をぬれながら歩いていたが、雨だれが顔や口ひげに流れこんで気持が悪い、また道もぬかるんでいてひどく歩きにくい、という場面を、読者の身体感覚に訴えるような形で語ったものである。様式は「草稿ノート1」と同じく「内的固定焦点化」（たとえば、「交野六郎は、雨のなかを歩いていた」などの一連の文章は、主語を「私」に置き換えてみても問題はない）。――その点、言説構造それ自体は「草稿ノート1」と変わっていない。ただ「草稿ノート1」に比べるとやや分量があり、一人称的スタイルの「羅生門」の作品世界を断片的ながら垣間見る事が出来る。以下、その構造を分析してみたい。

ここでの言説の特徴としていえる事は、まず「はさん（でおいた）ゐる」「ぬかつてゐる」「すべ（る）りさうになる」「雨だれかおちる」「たれ事がある」「滴が顔にかゝる」（傍線部）などとあるように、「…る」の語尾で終わる言説が、非常に多く目につく事が挙げられる。

この「…る」という語尾で終わる言説は、三谷邦明の指摘する「無意味的な〈描写〉」に相当するものと考えられる。(注10) 三谷によると、これは「物語を推進する営為ではなく、筋書きには無駄な作業しか及ぼさない」もので、「ぬかつてゐる」とか「雨だれかおちる」といった「無意味的な〈描写〉」が展開されている間、ストーリーの進行は停滞しているという。実際、この「草稿ノート2」もまた、出来事としてはただ「雨の中を歩いた」という事を伝えているだけで、それ以外はすべて泥道で歩きにくいとか、雨に濡れて気持ち悪い、といった「描写」だけで構成されている。従ってこの段落は基本的には、筋《ストーリー》の進行とは直接関係のない無駄な描写に始終しているという事がわかる。

また、ここでは「その上」「さうしてそれが」「それから」（点線部）などの接続語も多く用いられている。これらの接続詞は文と文とを、ひたすら「それから…」「それから…」と順接的に配列していくもので、話のテンポは直線的で単調な一本調子になっている。

　このように「羅生門」初期の言説は、きわめて単純な構造になっており、どこか閉塞的で鬱屈した調子を持っている。見てきたように「草稿ノート2」では、「主人公（六郎）＝語り手」という固定化された関係のなかで展開されているが、文章の展開はもっぱら「それから…」「それから…」という単純な順接関係によって繋がれており、その言説も主人公の状態（体中が雨にぬれて気持ち悪い、道がぬかるんでいて歩きにくい、云々）の感覚に訴える「描写」ばかりに始終し、ストーリーの進行は停滞してしまっているのである。

　もっとも、これは続く「草稿ノート3」では、ほとんど削除され、変容している事も確認できる。「草稿ノート3」の本文を読んでみよう。

③「草稿ノート3」

はじめは雨だと思はなかった［たゞ］この頃よくふる霧が（いつのまにか）日（の）［の］くれ（るの）と一しよにふかくなつたのだと思つてゐた　／（やがて）［するとしばらくして］洗ひざらした紺の襖の肩がしつとりとぬれはじめた［冷え］下にきてゐる申の時はかりの汗衫をとほして（冷い）［（冷い）ものか］（冷たいのかと）／やがて（紺の襖洗ひざらした　ひや〳〵）冷いものが肌にさはるやうになつたのは　それから間もなくの事である［交野平六のその時はじめて雨だなと思つた］［さうなると］柄糸のほつれた／　太刀の〔この部分空白〕からも（滴）思出したやうに［雨だれ］滴が落ちる［たれる］牛の皮の足袋の底（が）［も］いつのまにかしめつて来る　（交野平六は朝から）／（途方にくれて□□　路ばたに歩みをとめた　舌打ちをしながら［（右の手の平で）］口のはたに流れる雨をはらつた）［（鼻の先にたまつ

た　雨雨)」「滴」(舌打ちをしながら雨の中)／(を足早にあるいた)／(金)(路用の金は昨夜の旅籠で一文ものこらずとらてしまつた)(以下、略)

【意訳】はじめは雨だと思わなかった。ただ、この頃よくふる霧が、いつのまにか日の暮れるのと一緒に深くなったのだと思っていた。するとしばらくして、洗いざらした紺の襖の肩がしっとりと濡れ始めた。(以下不明)ひやひやと、冷いものが肌にさわるようになったのは　それから間もなくの事である。交野平六は、その時はじめて雨だなと思った。そうなると、柄糸のほつれた太刀からも、思い出したように雨だれの滴が落ちる。牛の皮の足袋の底も、何時の間にかしめってくる。交野平六は途方にくれて、路ばたに歩みをとめた。舌打ちをしながら、右の手の平で口のはたに流れる雨をはらった。(舌打ちをしながら雨の中を足早にあるいた。)路用の金は、昨夜の旅籠で一文ものこらずとられてしまった。…

「草稿ノート3」は、内容・形式ともに「1」や「2」の延長線上のものと解せられる。しかし先にも述べたように、ここでは「2」のような閉鎖的で鬱屈した印象を生みだしていた「無意味的な〈描写〉」がなく、比較的簡潔な文章によって最初から構成されていることが確認される。

とりわけ、ここでは「思はなかつた」「思つてゐた」「ぬれはじめた」「歩みをとめた」「雨をはらつた」「とらてしまつた」(傍線部)といった「…た」の語尾が増えている事が目につく。この「…た」は、先ほどの三谷邦明の分類によると「有意味的な〈話素〉」に相当すると考えられる。(注11)すなわち、先ほどの「ぬかつてゐる」とか「雨だれかおちる」という「…る」の言説が、筋の進行とは関係のない「無意味的な〈描写〉」であるとすると、この「ぬれはじめた」「歩みをとめた」といった「…た」の言説こそ、筋書きを展開していく上での構成単位になるものである。従って「草稿ノート3」では、「無意味的な〈描写〉」を控えめにして、「…た」という「有意味的な〈話素〉」を中心にすることで、物語の速度と進行を早めるような文章になっているという事が窺える。ただ、話の展開そのものは「草稿ノート2」と同様、単純なものである。「するとしばらくして」「やがて」「さうなると」（点線部）などの接続語が相変わらず多用されているのを見ても明らかなように、「草稿ノート2」と同様、文章はもっぱら単純な順接関係によって繋がれており、「それから…」「それから…」と時間的推移に従っていくだけの一本調子になっている。

ところで、このような言説の単純さ、展開の単調さは、初期段階の本文に共通して見られる特徴でもあるようで、その後の「草稿ノート」を見ても、やはり「2」や「3」と同様、「…た」や「…る」の言説を「それから…」「それから…」といった順接関係で繋いでいくような、単純な構造になっている事がわかる。しかし、そのように言説が単調になってしまうのは、本作のストーリーの特性を考えてみれば、必然の結果でもあったといえるかもしれない。周知のように「羅生門」は複雑なストーリーを持った物語ではない。その梗概をいえば、行くあてのない主人公が老婆と出会い、盗人になる決意をするという、いたってシンプルなものである。登場人物が中盤まで主人公一人しか存在しないこのような物語で、主人公以外の視点を採用しない（内的固定焦点化＝一人称的構造）となると、言説はどうしてもモノローグ的で、単調なものとならざるを得ないのではないか。

このような事情も鑑みると、「羅生門」初期段階における構造的な課題の一つには、見てきたような言説の単調さ、展開の単調さをどう処理するか、という問題もあったのではないかとすら思えてくる。――実際、こうした特徴（言説の単調さ、展開の平板さ）は、その後の「草稿ノート3」の後半部において、変容していこうとする身振りをみせていく。

〔それから〕はだしで二三〔町〕（足）あるくうちに（は）柄糸のほつれた太刀の〔この部分空白〕から雨だれがたれはじめた（だから）（雨だ）それが時々〔はだしになった〕（□）素足の甲へ／落ちる事がある　その度に平六（は□□の中に）は一銭の備へもない自分が雨にぬれて独りで〔朱雀の大路を東西に〕あるいてゐると云ふ事実を〔苦い〕痛しい程心中に／意識した　（犬は）津の国から〔京〕（都にゐる）〔真の阿母様〕〔僅な〕（しるべ）を便つて　来（たるのは）　はる〴〵京都〔まで〕（へ）上つて来てからもう二月になる〔所が来てみると〕（その／□にしるべ）便にした（知）阿母様は死んで　妻子はどこへ（で）行つたか〔未た〕行方〔（がし）〕（しれさうもない）さへしれ気色がない　（それから糊口の資を待／つたのに）そこへ今度の飢饉がはじまつた／

【意訳】それから裸足で二三町歩くうちに、柄糸のほつれた太刀から雨だれがたれはじめた。それが裸足になった素足の甲へ落ちることがある。その度に平六は一銭の備えもない自分が雨にぬれて独りで朱雀の大路を東西に歩いているという事実を痛い程心中に意識した。津の国から京にいる真の阿母様を便って、はるばる京都へ上ってきてからもう二月になる。ところが来てみると、便にした阿母様は死んで、妻子はどこへ行ったか。未だ行方さえしれる気色がない。そこへ今度の飢饉が始まった。

ここでは「はる〴〵京都〔まで〕（へ）上つて来てからもう二月になる」「そこへ今度の飢饉がはじまつた」（傍線部）などといった主人公の回想らしきものに、話が向けられている事がわかる。いわば物語に過去のエピソードが挿入されることで構造を複雑化し、展開の単調さに変化が加わっている。

しかし、こうした回想シーンが現行本にない事をみても明らかなように、これは「羅生門」の主筋《メイン・ストーリー》からは外れた話であり、その意味で余計なエピソードというべきであろう。この回想がその後どのように発展していくのかは不明であるが、仮に草稿の「羅生門」のストーリーが現行本と同じであったとすれば、こうした余計なエピソードの挿入は、むしろ全体のストーリーを変えてしまう危険性を孕んだものになる。たとえば、回想のなかに「阿母様」や「妻子」などの新しい人物が登場しているが、こうした話はもちろんこの箇所だけで終わるものではなく、後の主人公の行為（老婆の影響を受ける、盗人になる、云々）と有機的に結びつく事で、その後の展開にも影響を与え、何らかの意味づけを与えてしまう可能性を持っているのである。

いずれにせよ、「草稿ノート3」における回想シーンは、見てきたような（「2」や「3」の前半部のような）展開の単調さに変化が加わった言説となっているが、同時にストーリーそのものを変えてしまう可能性も生んでいる。仮に「3」のような方法が、この後も何度か繰り返されるなら、「羅生門」は現行のものとはまったく違うストーリーを持った物語になってしまうだろう。このようにストーリーを重層化させていく事は、「羅生門」という物語には不向きな方法なのだともいえる。

④　「草稿ノート4」

これまで本稿は「草稿ノート」における言説が、主人公の視点から「それから…」「それから…」と順接的に描写していくだけでの単純な構造になっている事を指摘し、「草稿ノート3」の後半部では回想シーンが織り込まれる事で、こうした言説の単調さ、平板さに変化が加わっているという事を確認した。

もっとも、そのような身振り——つまり単調で平板な言説に変化を加えていこうとする身振りは、続く「草稿ノート4」においても（「3」とは異なった形で）認められる。以下、「4」の本文を読んでみよう。

①平六に（盗み）泥坊をしやうと云ふ意志があつたのではない／平六の（□）考へが②こゝまで（事）進ん

だときに　目の前へ雨の中からふうつと黒い（も）ものが［突然□れて］現れた（その黒いものは一／足すすむと）（その黒いものは雨の）［その黒いものは］平六［が］は足をはやめるのに従つて　一足［毎に］（一足と）はつきり（して来る）［□］［とうすぐらい空に］浮き上がつて来る　高い／（甍はの影が日）［日の暮］（雀色時とは云ひながら）が雨にぬれてうす白く光つてゐるのか見る／［そこで］（平六は眼をあげて足元を見るのもわすれて　その正体を）その正体／③はじめは　唯高い［楼］門の形（がに）が見えた　③それから［屋根の瓦］（高い甍）が雨にうす白く光つてゐるのが見えた　③最後に羅生門と［群青と］金泥の三字を刻した／［古い］（古い）扁額が見えた　扁額（の）影に（は）ある白いものは鴉の糞かもしれない　平六（はとうとう王城の□楼門□□□）崩れかゝつた石段／をふんでやつと□□の体を　羅生門の家根の下に入れた／

> 【意訳】平六に泥棒をしようという意志があったのではない。
> 平六の考えがここまで進んだときに、目の前へ雨の中からふぅっと黒いものが突然現れた。その黒いものは、平六が足をはやめるのに従って、一足ごとにはっきりとうす暗い空に上って来る。（以下不明）はじめは唯高い門の形が見えた。それから屋根の瓦が雨にうす白く光っているのが見えた。最後に羅生門と群青と金泥の三字を刻した古い扁額が見えた。扁額の影にある白いものは、鴉の糞かもしれない。平六は崩れかかった石段をふんでやっと体を羅生門の屋根の下に入れた。

まずは、ここでの内容とその基本的な構造を確認してみよう。「草稿ノート4」は主人公が羅生門の下に到着した時の場面について書かれたものであり、「1」～「3」との間に内容の飛躍があるが断絶はしておらず、ストーリー的には連続しているものと考えられる。たとえば、本文二段目に「考へがこゝまで（事）進んだとき」（点線部②）という指示語があるが、これは先に指摘した「３」の後半部における主人公の回想――いわば〈阿母様を使って津の国からやって来たが金に困っている、云々〉と回想している思考の流れを指しているものといえる。従って話としては「３」における回想シーンの延長線上にあるものと考えられるのである。

言説構造については、基本的にはこれまでと同じ。「内的固定焦点化」のスタイルといえる。たとえば、本文中頃では、「はじめは　唯高い［楼］門の形（がに）が見えた」→「それから［屋根の瓦］（高い甍）が雨にうす白く光つてゐるのが見えた」→「最後に羅生門と［群青と］金泥の三字を刻した／［古い］（古い）扁額が見えた」（波線部③）などとあり、「はじめ」→「それから」→「最後に」と段階を踏んで、漸進的に羅生門の姿がぼんやりと浮かび上がって来る様子が語られている。こうした言説を見ると、語り手は基本的にはこれまで通り、時間軸に沿うような形で、主人公の一人称的な視点から作品世界を語っている事がわかる。

ただ、ここで注目したいのは、冒頭にある「泥坊をしやうと云ふ意志があつたのではない」（傍線部①）という記述である。この一文は後の「泥坊になる」というストーリーの結末を含意した言説になっているという点で注意しておきたい。Ｒ・バルト『物語の構造分析』（花輪光訳、みすず書房、昭和五十四年十一月）が指摘しているように、このような「相関項」（泥棒になる）をもった言説は、「機能体」として未来との「換喩的な関係」を含んでいると考えられる。すなわち、これは「泥棒をしやうと云ふ意志があつたのではない」→「泥棒になる」という「反措定的な前意識」（期待の地平）を読者の中に生成させると共に、ストーリーの結末を先取りし、物語の展開を先説法的に組み替える働きを持っている言説なのである。

そして、このような未来を先取りする記述も「３」と同じく、これまでの展開の単調さに変化を加える言説になっている。つまり、話の展開を単純に「それから…」「それから…」と時間軸に沿って展開させるのではなく、まず「泥棒をしようと云う意志があったわけではない」と未来への予兆を含んだ言説を最初に語っておいて、後から泥棒になる過程を追っていく、という先説法的な順序の組み換えである。

しかし、このような言説を挿入した事によって、語り手と主人公との間に若干の距離が生まれてしまっている。たとえば、物語世界の住人である主人公は、自分がこの先「泥棒になる」ことなど知らない人物である。従って、主人公となかば同化（内的固定焦点化）している語り手もまた、本来は主人公の結末は知らないという一人称的立場に立たねばならない。しかし、語り手はこのような未来への予兆（期待の地平）を生みだす言説を挿入することによって、少しだけ主人公を裏切ってしまっている。仮に「羅生門」が一人称的スタイルを守り続けていくのだとすれば、このような言説は語り手と主人公との蜜月関係を、乖離させてしまう可能性を持っているのである。(注12)

⑤「草稿ノート5」

以上、本稿はこれまで草稿ノート「1」～「4」までの本文を引用しつつ、その言説構造について考察してきた。内容を確認すると、草稿初期の本文は形式としては三人称であるが、語り手は主人公となかば同化するスタイル（内的固定焦点化）を取っており、言説構造そのものは一人称に近い形態となっていた。もっとも、作中人物が主人公一人しか登場しない前半部において、語り手は主人公だけに焦点をあてて語っているため、その言説構造は単純になり、ひたすら主人公と一緒になって「それから…」「それから…」と展開するだけの平板なものになっていた。――その後、本文では過去の回想シーンを織り込んだり（草稿ノート3）、展開を先取りするような言説を挿入する（草稿ノート4）ことによって、こうした言説の単調さ、平板さに変化を加えようとする身振りもみられたが、それらはストーリーや小説スタイルを変えてしまう可能性を持つものであった。――すなわち「草稿ノート」初期においては、単純なストーリーを単純な視点で語っているため、結果、主人公の「描写」ばかりに始終するという言説の単調さから抜け出せない、という停滞状況に陥っているようにみえるのであった。

さて、続く「草稿ノート5」であるが、ここでは草稿初期の「2」や「3」のような「描写」主体の展開に戻っている事が確認できる。つまり、語り手が主人公の行為や状況を、ひたすら「それから…」「それから…」と時間的な推移に従って、詳細に報告していくだけの一本調子である。以下、本文を見てみよう。

交野の平六は　羅生門の下へ来てはじめてずぶぬれになつた（紺の）襖の／袖をしぼつた　しぼるにつれて生暖い滴が指の間をたら〳〵と流れるの／さへ今では気味が悪いと云ふ余裕もない　雨は洗ひざらした［紺の］襖を通／して（山吹）下にきてゐる山吹の汗衫［まで］（さへ）ぐつしより［（肌まで）］ぬらしてゐるのである［□み］□□／（雨やみ□は　平六は　水をを　襖の袖をしぼると　今度は手にたまる滴をはらひな）／（雨は）滴は／（平六は肩をすぼめながら）／平六は　丁寧に（両方の袖を）しぼつた（それから）両方の袖を［勢よく］肩までまくり上げて／それから（両手で）（やつと）やつと石壇の上に腰を下ろした（そ）（腰にさげた太刀の黒漆）／（が石に触れて　かち［た］りの黒漆の鞘の音を立てるさへ雨の中のふらない所）／（へ来たと思へばのだと思へば　うれしくない事は［も］ない）石段は所々くづれ（落）［るが］てく／づれた所［から］（からは）［芽をふいた］（草がつぶ〳〵と黒い実をつけて）艸（が）［今は］つぶ〳〵と黒い実をつけてゐるが／門の外のぬかるみにくらべれば／

【意訳】…交野の平六は　羅生門の下へ来てはじめてずぶ濡れになった襖の袖をしぼった。しぼるにつれて、生暖い滴が指の間をたらたらと流れるのさえ、今では気味が悪いという余裕もない。雨は洗いざらした紺の襖の袖を通して、下にきている山吹の汗衫まで（あるいは肌まで?）ぐっしょり濡らしているのである。

平六は、襖の袖をしぼると、今度は手にたまる滴をはらった。それから、両方の袖を勢よく肩までまくり上げて、それから両手でやっと石壇の上に腰を下ろした。腰にさげた太刀の黒漆が石に触れて、かちりと鞘の音を立てる。雨の中のふらない所へ来たと思えばうれしくない事もない。石段の崩れた所からは、芽をふいた草が、つぶつぶと黒い実をつけているが、門の外のぬかるみにくらべれば

「草稿ノート5」は、内容としては「4」の続きになっている。すなわち「4」では羅生門に到着する場面が語られていたが、ここでは門の下でずぶ濡れになった服をしぼり、石壇の上に腰を下ろすという場面が、身体感覚に訴えるような仕方で語られている。言説構造は先にも述べたように「内的固定焦点化」――すなわち語り手が主人公にぴったりと寄り添うような一人称的視点から、主人公の状態（服がずぶ濡れになっている、石壇に腰掛ける、云々）を描写し、それらの言説が「今度は」「それから」「それから」（点線部）といった順接関係で繋がれていくというものである。

従って「草稿ノート5」は、言説に何か新しい視点が齎されたというわけではなく、これまでと比べて取り立てて指摘するような事はない。――ただ、こうした一人称スタイルは、この「草稿ノート5」を最後にして、以降テクストから捨象されていく。また、内容的にも「1」～「5」までは後に採用されず、削除されるようである。では、なぜ「1」～「5」の言説はこの後捨象されていくのだろうか。――最後にこれまでの内容の補足も兼ねて、こうした問題について考えてみる事にしたい。

見てきたように、「1」～「5」までの言説では「内的固定焦点化」のスタイルが一貫して守られており、全体の印象としては描写中心の表現が多く目につくが、こうした言説は、別の叙法の観点からいえば「示すこと」（showing）のモードになっているといえる。「示すこと」（showing）というのは、第五章（『叙述ブロック』と

『描写ブロック』―『ひよっとこ』の構造」）でも指摘したように、「物語っているのは自分ではないという錯覚を与えるもの」で、公式としては「最大限の情報＋最小の情報提供者」という、語り手の存在の後景化した再現《ミメーシス》の方法の事をいう。草稿ノート「1」〜「5」もまた、語り手（情報提供者）よりも主人公の存在のほうが前景化し、もっぱらその身体感覚（泥道がぬかるんでいて歩きにくい、生暖かい滴が指の間を垂れて気持ち悪い、云々）の描写を通じて現場の臨場感を伝えようとしているので、この「示すこと」（showing）のモードになる。

もっとも、「示すこと」（showing）には、対立概念として「語ること」（telling）というモードもあった。「語ること」（telling）というのは、「詩人自身の名において物語るもの」（最小の情報＋最大の情報提供者）で、語り手の存在が話者《ナレーター》として、大きく前景化されたものをいう。現行「羅生門」などは、この「語ること」（telling）のモードで語られたテクストに他ならない。これは作中人物の体験を再現するのではなく、いわば語り手が作品世界に介入して、これに説明を加えたり、批評を下したりする体制なのである。

さて、こうした叙法（mode）の違いを、「現行本」と「草稿本」（「1」〜「5」）との差異を指し示すものとして注目してみたい。見てきたように、草稿本の初期段階では「描写」が中心の表現になっており、ストーリーとしては、ただ雨に打たれた主人公が歩いて来て、羅生門の下にやって来たという程度の事を、時系列に沿いながら身体感覚に訴えるようにして、語っているにすぎない。これは「内的固定焦点化」の様式であるが、主人公の一人称的視点から現場の臨場感を伝えようとする事に比重が置かれているという意味で「示すこと」（showing）のモードといえ、リアリズム的な方法といえるだろう。すなわち、これは読者が主人公と一緒に、平安朝の時代を「いま・ここ」として体験していくというもの――作品世界を現実と錯覚させるという、小説の持つ「本当らしさ」という点に比重の置かれたモードなのである。

しかし、現行の「羅生門」においては、そうではない。第七章（「テクストの『作者』―『羅生門』における自意識的語り」）でも述べたように、「羅生門」では語り手が作品世界に介入し、自己主張を繰り返しており、また「作者は書いた」とか「前にも書いた」などと述べて、小説の虚構性を暴露しているのである。このようなテクストの場合、物語は虚構（作り話）である事が意識されているので、必ずしも現場の様子をリアルに再現する必要がない。主人公は物語世界を主体的に生きるのではなく、それを眺める語り手によって、〈観念の世界〉で対象化され、分析され、批評されているのである。

このような叙法の違いというものを鑑みると、草稿ノート「1」～「5」までが後に捨象されたのは、ストーリー構成上の問題だけでなく、かかる方法意識の違いも、理由の一端となっているのであろうことが窺える。この後、「草稿ノート」は「内的固定焦点化」のスタイルを捨象していく事になるが、それは同時に作品世界を主人公の視点から臨場感を伴う形で描出していくという「1」～「5」までのリアリズム的な手法からの離脱をも意味しているのである。

三、「草稿ノート」読解（「6」～「8」）

①「草稿ノート6」

これまで草稿ノート「1」～「5」までを考察してきた。見てきたように、その言説は語り手が主人公の視点から語るという「内的固定焦点化」と呼ばれるもので、一人称的なスタイルに近いものであった。もっとも、こうしたスタイルを取っているため、「1」～「5」では、語り手の視点は主人公のそれに従属した単一的なものとなり、言説に単調さや閉塞感を生みだす要因ともなっていた。

さて、こうしたスタイルに変化が起こるのは、続く「草稿ノート6」においてとなる。ここでは、それまで主人公に従属していた語り手の視点に変化が見られるようになる。以下、その本文を読んでみよう。

交野（の六）の平六は　羅生門の石段に腰をかけて　雨のはれるのを待つてゐた／（――　――　の大門も今では）石段は所々くづれて　そのくづれた所から芽を／出した蔦が　鮮な秋の葉を　丹塗のはげた円柱の根（元）まで這はせて／ゐる（のである）――　――　の大門（に）も今は　延暦年間（の）に造営の出来た／

昔／　　　　　　※　※　※

（交野の平六は）／　　　　　※　※　※

（羅生門）／　　　　　　※　※　※

大きな楼門（の甍からは）の瓦が（所々）／

［（□）丹塗の剥げた］大きな楼門が　灰色の空（間に）を封じて（□）／

＊　＊　＊

［（丹塗）］丹塗りのはげた大きな楼門（や扁額が）の屋根（に）が　雨の中にうす白く光／つてゐる　見上げると［その］（高い）うす暗い屋根の下に　額が一つかゝつて（ゐる）ゐた　額には羅／生門と書いてある　門の［高さ］（大きさ）から見当を（見）つけると　額も可成大きいものにちがい／ない　その額が下から見ると［やつと］色紙位（に見える）な大きさに見える／

【意訳】交野の平六は、羅生門の石段に腰掛けて雨の晴れるのを待っていた。石段は所々崩れて、その崩れた所から芽を出した蔦が、鮮かな秋の葉を丹塗りのはげた円柱の根元まで這わせている。大門も今は、延暦年間に造営の出来た…（以下不明）
丹塗りのはげた大きい楼門や扁額の屋根が、雨の中にうす白く光っている。見上げると、そのうす暗い屋根

> の下に、額が一つかかっていた。額には羅生門と書いてある。門の高さから見当をつけると、額もかなり大きいものに違いない。その額が下から見ると、色紙位な大きさに見える。

一読して明らかなように、「草稿ノート6」は本文にかなりの錯乱が見られる。一応、意訳はつけたが、とりわけ前半部など判読するのは難しく、訳出するのは困難である。

ただ、この断片は「草稿ノート」全体を考察するうえで重要である。とりわけ、ここで注意したいのは、本文のなかに「大門（に）も今は　延暦年間（の）に造営の出来た」（傍線部）という注釈が挿入されている事である。この記述が重要なのは、それまで主人公に焦点化し、主人公の見ない、知らない事は、語り手も語らない、というスタイルを守り続けてきた語り手が、ここではじめて主人公の知らない情報（語り手だけが知っている情報）を本文のなかに挿入してきたからである。

この記述はそれまでの「内的固定焦点化」というスタイルからの後退であり、一人称的な言説構造からの遊離を意味しているが、このように語り手の情報量が、作中人物のそれを上回っているような様式（語り手＞作中人物）は、G・ジュネットの定義に従えば、「焦点化ゼロ」というスタイルに分類されるものになる。

「焦点化ゼロ」というのは、「いかなる制限的な視点も採用しない」という様式で、いわゆる「全知」の視点に相当するものである。このようなスタイルの場合、語り手は作中人物一人の視点に捉われず、「潜在的には、物語世界のあらゆる時間・空間に起こった出来事、そしてあらゆる登場人物の内面を記述することが可能」であり、ある時は注釈的な説明文を挿入し、またある時は作中人物に焦点化して語るといった具合に、主体を自在に変換していく事が出来る。（注13）

もっとも、「焦点化ゼロ」といっても、この段階では、それはまだはっきりとしたスタイルとして定着してはいない。本文を見ても「見上げると…」「…見当を（見）つけると」「…な大きさに見える」（点線部）などとあるように、相変わらず主人公に焦点をあてて、作中人物の一人称的視点から語るという言説がほとんどである。おそらく「草稿ノート6」の錯乱した本文の水面下では、〈語り手自身の視点から語ろうとする言説〉の身振りが生まれたことによって、「1」～「5」までのような〈主人公の一人称的視点だけで語ろうとする言説〉との間に葛藤が起こっているのであろう。

しかし「草稿ノート6」に萌芽しているこのような〈語り手自身の言説〉は、その後しだいに〈主人公の視点〉を浸食するように前景化しはじめ、全体のスタイルを大きく変化させ、言説構造を複雑にするきっかけともなっていく。続く「草稿ノート7」を見てみよう。

②「草稿ノート7」

羅生門／
交野の平六は羅生門の石段に腰をかけて雨の晴れるのを待つてゐた［（尤も）］［（勿論）］（雨がはれ／ゝば
どうすると云ふあてがあるわけでは［（も）］ない）石段は所々くづれ（て）て［秋］そのくづれた所から
／芽をふいた草が［秋］（今では）［つふ〱と］黒い実を［秋］（つけて）ゐる（昔 この門が王城延暦
／年間に）①南北二間（八）［三］楹二丈 東西九間十楹九丈の大門も（今で）今では／柱の丹塗が剥げ
（て）（壁の漆 屋根の瓦が 扁額の金があせて③見るかげも／なくあせてゐるも［（□□）］はけて）扁額
の金［も］（が跡をとゞめずなつて）も 何時のまか／（雨風にさらされて）彩を落して 雨じみの出来た
［所々（の）］白壁には 蔦さへ 黄ば／んた（黄）葉をつゞ［つ］（ん）てゐる（昔 朱雀の大路を）
（①延暦年間に造営の出来／た昔は云はず 永弘仁七年に大風と［で］で仆れたのを 新に工を起したて建
立した／こその②当時の結構さへ瓦はを偲ぶ跡さへない／）（昔の／）

石段は（所々くづ）れれて（その）くづれた所から　芽をふいた蔦が　鮮な秋の／葉を［（丹塗の剥げた円）］（柱の根元まで這はし）てゐる　南北二間三楹二丈　東西九間十楹／（□）九丈の大門も　今では（甍は［（が）］落とし［柱の丹塗が剥げ］剥げが消□□□）（軒の甍が傾き）／　扁額の金が　何時の間にか箔を落して（軒にかけた［空しい］燕の巣は）秋は　軒にかけ／た燕の空しい巣（は）［を］ほしいまゝな風（を）にゆす（つてゐる）りながら　所々くづれた石／段に　鮮な蔦の葉を③あかあかと這はせてゐる／

＊　＊　＊

【意訳】羅生門

交野の平六は、羅生門の石段に腰をかけて、雨の晴れるのを待っていた。もっとも雨が晴れれば、どうするというあてがある訳ではない。

石段は所々崩れて、その崩れた所から、芽をふいた草が、つふつふと黒い実をつけている。南北二間三楹二丈　東西九間十楹九丈の大門も、今では柱の丹塗が剥げて、軒の甍が傾き、扁額の金が何時の間にか箔を落して、見るかげもなくあせている。軒にかけた燕の空しい巣は、ほしいままな風にゆすられながら　所々崩れた石段に鮮かな蔦の葉をあかあかと這わせている。

延暦年間に造営の出来た昔はいわず、永弘仁七年に大風とで仆れたのを、新に工を起して建立した当時の結構さえ偲ぶ跡さえない。

＊　＊　＊

石段は所々崩れて、その崩れた所から、芽をふいた蔦が丹塗りの剥げた円柱の根元まで這わしている。南北二間三楹二丈、東西九間十楹九丈の大門も、今では甍は落とし、柱の丹塗が剥げ、軒の甍が傾き、扁額の金が何時の間にか箔を落して、軒にかけた燕の空しい巣は、ほしいままな風にゆすっている。（所々崩れた石段に鮮かな蔦の葉をあかあかと這わせている）

「草稿ノート7」では冒頭に「羅生門」という題名（らしきもの？）がついている事が確認できる。

内容としては、主人公（交野の平六）が羅生門の石段に腰をかけて雨が晴れるのを待っている時の羅生門の情景を描いたものであるが、注意したいのは「南北二間（八）［三］楹二丈　東西九間十楹九丈の大門」「延暦年間に造営の出来／た」（傍線部①）といった記述のみられる事である。これは主人公の知らない情報を、語り手が外から挿入した注釈であり、「6」で指摘した視点を継続させたものである。また「当時の結構さへ瓦はを偲ぶ跡さへない」（点線部②）などという記述もあるが、これは語り手自身の批評と考えられ、「6」に比べて語り手がさらに自己顕示的に前景化してきている事もわかる。もっとも語り手の言説だけでない。その一方では「見るかげも／なくあせてゐる」「あかあかと這はせてゐる」（波線部③）などとあるように、相変わらず語り手が主人公に焦点化し、主人公の視点によって捉えた描写も見られる。

このように「草稿ノート7」では「6」に比べて、語り手がさらに自己顕示的に前景化してきている事がわかる。語り手は主人公の主体から離れ、自らの解説を挿入したり、自らの視点で語ったり、主人公の視点から語ったりしており、それによってこれまでの草稿（とりわけ「1」～「5」）に比べ、言説構造もしだいに複雑になってきているのである。

また、こうしたスタイルの変容にともなって、物語の叙法（mode）も変化していく。先にも指摘したように、それまでの言説は、作中人物の体験領域を伝える「示すこと」（showing）のモードが中心であったのに対し、草稿ノートの「6」「7」あたりから、しだいに語り手の観念領域を伝える「語ること」（telling）が中心的になっていくのである。つまり作品世界の再現を中心とした主人公の体験を描写するのではなく、主人公を客観的に眺める語り手によって、情報が解説的に伝えられていくのであり、言説全体が説明的になっていくのである。

③「草稿ノート8」

（羅）

＊　＊　＊

ある秋の日暮の事である　一人の侍が　羅生門の下で雨やみを待つてゐた／［（しかし）］（雨は中々やむ様子もない）［③旧記によると］（侍　羅）羅生門は　東西――　南北――と云ふ大きな楼／門である　その楼門が　今では見る影もなく荒廃して　瓦のくづれた間からは　長い草／かはゑてゐる　秋（は）にな（つて）ると　その艸につぶつぶした黒い実があつた　②下から見上げると　［（その実が）］（楼）門の屋根が／［きはどく］（勿論）竹（色を）のやうな色をした空につかへてゐる所に　その実のなつた艸が／

＊　＊　＊

或日暮［方］の［事］（事）である　一人の侍が　羅生門の下で雨やみを待つてゐた／侍は洗ひざらした紺の襖に　柳（□）［さび］の立帽子をかぶつてゐる　（あ）腰／にさげてゐる太刀の柄［に］は　①□□がまいてあるらしい　（①どうみても［（甚）］貧乏さうな男である）／（どう）①誰が見てもその日の暮しに（も）困りさうな容子である　（尤も顔は赤銅のやうな色／をしている）／（雨）（侍）雨は［さつきから］（やむ気しきもない　やみさうな気色もない）（［どしゃぶりになつて来た］）［又　つよくなつた］　ざあつと云ふ音が　［羅生］門を／つゝんで②遠くから聞えて来る　その中で［又］（なを）間断なく　②雨だれの音がする　東西――　南北／――と云ふ大きな楼門の屋根から落ちる水だけでも　（さうざうしい位な音□を立てゐるのである）／目を潰るほど　滴（が□に落ちて）／

【意訳】ある秋の日暮の事である。一人の侍が、羅生門の下で雨やみを待っていた。
旧記によると、羅生門は、東西○○、南北○○という大きな楼門である。その楼門が今では見る影もなく荒廃して、瓦の崩れた間からは、長い草が生えている。秋になってみると、その草につぶつぶした黒い実があった。下から見上げると、門の屋根がきわどく竹のような色をした空に、その実のなった草が

＊　＊　＊

或る日の暮れ方のことである。一人の侍が、羅生門の下で雨やみを待っていた。侍は洗いざらした紺の襖に立帽子をかぶっている　腰にさげている太刀の柄には　○○がまいてあるらしい。誰が見てもその日の暮しに困りそうな容子である。雨はさっきからやむ気しきもない。ざあっと云う音が　門をつつんで遠くから聞こえて来る。その中で又間断なく、雨だれの音がする。目を潰るほど

「草稿ノート8」は、かなり現行の「羅生門」に近い文章になっている。たとえば、冒頭の書き出しが「ある秋の日暮の事である」（あるいは「或日暮［方］の［事］（事）である」）となっているが、これは定稿の「或日の暮方の事である」という書き出しとほぼ同じになっており、「ざあつと云ふ音が［羅生］門を／つゝんで遠くから聞えて来る」などの記述も、「雨は、羅生門をつゝんで、遠くから、ざあつと云ふ音をあつめて来る。」という定稿のそれに近いものになっている。「羅生門」の基本的なスタイルや表現様式は、この「8」においてほぼ固まってきたものとみてよいだろう。

また、「草稿ノート8」の言説構造をみると、語り手と対象との関係は固定されたものではなく、複数の関係性の上に成立しており、これも現行のものに近くなっている。たとえば、「□□がまいてあるらしい」「どうみても「（甚）」貧乏さうな男である」「誰が見てもその日の暮らしに（も）困りさうな容子である」（傍線部①）とい

うのは「主人公を外から眺める視点」であり、「下から見上げると」「遠くから聞えて来る」「雨だれの音がする」（点線部②）とあるのは「主人公の視点」、また「[旧記によると]」（波線部③）とあるのは「後世の者の立場から注釈を加える視点」である。従ってここでは少なくとも三つの位相から、語り手の視点が構成されている事がわかる。

a・「誰が見てもその日の暮らしに（も）困りさうな容子である」「□□がまいてあるらしい」というのは「侍」（先の甲野六郎）を外から眺める視点。
b・「遠くから聞えて来る」「雨だれの音がする」というのは、「侍」に寄り添うような視点。
c・「[旧記によると]」という表記は、この時代から離れた後世の者の注釈的視点。

このような言説は、もちろん「草稿ノート」初期段階におけるそれとはまったく異なるものである。これまで繰り返し主張してきたように、「1」〜「5」までの言説は、「内的固定焦点化」とよばれるスタイルを取っており、語り手の主体が主人公のそれとほぼ同化している一人称的なものであった。このようなスタイルの場合、語り手の言説は主人公の肉体的制約に従属しているため、視点は単一的になり、言説もまたひたすら主人公の描写に始終するだけの単調なものになってしまっていた。

しかし、この「8」では、語り手が「全知」の視点から語るという「焦点化ゼロ」のスタイルになっており、主人公の肉体を離れた地点から、ある時は自分だけが知っている情報を注釈的に挿入したり、ある時は主人公の視点で語ったりする事で、様々な言説コードを織り込み、またそれによって言説の単調さを免れている。

つまり、これまでのように回想シーンを挿入するなどしてストーリーを複雑化するのではなく、ストーリーは単純なままにしておいて視点のほうを複雑化する、という構造レベルの転換が起こっているのである。語り手はもはや主人公と同化した位置からではなく、物語とは距離を置いた視点から対象と関わり、様々に視点を変え、それらを統合していく主体となっているのである。

【図説】

【草稿ノート「1」～「5」のスタイル（内的固定焦点化）】
語り手
＝
主人公の目から眺める視点

←

【草稿ノート「6」～「7」のスタイル】
語り手
＝
主人公の目から眺める視点
…
物語を外側から注釈する視点

←

【草稿ノート「8」のスタイル】（焦点化ゼロ）
語り手　╲①主人公の目から眺める視点
　　　　─②主人公を外から傍観する視点
　　　　╱③物語を外側から注釈する視点

四、むすびに

以上、ここでは「草稿ノート1～8」までを考察した。見てきたように、「草稿ノート」は「内的固定焦点化」という一人称的スタイルから「焦点化ゼロ」のスタイルへと変容し、(注14)それに伴って語りの叙法も「示すこと」(showing)から「語ること」(telling)へと移行する。いわば、語り手が主人公と一体になって、作品世界をまるで「いま・ここ」で展開されているかのように再現していくというスタイル（草稿ノート1～5）から、語り手が主人公の視点を離れ、ナレーターのような立場で作品世界を説明的に語っていくというスタイルへ（草稿ノート6～8）の変容である。

もっとも、その後、草稿ノート「9」～「12」もあるが、そこでは言説の基本的な構造に（「1」～「8」のような）大きな変化は認められないようである。全体の傾向としては「描写」が捨象されていき、文章全体が「8」に比べて、さらに説明的になっていくことが指摘できる。すなわち「8」以降は「語ること」(telling)のモードが強化され、語り手がさらに前景化してくるという事である。

ともあれ、全体の大きなスタイルに関しては、この「草稿ノート8」で完成したものとみてよいであろう。その後の箇所（「8」以降）については、本章とは別に稿を改めて、次章において考察することにしよう。

注１　吉田弥生との失恋のいきさつは、大正四年二月二十八日付の恒藤（井川）恭宛書簡に書かれており、吉田との失恋がこの時期にあった事がわかる。また、この事件が「羅生門」の執筆動機になっていることは、芥川が「あの頃の自分の事」（初出「中央公論」大正八年一月）のなかで以下のように述べている通りである。

　自分は半年ばかり前から悪くこだはつた恋愛問題の影響で、独りになると気が沈んだから、その反対になる可く現状と懸け離れた、なる可く愉快な小説が書きたかつた。そこでとりあへず先、今昔物語から材料を取つて、この二つの短篇（注・「羅生門」「鼻」）を書いた。

２　脱稿の日付については、第一短編集『羅生門』（阿蘭陀書房　大正六年五月）が刊行された際、本作の末尾に「四年九月」と記されている事による。

３　葛巻義敏の発言は、森本修「『羅生門』成立に関する覚書」（「関大　国文学」昭和四十年七月）のなかで紹介されている。以下、その箇所を引用する。

　…『書く』ことが、現実に『生きる』ためへの『深い整理』の一手段として選ばれたならば――『羅生門』草稿ノオトと、その発表のものとの間には、なほ更ら時間的な差はなかつた様に思はれます。何故なら、非常に原稿用紙を無駄にする性質なので、それにはノオトの余白が用ひられ、それがほゞ当りのついた時、原稿用紙が用ひられると云ふ習慣が（若い頃には）あつたのではないかと思はれます。（注・以上、葛巻の証言）

このような葛巻義敏の証言を根拠として、「草稿ノート」の執筆は「羅生門」が脱稿された「大正四年九月」にかなり近い時期だったのではないか、とされている。

４　竹盛天雄は大正四年五月二十三日付の恒藤（井川）恭宛書簡のなかで、芥川がルイス「マンク」に言及している事に注目。この小説の「悪の愉しみを描く姿勢」が「羅生門」に影響を与えている事を指摘し、「初出稿『羅生門』成立への大きなステップがあった」とする。また、竹盛は、芥川の「短歌」の問題や、葛巻義敏の証言などとの関係から、「羅生門」が、「一九一五年（大正四年）九月の半ばから月末一杯ぐらいまでの間に仕上がった」と結論する。

５　関口安義や笠井秋生は、「草稿ノート」の余白に「漢詩の落書き」が書かれているが、これが芥川の松江旅行

（大正四年八月）の時のものと同一の素材になっている事を指摘。それを根拠として「草稿ノート」の執筆時期を「大正四年九月」としている。

6　「羅生門」の執筆を大正三年度とする研究者としては、海老井英次のほかに小堀桂一郎と吉田精一が挙げられる。小堀は「芥川龍之介の出発—『羅生門』恣考」（『芥川龍之介『羅生門』作品論集』クレタ出版、平成十二年十月所収↓初出「批評」昭和四十三年九月）のなかで「『羅生門』を書きあげたのは、大正三年の十二月であったらしい」と述べている。これは氏の思い違いだったようであるが、海老井は「羅生門」に影響を及ぼしたというF・ブウデエ作、森鷗外訳の「橋の下」（初出「三田文学」大正二年十月↓のち「諸国物語」大正四年一月に所収）の発表時期を鑑みれば、「羅生門」の成立はその直後であった蓋然性は大きいと述べている。

また、吉田精一も「羅生門」の執筆時期を大正三年十二月としていたかもしれないことは、馬淵一夫「『今昔物語集』と芥川竜之介」（「解釈と鑑賞」昭和四十一年十一月）のなかで「…芥川は『羅生門』を発表したのは大正四年十一月であるが、これを脱稿したのは大正三年十二月ということである。（吉田精一先生の御教示による）」と記述されていることに表れている。

7　海老井英次は「あの頃の自分の事」（前出）の資料としての信憑性を問い、かわりに「小説を書きだしたのは友人の扇動に負ふ所が多い」（初出「新潮」大正八年一月）の以下の箇所を参考にしている。

その頃久米がよく小説や戯曲などを書くのを見て、あゝいふものなら自分達でも書けさうな気がした。そこへ久米などが書け〳〵と扇動するものだから、書いて見たのは、「ひよつとこ」と「羅生門」とだ。

ここで「羅生門」は、「ひよつとこ」と一緒に執筆されたとしているが、「ひよつとこ」の起筆は「大正三年十二月」なので、この記述を信用するなら、「羅生門」は、大正三年にすでに書かれていたという可能性も出てくる事になる。

8　「羅生門」の跋文に次のような記述がある。

自分は「羅生門」以前にも、幾つかの短篇を書いてゐた。恐らく未完成の作をも加へたら、この集に入れたもののニ倍には、上つてゐた事であらう。当時、発表する意志も、発表する機関もなかつた自分は、作家と読者と批評家とを一身に兼ねて、それで格別不満にも思はなかつた。尤も、途中で三代目の「新思潮」の同人になつて、短篇を一つ発表した事がある。が、間もなく「新思潮」が廃刊すると共に、自分は又元の通り、文壇とは縁のない人間になつてしまつた。

それが彼是一年ばかり続く中に、一度「帝国文学」の新年号へ原稿を持ち込んで、返された覚えがあるが、間もなく二度目のがやつと同じ雑誌で活字になり、三度目のが又、半年ばかり経つて、どうにか日の目を見るやうな運びになつた。その三度目が、この中へ入れた「羅生門」である。

ここでは「帝国文学」に三回原稿を送って、一度目のは送り返され、二度目のは掲載され、三度目のも掲載されたと、芥川は述べている。三度目のものが「羅生門」と述べているので、二度目に送った原稿が「ひよつとこ」である事は明らかであるが、海老井は、ここで最初に「帝国文学」に送って、ボツにされた幻の小説こそ「羅生門」の初稿原稿だったのではないか、と推測している。

9　「或阿呆の一生」（初出「改造」昭和二年十月）における「九・死体」のなかには、「王朝時代に背景を求めた或短篇（注・「羅生門」の事と推測される）を仕上げる為に」解剖用の死体見学に出かけたという事が書かれている。これは虚構ともいえそうであるが、「大正三年三月十日」の恒藤（井川）恭宛書簡を見ると、芥川は、実際、大正三年三月三日前後に、「巣鴨の癲狂院」を訪れている。従って、この記述を信用するなら「羅生門」は〈大正三年三月〉には、すでに構想されていたという事になり、失恋問題はあまり関係なかったという事になる。

10　三谷邦明「『羅生門』の言説分析―方法としての自由間接言説あるいは意味の重層性と悖徳者の行方」（『近代小説の〈語り〉と〈言説〉』有精堂、平成八年六月所収）では、「近代小説では、『た』は筋書きを支える有意味な〈話素〉を、『る』は無意味的な〈描写〉を意味している。」とし、また「近代小説の言説・序章」（『物語文学の言説』有精堂、平成四年十月所収）において、それを詳しく論じ、「『た』『る』といった文末語しか使用できない近代語」は、「古典文の深みを喪失」しているともしている。

11　注10に同じ

12　もっとも、これについては他にも類似の言説がある。たとえば「はじめは雨がふっているとは思わなかった」（→「雨だと気づく」）「黒いものが現れた」（→「黒いものの正体」）などといった記述も、先説法的な文といえる。しかし、この一文――すなわち、「泥棒をしようと云う意志があったわけではない」（→「泥棒になる」）は、物語の結末まで予兆しているという点で、語り手と主人公の乖離は大きいのではないか。

13　「焦点化ゼロ」については、土田知則・神郡悦子・伊藤直哉『現代文学理論』（新曜社、平成八年十一月）の解説に従った。（五十五頁）

14　「草稿ノート」に、〈主人公の視点〉から〈「全知」の視点〉への変化があるという事は、すでに塩井正和「〈近代人〉への接近―『羅生門』草稿資料の言説をもとに』（「奈良教育大学国文研究と教育」平成十七年三月）にも指摘がある。

第九章　「『羅生門』草稿ノート」をめぐる問題（その2）

――プロット的文体の生成――

一、はじめに

前章では「『羅生門』草稿ノート」の前半部から中盤部にあたる「1」～「8」までの展開を考察した。見てきたように、前半部～中盤部では、語りの視点や叙法が大きく移行し、物語の構造そのものの変革がなされていたが、ここでは「草稿ノート」のその後の展開を追っていくことにしたい。

さて、「草稿ノート」の後半部にあたる「9」～「12」は、その殆んどが現行本でいう書き出しの部分――いわゆる「或日の暮方の事である」の一文から始まる冒頭部分の原稿になっているものである。もっとも、この後半部だけを前章と別に論じるのは、理由がないわけではない。というのも、前章（「『羅生門』草稿ノート」をめぐる問題（その1）－生成過程の考察」）でも述べたように、後半部の四つの草稿（「9」～「12」）は、それまでの「1」～「8」のような大きな改変が認められず、四つの原稿とも、主人公が羅生門の下で雨やみを待っている様子、羅生門の荒廃している様子などを描いた場面になっている点で共通しており、その言説構造も「草稿ノート8」以降、前章で述べたような「焦点化ゼロ」「語ること」（telling）のスタイルのまま変わっていない。そこで、ここでは前章とも少し角度を変えて考察してみる必要があるのである。

では、「草稿ノート8」以降の後半部では、それまでの言説に比べて何が変わってくるのであろうか。以下、本稿はそのような問題に注目しつつ、「草稿ノート」の続きを考察してみたい。

二、プロット的文体

さて、後半部の展開において、まず注目してみたいのは「草稿ノート（9～12）」では、語り手が物語を「説明」（telling）する仕方が、それまでの方法とは少し変わってくるという事である。それはどういうことか。以下の箇所を見てみよう。

旧記によると羅生門は南北――　東西――あると云（ふ事である）はれてゐる　だからその門の下に腰をかけてゐる（が）／男は／

――「草稿ノート9」

何故かと云ふと　この［二］（三）三年　京都には　地震［とか］辻風とか　飢饉とか云ふ天災が（ひきつゞいて起つた）／（略）［当時の］羅生門が［久しく］修理を忘れられて［何故か］（狐狸や）（盗人や）狐狸や盗人の棲家［に］（と）なつたの（は）も／［（当然だと云はなければならない）尤な話である］（云ふ迄もない）（しまひに）それがとう〳〵しまひには

――「草稿ノート10」

ここで「だから」「何故かというと」「何故か」（傍線部）とある事に注意したい。これはもちろん主人公の思考ではなく、語り手が物語の背景に注釈を加えていくなかでの理由説明となるが、このように「なぜ？」「なぜ？」と理由を探求していく身振りは、それまでの「草稿ノート（1～8）」には殆ど見られなかったものである。――というのも、それまでの語り手の説明というのは、あくまで主人公の住む平安朝の場面に即した形で、外から注釈を加えたり、主人公を眺めたりするなかでなされていたからである。

従って「草稿ノート8」までのストーリーの進行というのは、基本的には「それから」「そうして」「その上」などの順接語で結ばれていく時間軸に沿って展開していたといえるが、「草稿ノート」の後半部（「9」以降）になると、そのような物語に流れる線状的な時間の流れが止まり、「なぜか?」「なぜか?」と理由や因果を探求するような身振りが、筋の進行に加わる傾向が強くなってくるといえる。

もっとも、このように理由を探求していく筋の進行は、E・M・フォースターによれば、「プロット」というものになる。この「プロット」については、次章において詳しく紹介するが、簡単にいうと推理小説や探偵小説などのように、因果関係を興味の中心にすえて物語を展開させていく技法のことをいう。もちろん、これには対立概念として「ストーリー」もあるが、これは「それから、それから」という時系列に沿って物語を展開させていくものになる。――いわば「王様が死に、それから王妃が死んだ」といえば「ストーリー」であるが、「王様が死に、そして悲しみのために王妃が死んだ」といえば「プロット」になる。後者は一応の「時間の進行は保たれてい」るが、筋の展開に「因果関係が影を落としている」。このような展開を「プロット」というのである。[注1]

こうした理解に従えば、「羅生門」の「草稿ノート」も、中盤以降（草稿ノート8以降）、語りのスタイルに変化のあることが認められよう。つまり、単に主人公が門の下に座っている時の様子を時間軸に沿って「それから…」「それから…」と展開させるのではなく、「なぜ、羅生門は寂れているのか?」「なぜ、主人公は門のしたに座っているのか?」という理由を探求していくような「プロット」的調子に、文体の重心が移っていくということである。

三、「草稿ノート」読解（10〜12）

前節では「草稿ノート8」以降の展開として「羅生門」の文体が「ストーリー」（「それから、それから」と時間軸に沿って話を展開する文体）から「プロット」（「なぜか、なぜか」という因果探究を加えて話を展開する文体）へと変容していく傾向のあることを挙げたが、このようなことを確認したのは他でもない。前田愛が述べているように、現行「羅生門」のスタイルも「プロット」の様式になっているが、前田はその要因を「今昔物語集」との筋の関係性のなかに見出している。（注2）しかし「羅生門」の文体が「プロット」的なのは、必ずしも典拠との関係性だけが原因なのではない。このような文体は草稿過程のなかで自然発生的に生成されてきたものでもある、ということを指摘しておきたかったのである。

そして、こうした「プロット」的な文体は、その後の「羅生門」の言説を変えていく要因ともなっていく。以下、「草稿ノート10」を見てみよう。

①　「草稿ノート10」

何故かと云ふと　①この［二］（三）三年　京都には　地震［とか］辻風とか　飢饉とか云ふ天災が（ひ
きつゞいて起つた）／（そこで）（つゞけざまに起つた）［ひき］（ひき）つゞいて起つた［ので］（そこ
で）洛中のさびれ方は一通でない　旧記によると／（今）（□今は金の箔をついたの　□ついた）仏像や偽
仏具をうち砕いて［この］丹（のついた）［がつい］たり　金地の箔のつい／たりした木を［路ばたにつみ
重ねて］薪の料に売つてゐた（と云）と書いてある（略）［②当時の］羅生門が［久しく］修理を忘れられて
［何故か］（狐狸や）（盗人や）狐狸や盗人の棲家［に］（と）なつたの（は）も／［（当然だと云はなければ

ならない）尤な話である」（云ふ迄もない）（しまひに）それがとう〳〵しまひには　ひきとり手のない死人を持つて来て　この［門の］上に捨て／おく［やうな］習慣さへ出来た［のが［所業］［一度］習慣にな（つた）」［（つてしまった）」［なつた］（そこで）［そこで］（勿論　死人）［（忽　□□ひたつて］従つて］すてて行つた［その］［おいた］死人（は勿論腐つてゆくので）／［もだんだん□□腐つて来る］

【意訳】

何故かと云うと、この二三年、京都には、地震とか辻風とか、飢饉とか云う天災が、ひきつづいて起ったので、洛中のさびれ方は一通りでない。旧記によると、仏像や偽仏具をうち砕いて、丹がついたり、金地の箔のついたりした木を、路ばたにつみ重ねて、薪の料に売っていたと書いてある。洛中さえこの始末なら、当時の羅生門が、久しく修理を忘れられて、狐狸や盗人の棲家になったのも、当然だと云わなければならない。それが、とうとうしまいには、ひきとり手のない死人を持って来て、この門の上に捨てておくような習慣さえ出来た。そこですてておいた死人は勿論腐ってゆくので

――「草稿ノート10」

＊第八章と同様、右の意訳は、筆者が本文に解釈を加えて翻訳したものである。（以下、同じ）
＊＊引用の際、削除されている文は（　）、挿入されている文は［　］、改行は／という形に表記を直した。（以下、同じ）

これは「なぜ羅生門が衰微しているのか？」という問題について、語り手が「旧記」を参照しながら説明している箇所になるが、注意したいのは、このような説明箇所には、門の下にいる主人公の場面との関係を離れて、

「旧記」の内容をもとに、〈自問自答的〉な対話を始めてしまう語り手の身振りが見られることである。

もちろん、これもそれまでの草稿ノート「1」〜「8」には認められなかったものである。というのも、それまでの草稿ノートでは、あくまで主人公の居合わせている場面を中心にして物語が構成されていたからであり、注釈を加えるとしても補足的なレベルにとどまっていた。しかし、ここではその注釈部分が肥大化し、語り手が主人公を離れて、勝手に「旧記」との対話を始めてしまい、「なぜ羅生門は衰微しているのか?」という問題について〈自問自答的〉な「プロット」的探求を始めてしまっている（傍線部）。

ここにみられるのは、ある種の語り手と主人公の主従関係の逆転ともいえる現象ではないか。すなわち、主人公の時間に即して語っていくのではなく、語り手自身の自意識の運動に即して語っていくという現象である。すでに前章で確認したように、「草稿ノート」も初期の頃は、語り手が主人公の視点に従属し、主人公の見ないこと知らないことは、語り手も語らないというスタイル（内的固定焦点化＝一人称的スタイル）を取っていたが、語り手がナレーターとして自己顕示的に前景化してくる後半になるにつれ、次第に語り手と主人公の主従関係が逆転していき、主人公よりも語り手自身の興味のほうが前景化してくるようになる。そして、そのような前景化の延長として、語り手主導の形で「なぜか、なぜか」と自問自答的に探求していく「プロット」的な思考・文体が生れてきたのだと考えられる。

ちなみに、M・バフチンによれば、〈自問自答〉には他者の声との対話が潜在しているというから、ここでの語り手も「なぜか?」「なぜか?」と自らに問いかけてくる読者の声を自らのうちに取り込むようにして、それと対話的に語っているといってもよい。[注3] いわば、このような〈対話的語り〉は、聞き手＝他者を意識しながら、読者を自身の観念的探求のなかに巻き込んでいくような〈自問自答的な語り〉（第六、七章参照）になっているのである。

②「草稿ノート11」

繰り返しになるが、「草稿ノート8」以降、語りの構造自体に大きな変化はない。いわば、語り手が作中人物よりも多くのことを知っているという「焦点化ゼロ」のスタイルに従って、「叙述」（語ること telling）していくモードで物語るのである。しかし「草稿ノート8」以降では、そのように〈説明する語り手〉が、さらに前景化してくることになり、観念が肥大化し、それまでのような「それから…」「それから…」と展開する「ストーリー」ではなく、自分の思考に即して「なぜか?」「なぜか?」と「プロット」的な探求も行うようになっていく。前節では、こうした語りのモードの変化が、語り手と主人公の主従関係の逆転を表しているという事、また物語の進行を作中の時間軸ではなく、語り手自身の思考に即して展開させていくことの表れでもあると指摘した。「プロット」的思考・文体は、そのように自己顕示的に前景化してくる語り手の認識の運動に相即した形で登場してくるのである。

もっとも、このような「プロット」的思考は、一方で語り手と作品世界の関係性のあり方を変えていくことにも通じていく。それはどういうことか。以下、「草稿ノート11」をみてみよう。

或日（の暮に）の暮方（の事）［の事］である　羅生門の下（に）で一人の男が　石段に腰をかけなが／ら雨やみをまつてゐた　洗ひざらした紺の襖に柳さびの立烏帽子をかぶつ［た］（て　ひじりづか／の太刀を佩いた）貧乏さうな男である　（外に）羅生門は朱雀の大路に立つてゐるので／（雨やみ）この男の外にも雨やみを（まつてゐる）［に来る］人がありさうなものであるが（一人もゐない見えない）［朱塗のはげた□の門外を見渡しても］［（東西を）］［（朱塗のはげた扉の内外を見渡しても）］唯一／人　①こゝへ［来ている容子も［□］ない］（来やうと云ふものはない）何故かと云ふと　②その頃は辻風　地震　饑饉などと

云ふ天／災がつゞいて［(のべつに)］起つたので　京都の町がさびれると同時に　羅生門も荒廃（して）［(した)］［して　よく］葬り手の／ない死人など（は）［を］　この門の上へ（持つて来て）［持つて来て］すて、置（いた）く（習慣があつた）／（のが習慣になつてゐた）習慣があつた（勿論そこでその死人［の肉］を食ふ烏が四方から）　そこで誰も日／の目が見ゑなくなつてからは　気味を悪るがつて　この門の近所へは足ぶみをしない（のである）事にしてゐる／のである（唯）その代り（この）死人の肉を食ふ烏は沢山　この門の上へ集つて来た（この）烏が／［(殊に)］（夕方は殊に喉をしめられやうな声を立て、騒々しくなくき立てゐる）／

＊　＊　＊

交　交野の平六は　羅生門の下で雨やみをまつてゐた（雨は平六が九条を出た時から［ぽつぽつ］糠の／やうにふつてゐたのである　それが今では雨は平六が九条を出た時からぽつぽつ落柳さひ／の［皮］烏帽子をたゝき［出し］はじめてゐたのである　それが今では一しきりどつとふつたあとで　又少し／小降りになつてがなつたらしい）雨は日の暮からだん〱つよくなつて　今ではざあつと／云ふ音が（度々）（遠く）門をとりまいて　どこ（の出て）から／

【意訳】

或日の暮方の事である。羅生門の下で一人の男が、石段に腰をかけながら雨やみをまっていた。洗いざらした紺の襖に、柳さびの立烏帽子をかぶった貧乏そうな男である。羅生門は朱雀の大路に立っているので、この男の外にも雨やみに来る人がありそうなものであるが、朱塗のはげた□の門外を見渡しても、唯一人こゝへ来ている容子もない。

何故かというと、その頃は、辻風、地震、饑饉などと云う天災がつづいて起ったので、京都の町がさびれると同時に、羅生門も荒廃して、よく葬り手のない死人などを、この門の上へ持って来て、すてて置く習慣があった。そこで誰も日の目が見えなくなってからは、気味を悪るがって、この門の近所へは足ぶみをしない事にしているのである。その代り、死人の肉を食う鳥は沢山、この門の上へ集って来た。鳥が殊に夕方は殊に喉をしめられたような声を立てて、騒々しくなき立てる。

＊　＊　＊

交野の平六は、羅生門の下で雨やみをまっていた。雨は日の暮からだんだんつよくなって、今ではざあっという音が、門をとりまいて、どこから

ここで注意したいのは、「何故かと云ふと」「…のである」（波線部）という理由説明とともに、「貧乏さうな男」「ありさうなもの」（傍線部）という推量表現が見られるという事である。このような推量表現は、すでに「草稿ノート8」の段階から認められるものでもあるが、このことも語り手の作品世界との関わり方が変化してきている徴候を表すものとして注目したい。

というのも、「草稿ノート」の初期段階（1～8）では、基本的に作品世界を「…である」「…である」と断定的に語り、これを自明のものとして主体的に描出していたが、その後、語り手が前景化してくるとともに、作品世界とは一定の距離を置いて「…そうだ」「…らしい」などと推量することで情報に不確実性を齎し、作品世界を自らの思索の対象として、探求的な仕方で語る性質が強くなってくるからである。

すなわち、「草稿ノート」の後半部にみられる言説上の変化とは、「プロット」的思考の生成とともに「…らしい」「…ようだ」と推量的に語ることで、語り手自身が作品世界とは距離を置き、これと探求的な仕方で関わっ

ていこうとする意識の変化なのである。

③「草稿ノート12」

ところで、これまで本稿は「『羅生門』草稿ノート」における「草稿ノート8」以降の語りの変化について見てきたわけであるが、確認してきた言説の変化——すなわち、語り手が前景化してきて探求的に語っていく変化——は、物語を書いている「書き手」の自意識が推敲を重ねるにつれて、次第に表面上に現れてくる過程と言い換えてもよいであろう。

もっとも、ここで筆者が「書き手」と呼んでいるのは、第六章（「『叙述ブロック』と『描写ブロック』—『ひょつとこ』の構造」）や第七章（「テクストの『作者』—『羅生門』における自意識的語り」）でも指摘したように、通常のフィクションでは表面化しない「小説を書いている私の意識」のことである。たとえば、草稿ノート「1」〜「5」までの言説では、語り手が主人公の視点から平安朝の世界を、まるで「いま・ここ」で展開されているかのように再現しているため、小説の「書き手」は語り手の視点の背後に隠れ（あるいは、同化し）、物語に介入してくることはない。しかし、その後、語り手が次第に自己顕示的に前景化するようになり、自ら「作者」と名乗って登場するに及び、「書き手」としての様態が語り手の偽装を破って物語に表面化してくる。そうして「旧記」を引用しながら、自らの観念のなかでイメージされた作品世界を、読者に向かって解説的に語る（telling）ようになっていく。——このように自らの物語る作品世界に「作者」の立場から批評や分析を加えながら語っていくような語り手を、筆者は「書き手」とよんでいる。

この「書き手」の特徴としては、小説を「本当らしさ」を装ったフィクションとして語るのではなく、それがフィクションであることを明示した形で語るという点にある。——というのも、もし「羅生門」が通常のフィクションの作法で書かれているならば、読者は作中の出来事が、まるで平安朝の「いま・ここ」で行われているかのように錯覚するであろうが、「羅生門」はそうではない。物語は平安朝の「いま・ここ」ではなく、小説を書いている「書き手」の「いま・ここ」に中心化され、出来事も「書き手」の観念のなかで展開されるというスタイルになっている。そして、作品世界も①「旧記の世界」と、それを対象化する②「作者（書き手）の世界」という二重構造になっている。

前田彰一『物語のナラトロジー』（彩流社、平成十六年二月）も指摘しているように、「羅生門」のこのような二重構造は、物語にメタフィクション的な異化効果をもたらしているが（二百三十頁）、こうした構造も（厳密にいえば「草稿ノート6」以降から認められるものであるが）、それが顕在化してくるのは「草稿ノート8」以降になる。というのも「草稿ノート8」以前は、話が主人公の時間を軸に展開され、語り手は注釈程度の介入しか行っていないのであるが、「草稿ノート8」以降では語り手が自己顕示的に前景化してきて、「作者」（書き手）の立場から、作品世界に「なぜか？」「なぜか？」と探究的な仕方で関わっていくようになるため、それに伴って主人公の世界が対象化され〈①平安朝の現在（いま・ここ）〉と、そのような物語を書いている〈②「作者」（書き手）の現在（いま・ここ）〉という二重の時空間が書かれたスタイルになるからである。

実際、このことは時間・空間の指示語にも表れている。具体的にいうと「草稿ノート10」では「①この二三年」とか「②当時の羅生門」などとあり、「草稿ノート11」では「①こ、へ来ている」「②その頃は、辻風、地震、饑饉など」とあるが、ここで「この二三年」「こ、へ」（点線部①）などとあるのは、平安朝の現在（いま・ここ）による時空間で「当時の」「その頃は」（二重線部②）などとあるのは、小説を書いている「作者」（書き手）の現在（いま・ここ）である。

こうした特徴を「草稿ノート12」とともに確認してみよう。

或日［（の）の］暮（の）方の事である　一人の侍が　羅生門の下で　雨やみをまつてゐた　高い／（侍は洗ひ）　門の下（で）には　この男の外に誰もゐない　羅生門［（のあたりには）］は［の］朱雀の大路（の）［中と］／（である）［（なれば）］［にある以上は］この男の外にも　雨やみをする市女笠や揉烏帽子が見えさうなものである　それが　この／男の外には誰もゐない　何故かと云うと（これは）①その頃　京都には　辻風とか地震とか飢饉とか云ふ／天災が度々起つた［すると］（そこで尚更）洛中が衰微するにつれて羅生門も何時のまにか荒廃して／とう〳〵しまひにはこの門の上に［引きとり手の］死人を持つて来て　すてゝおくやうな習慣さへ出来た（こ）そこで日の目／がみえなくなると　誰でも気味を悪がつてこの門の近所へは足ぶみをしない（のである）［事にし］てゐるのである／（や）その代り死人の肉を食ふ鴉は沢山この門の上に集つて来た［（下からみると）］（その鴉が丹塗の剥げた楼門の柱や□は）［楼や□には］／その（鴉の糞が点々とか［白く］□□□たまつてゐる［こびりついてゐる］）（今ではその鴉のなく）唯今日は［仕合せな事に］（この鴉鳴き声がき）こえない／（鳴き声が）さうして何時でも［ざわざわに］（□をし□□れやうな）声を［立て］（出して）やかましく泣（き立てた）騒いだ　それが②今日は屍体がないせい／（か一羽も）［（ひつそりと）］（かあと云ふ声もしないも立てずにゐる）めづらしく黒い羽々の色さへ見せずにしづまつてゐる／

【意訳】

或日の暮方の事である。一人の侍が、羅生門の下で、雨やみをまっていた。高い門の下には、この男の外に誰もいない。羅生門の朱雀の大路にある以上は、この男の外にも、雨やみをする市女笠や揉烏帽子が見えそうなものである。それがこの男の外には誰もいない。何故かというと、その頃、京都には、辻風とか地震とか飢饉とか云う天災が度々起った。洛中が衰微するにつれて　羅生門も何時のまにか荒廃して、とうとうしまいにはこの門の上に、引きとり手のない死人を持って来て、すてていくような習慣さえ出来た。そこで日の目がみえなくなると、誰でも気味を悪がってこの門の近所へは足ぶみをしない事にしているのである。その代り死人の肉を食う鴉は沢山この門の上に集って来た。下からみると、楼には、その鴉の糞が点々と白くこびりついている。そうして何時でもざわざわ声を立て、やかましく泣騒いだ。それが今日は屍体がないせいか、かあという声もしない。めずらしく黒い羽々の色さえ見せずにしずまっている。

ここで「その頃」〔点線部①〕というのは「小説を書いている現在」（いま・ここ）の時空間で、「今日は」〔二重線部②〕というのは「主人公のいる現在」（いま・ここ）の時空間。いわば二つの時空間の重層化された構造となっていることが確認できよう。

このような文体は、現行「羅生門」のように「作者」と名乗る語り手が、〈観念の世界〉のなかで〈主人公の現在／「作者」の現在〉を語り分けながら一人芝居的に物語る、というスタイルと同様のものである〔第七章参照〕。――このようにして「羅生門」の文体は、確立されていったのである。

四、むすびに

以上、ここでは『羅生門』草稿ノート」の後半部〔9～12〕を取り上げ、その小説スタイルがどのようにして生成されていったのか、またその文体がどのように変貌していったのか、という問題を、言説構造の分析を通じて考察してみた。

ここで今回の考察の内容をまとめると、後半部〔9～12〕は、「羅生門」の冒頭部分に、何度も修正を加えた草稿資料となるが、そのような草稿過程のなかで、しだいに①語り手が主人公よりも前景化し、自らの興味に基づいて語り始めること、②「なぜか?」「なぜか?」という「プロット」的（理由探求）な文体に重心が移っていくこと、③「〜らしい」とか「〜ようだ」などの推量表現で物語を探求的に語っていくこと、④語り手が自己顕示的に前景化し「作者」（書き手）の立場を取ることで、物語が〈語り手の世界／主人公の世界〉に二重化していくこと——などといった特徴を指摘することが出来る。最終的な「草稿ノート12」は、ほぼ現在の本文（定稿）に近いものであるから、以上のようなプロセスを経て「羅生門」は完成したのだということが出来るであろう。

ちなみに、見てきたようなプロセスを経て誕生した「羅生門」の小説スタイルは、決して芥川の意図において生み出されたものではない。参考として芥川自身の以下の発言を確認しておこう。

> 或る一つの作品を書かうと思つて、それが色々の径路を辿つてから出来上がる場合と、直ぐ初めの計画通りに書き上がる場合とがある。例へば最初は土瓶を書かうと思つてゐて、それが何時の間にか鉄瓶に出来上ることもあり、又初めから土瓶を書かうと思ふと土瓶がそのまゝ出来上がることもある。その土瓶にしても蔓を藤にしようと思つてゐたのが竹になつたりすることもある。私の作品の名を上げて言へば「羅生門」などはその前者であり、今こゝに話さうと思ふ「枯野抄」「奉教人の死」などはその後者である。
>
> ——「一つの作が出来上るまで—「枯野抄」—「奉教人の死」」（「文章倶楽部」大正九年四月）

ここで芥川は「羅生門」について、最初「土瓶を書かう」と思っていたのが、いつの間にか「鉄瓶」になってしまったと回想している。これはつまり見てきたような小説スタイルの変容が、創作過程の中で、何度も文章を書いては消し、また書いては消し、といった作業を繰り返していくうちに、自然に生成されていったものだという事を表わしている。「羅生門」のスタイルは、まさに「作者の意図」を裏切るような形で誕生したものにほかならない。

ともあれ「羅生門」はこのようにして生まれた。この「草稿ノート」が、いったい何時頃書かれたものかは不明であるが（特に、「ひよつとこ」の前に執筆されたのか、それとも後なのか、特定するのは困難である）、繰り返し強調しておきたいのは、これは「羅生門」だけでなく、芥川の小説スタイルの誕生をも告げる重要な資料になっているということである。実際「草稿ノート」は、感覚描写を多用した一人称スタイルから、次第に語り手によって分析的に語る三人称的（メタフィクション的）スタイルへと変容しているが、これは本書で考察してきた芥川の小説スタイル――初期習作から「羅生門」にかけて変容していった小説スタイルの変容過程とも軌を一にしているのである。もちろん「草稿ノート」は、この後もまだ続いていくのであろうが、このノートはそうした様相を縮約した資料になっているのだという事をもって結論としたい。

注１　Ｅ・Ｍ・フォースター『小説の諸相』（中野康司訳、みすず書房、平成六年十一月）百二十九―百三十三頁

２　前田愛『文学テクスト入門』（ちくま学芸文庫、平成五年九月）によれば、「羅生門」は「今昔物語集」のシークエンスの間にある空白部分などに、芥川自身の推論や説明を加えているとし、そのようにして、「羅生門」は「盗賊が盗みをはたらく物語」としての原話（ストーリー）を「下人が盗賊になる物語」（プロット）へと変形させたのだと説いている。（百八十―百九十四頁）

３　Ｍ・バフチン『小説の言葉』（伊藤一郎訳、平凡社ライブラリー、平成八年六月）、および『ドストエフスキーの詩学』（望月哲男・鈴木淳一訳、ちくま学芸文庫、平成七年三月）参照

第Ⅳ部　文壇デビューまで

これまで本書では、芥川の初期習作（「大川の水」など）から「羅生門」にかけての小説スタイルの変容過程について分析してきたが、見てきたような経緯を経て誕生した「羅生門」（あるいは「羅生門」以降）の小説スタイルとは一体どのようなものか。ここで再度、確認しておきたい。

芥川の初期小説スタイルという問題を考えてみた時、まずいえることは、それが「叙述」（語ることtelling）という叙法に比重がおかれた、語り手の観念領域で説明するモードになっているという点である。この〈説明モード〉では、作中人物よりも語り手の〈観念の世界〉の方が前景化しているため、その〈観念の世界〉＝〈四次元的な空間〉において、語り手が通常の〈三次元的な世界〉とは違った独自の振舞い――時間・空間の制約をある程度まで無視した振る舞い――をすることが可能になる。

たとえば、「羅生門」において、語り手が「作者」と名乗って自己顕示的に登場し、「旧記」を引用しながら自分の〈観念の世界〉で展開される物語を、〈自作自演〉や〈自問自答〉を繰り返しながら、一人芝居的に語っているのがそれである。このような芥川の小説スタイルは「描写」（telling）中心に構成されたリアリズム文学とは異なり、物語を「本当らしく」よそおうのではなく、それが人為や虚構であることを顕在化させる。芥川の初期スタイルの特徴は「叙述」（telling）という観念領域のなかで、語り手が作中人物を「私」化（傀儡化）し、〈語り手／作中人物〉という二つの領域を語り分けながら物語る、という構造のうちに展開させる点にある。これが芥川文学の基本形なのであって、三好行雄が指摘した「意識的芸術活動」の問題もそこに交差してくると考える。

もっとも、このようなスタイルは、その後の「鼻」や「芋粥」「手巾」などでも変わらない。実際、「羅生門」

にみられた〈語り手の領域／下人の領域〉というようなメタ構造は、「鼻」（語り手の領域／内供の領域）や「芋粥」（語り手の領域／五位の領域）、「手巾」（語り手の領域／長谷川先生の領域）といったテクストでも展開されている。それらはたとえ厳密な意味でのメタフィクションの形にはならなくても（あるいはメタフィクションとはいえなくても）、観念領域（telling）のなかで、最低でも二つ以上の領域〈語り手の領域／作中人物の領域〉に分節化された構造を備えている。

さて、このことを問題にしたいのは、他でもない。従来の芥川研究では、こうした〈語り手の領域／主人公の領域〉といった領域の区分について、しばしば混同されている嫌いのあるためでもある。つまり自然主義などのリアリズム小説を読むのと同じような作法で、芥川文学を読解したり、〈主人公の領域〉だけで読解したりしていることがあるという事である。あるいは両者を読み分けている場合でも、語り手の認識と主人公のそれが、具体的にどのようにズレているのか（また、なぜズレているのか）といった問題になると、その検証や測定には不十分な点が残っているように思える（その具体的な様相については、これから本稿で確認する「芋粥」や「手巾」などの先行研究の読みにも表れてこよう）。

そこで本稿では、このような芥川文学において、作品世界（主人公の世界）を語り手がどのように捉え、批評しているのか――両者の相違や相関関係を検証しながら読んでみることにしたい。この第Ⅳ部は、これまで本書で見てきた表現様式の理解をもとに、主に読み方の問題――内容的な側面にも注目しながら「羅生門」以降の小説を分析する。

第十章　「鼻」論

――「今昔物語集」の受容をめぐる問題――

一、はじめに

芥川文学には「今昔物語集」に取材した小説が幾つか残されている。たとえば、大正三年九月には、すでに「青年と死と」（初出「新思潮」）という「今昔物語集」を題材とした戯曲形式の習作があり、また初期の傑作「羅生門」（初出「帝国文学」大正四年十一月）や、漱石に激賞され出世作となった「鼻」（初出「新思潮」大正五年二月）、さらに「芋粥」（初出「新小説」大正五年九月）といった初期の代表作も、すべて「今昔物語集」を題材とした小説である。

もっとも、こうした「今昔もの」は、初期から中期の頃にかけて比較的多く書かれていたようでもある。以下、芥川文学のなかで「今昔物語集」に取材したとされる小説を、年代順に並べてみよう。

①「青年と死と」（初出「新思潮」大正三年九月）→「竜樹俗時作隠形薬語」（四24）

②「羅生門」（初出「帝国文学」大正四年十一月）→「羅城門登上層見死人盗人語」（二十九18）、「太刀帯陣売魚嫗語」（三十一31）

③「鼻」（初出「新思潮」大正五年二月）→「池尾禅珍内供鼻語」（二十八20）

④「芋粥」（初出「新小説」大正五年九月）→「利仁将軍若時従京敦賀将行五位語」（二十六17）
⑤「運」（初出「文章世界」大正六年一月）→「貧女仕清水観音値盗人夫語」（十六33）
⑥「偸盗」（初出「中央公論」大正六年四月）→「不被知人女盗人語」（二十九3）
⑦「往生絵巻」（初出「国粋」大正十年四月）→「讃岐国多度郡五位聞法即出家語」（十九14）
⑧「好色」（初出「改造」大正十年十月）→「平定文仮借本院侍従語」（三十1）
⑨「藪の中」（初出「新潮」大正十一年一月）→「具妻行丹波国男於大江山被縛語」（二十九23）
⑩「六の宮の姫君」（初出「表現」大正十一年八月）→「六宮姫君夫出家語」（十九5）
→「造悪業人最後唱念仏往生語」（十五47）
＊以上の「今昔物語集」の原話については、『芥川龍之介事典』（菊地弘・久保田芳太郎・関口安義編、明治書院、昭和六十年十二月）における「今昔物語集」の項の解説に拠った。（二百二頁）

ここで佐藤泰正「芥川文学作品論事典」（三好行雄編「芥川龍之介必携」昭和五十四年二月）の分類に従って、芥川の作品史を大きく前期（初期～大正六年十二月）、中期（大正七年一月～大正十一年十二月）、後期（大正十二年一月～昭和二年）に区分すると、①「青年と死と」～⑥「偸盗」までの六篇が前期、⑦「往生絵巻」～⑩「六の宮の姫君」までの五篇が中期、後期はゼロとなっている事がわかる。

もっとも、このような作品分布の隔たり――「今昔もの」が初期と中期に集中するという隔たりは、芥川文学における表現スタイルの問題や創作意識の問題とも、決して無縁ではない。よく知られるように、芥川文学は初期の頃は「王朝もの」「歴史もの」「切支丹もの」といったフィクション性の強いものが多く書かれ、後期になると現代に取材した小説や自伝的なものへと傾斜していく傾向がある。

従って、芥川の初期小説とこうした「今昔物語集」との関係性の問題を取り上げる事で、芥川の初期文学における言説や表現の特徴について考察していく事は、決して無意味な試みでもないだろう。本書の研究テーマは芥川文学の初期の小説スタイルについて考察することであるが、この章はそのような問題意識のもと、芥川の出世作ともいえる初期の傑作「鼻」を取り上げ、これと「今昔物語集」との関係性を比較・考察するものである。

二、芥川と「今昔物語集」

二―一、明治〜大正時代における「今昔物語集」の受容状況

まずは典拠となった「今昔物語集」についての紹介からはじめたい。「今昔物語集」は現代でこそ広く親しまれているメジャーな古典であるが、芥川が活動していた当時（大正時代）は実は全く無名であり、専門家の間でもせいぜい「源氏物語」の風俗資料的な価値しか認められていなかったといわれている。たとえば、長野甞一『古典と近代作家』（有朋堂、昭和四十二年四月）は「今昔物語集」について、以下のように述べているのである。

…今昔物語に対する評価は、ここ十数年の間に見違えるほどの上昇をしめした。その遠い口火を切ったのが外ならぬ芥川であり、これをさまざまな角度から分析して、そのあるべき地位に一先ず落ち着けたのが戦後の学界であった。「埋もれた古典」という声はしばしば聞くが、数百年間その真価がみとめられずにいて、ひとたびその鉱脈が掘り当てられるや、またたく間に巨大な全貌をあらわし、地位もまたこれに乗じてうなぎ昇りに昇ること、この今昔物語のような例は、他にほとんどその比儔を見ないといってよい。だから芥川が盛んに「今昔物」を書きつづけていたじぶんには、かんじんの今昔物語はほとんど読まれていなかったに違いない。相当な文学者でも、芥川の作品のネタがどこにあるのか知らなかったというふしがみえる。（四

十五、四十六頁）

ここで長野は「今昔物語集」を評価し、これをその「あるべき地位」に落ちつけたのは、もっぱら戦後の学会であり、その口火を切ったのが芥川であると述べている。

もっとも、こうした長野と同じような見方をする研究者は多く、たとえば他に志村有弘も「今昔物語鑑賞」（関口安義・庄司達也編『芥川龍之介全作品事典』勉誠出版、平成十二年六月）のなかで「芥川は、当時、ほとんど国文学者の研究対象とならなかった『今昔物語集』に注目し、それから取材して作品化しただけでなく、その文学的価値を逸早く見抜いていた」（百九十五頁）と述べており、また下西善三郎なども、藤岡作太郎の解説を傍証として、（注1）「芥川の当時以前、『今昔物語集』は、民俗や文化の資料的宝庫という見方がなされているにすぎなかった」と述べている。（注2）――このように「今昔物語集」をもってマイナーな古典とする見方は、これまで定説とされてきたのである。

もちろん明治時代から大正初頭にかけて、「今昔物語集」が現在ほどメジャーな古典でなかった事は事実であろう。たとえば、それはこの当時「今昔物語集」が、基本的には①「校注国文叢書」（池辺義象、博文館、上 大正四年七月、下 大正四年八月）、②「史籍集覧」（近藤瓶城、明治三十四年六月）、③「国史大系」（経済新誌社、明治三十四年十月）、④「丹鶴叢書」（国書刊行会、上 明治四十五年四月、下 大正元年十二月）、⑤「攷証今昔物語集」（芳賀矢一、上 大正二年六月、中 大正三年八月、下 大正十年四月）程度のものしか、流布していなかったという事にも表れている。（注3）これらは芥川の底本を特定する際に、しばしば参照されるものであるが、このうちの「史籍集覧」「国史大系」「丹鶴叢書」の三冊は、注釈すら殆んど施されていない粗略なもので、どちらかといえば専門書に近く、当時の一般の読者がこうした本を手にとって読んでいた可能性は低いと考えられる。当時「今昔物語集」は一般的には殆んど知られていなかったのである。

二―二、芥川の「今昔」受容

　では、そのような誰も知らないような古典であった「今昔物語集」に、芥川は何故注目したのであろうか。この問題について近年指摘されているのは、いわゆる同時代的な風潮による影響関係である。たとえば西山康一が「当時、民俗学や比較神話学の勃興とともに、伝説を集めたり論じたりするのが、一つの流行になっていたようである」(注4)と述べ、こうした〈伝説ブーム〉のなかで「今昔物語集」の価値が見直されていく風潮のあったことを指摘しているのは、その一例である。もちろん〈伝説ブーム〉だけではない。この他にも、我が国では怪談や奇談を類とした〈オカルトブーム〉のようなものも起こっていた。

　たとえば、この当時、怪談・怪異譚を蒐集した水野葉舟や泉鏡花、柳田国男など、多くの文学者達が、神秘的なものや伝説的なものに関心を持っており、また平井金三『心霊の現象』(警醒社、明治四十二年四月)、渋江保(易軒)『原理応用降神術』(大学館、明治四十二年四月)、高橋五郎『心霊万能論』(前川文栄閣、明治四十三年二月)、同『新哲学の曙光』(前川文栄閣、明治四十三年十一月)、同『霊魂実在論』(日高有倫堂、明治四十四年六月)、同『霊怪の研究』(嵩山房、明治四十四年七月)などのような心霊の研究も盛んに行われている。(注5)芥川が怪奇趣味を持っていたことは夙に知られているが、「今昔物語集」が芥川によって注目されていった事の背景には、こうした当時の同時代的風潮(伝説ブーム、怪談ブーム)の影響もあったのだろうと考えられる(この時期、印象主義が勃興してくることは、第一章でも述べたとおりであるが、主観に映じたインプレッションを重視するこの文芸思潮が、かかる神秘主義や心霊主義にも波及していったのであろう)。

　また、その一方で芥川自身の「野性美への憧憬」という問題もある。周知の通り「今昔物語集」は「天竺(インド)部」「震旦(中国)部」「本朝(日本)部」の三部によって構成されているが、そこには「人間生活の中に融合している土俗的な信仰、それに随伴する神秘的なもの」（菊地弘）が表れているといわれている。そして芥川もまた、こうした怪奇的なものの持つ「野性の美しさ」に魅了されていたらしいことは、彼自身の以下のような説明にも表れている。

『今昔物語』は前にも書いたやうに野性の美しさに充ち満ちてゐる。其又美しさに輝いた世界は宮廷の中にばかりある訳ではない。従つて又此世界に出没する人物は上は一天万乗の君から下は土民だの盗人だの乞食だのに及んでゐる。いや、必しもそればかりではない。観世音菩薩や大天狗や妖怪変化にも及んでゐる。若し又紅毛人の言葉を借りるとすれば、之こそ王朝時代の Human Comedy（人間喜劇）であらう。僕は『今昔物語』をひろげる度に当時の人々の泣き声や笑ひ声の立昇るのを感じた。のみならず彼等の軽蔑や憎悪の（例へば武士に対する公卿の軽蔑の）それ等の声の中に交つてゐるのを感じた。

——「今昔物語鑑賞」（昭和二年四月）

ここで芥川は「今昔物語集」の世界が、野蛮な美しさに満ち、「一天万乗の君から下は土民だの盗人だの乞食だの」に至るまで、また「観世音菩薩や大天狗や妖怪変化」に至るまで、様々な「人々の泣き声や笑い声の立昇る」「Human Comedy（人間喜劇）」であると述べているが、後年「只今の小生に欲しきものは第一に動物的エネルギイ、第二に動物的エネルギイ、第三に動物的エネルギイ」（斎藤茂吉宛書簡、昭和二年三月二十八日付）と語る芥川にとって、「今昔物語集」のような原始的で野蛮な力は魅力的なものだったのであろう。そして「今昔物語集」に芥川が見出した芸術的価値もまた、そうした「野性の美」であり、かかるものへの憧憬であったといわれている。

二―三、問題提起

以上のように、芥川がこの当時、マイナーな古典であった「今昔物語集」に注目し、これを題材として小説を書いたのは、この当時の〈伝説ブーム〉〈怪談ブーム〉といった同時代的な風潮を素地として、彼自身の「野生美への憧憬」という問題が要因として働いているという事であった。

しかし、芥川が「今昔物語集」の「野性の美」を賞賛しているといっても、これが題材として作品に形象化される際、むしろ原典の持つ「野性の美」を損なっているのではないかという事も、従来からしばしば問題化されている。

例えば「（注・芥川は）今昔物語の中に見出した野性の美しさ、生ま生ましさを、その創作の中にうち出すことをしなかった」（吉田精一「芥川竜之介と今昔物語―『藪の』中《ママ》を中心に」『現代文学と古典』至文堂、昭和三十六年十月、百十五頁）といった指摘や、佐藤秀明「引用とオリジン―『今昔物語集』とは何であったのか」（浅野洋・芹澤光興・三嶋譲編『芥川龍之介を学ぶ人のために』世界思想社、平成十二年三月所収）の以下のような指摘は、そうした理解の典型的なものである。

> 芥川は「今昔物語鑑賞」で、『今昔物語集』の「芸術的生命」は、この作品の「生ま々しさ」にあるとし、次のように言う。（略）しかし、発表された「羅生門」の下人は、空腹感や飢餓感につき動かされる仕方でなく、認識の変更によって、盗みを働く人物になっている。それは語り手である「作者」が、そしておそらくは芥川もが、認識を通してしか主人公と重なり合わなかったことを示しているのではないか。（略）そこには醜さもなければ、野生の美もない。『今昔物語集』に「brutality（野生）の美しさ」を発見しながら、「羅生門」の創作過程でそれを削ぎ落としてしまった芥川は、野生の代わりに、人間存在の或る一部分

から見える虚無を見てしまったのかもしれない。（四十四-四十六頁）

もちろん、ここで先行論者が主張しているような問題——芥川の「今昔もの」には原話の持つ「野性の美しさ」「生々しさ」がないという問題に、芥川がどれだけ意図的であったかという事は、ここでは問わないことにしよう。芥川の意図がどのようなものであるかという事は、現在となってはもはや論証のしようもないからである。

問題とするべきは、むしろ「今昔物語集」の原話を、芥川テクストが吸収、変形していくに際し、そこにどのような相違が認められるか、という事ではないだろうか。冒頭でもふれたように、芥川文学における「今昔物語集」受容は、初期～中期の頃に多く見られるが、「今昔」の原話に改変を加えたり、その「野性美」や「生々しさ」をそぎ落としたりするのは、芥川自身の意図というよりも、むしろそうした芥川の初期の小説スタイルの方法論や手法に起因した問題もあると考えられる。——つまり作家の意図とは別に、「野性美」を捨象せざるを得ない必然性というものもあったのではないかという事である。

そうした事も踏まえた上で、以下本稿は芥川の初期の傑作「鼻」を取り上げ、典拠となる「今昔物語集」と比較する事で、こうした問題についての論を進めていく事にしたい。

三、「鼻」と「今昔物語集」の比較

「鼻」は、大正五年二月に「新思潮」において掲載され、後に夏目漱石によって激賞、芥川が文壇にデビューするきっかけともなった小説である。典拠は先にも述べたように「今昔物語集」（「池尾禅珍内供鼻語」二十八20）。もっとも、同様の話は「宇治拾遺物語」（「鼻長き僧の事」巻第二7）の中にも収録されているが（作者自身、「宇治拾遺物語」も参照にしていたことが、末尾に記されている）、ここでは直接題材にしたという「今昔物語集」のみを扱うことにする。

三―一、ストーリーの相違

まず、典拠となる「今昔物語集」のストーリーから確認しておこう。この話は原稿用紙三枚程度におさまる短いものであるが、その梗概は以下の通りである。

①　池の尾の禅智内供の長大な鼻は、五六寸（十五～十八センチ）。色は赤紫で、表面は大きな柑子の皮のようにぶつぶつとふくれていた。

②　それがかゆくて仕方がないので治療するが、その治療の効果は、二三日しかもたず、それが過ぎると、またもとのような長大な鼻になる。

③　そこで食事のとき、弟子の僧に木片で鼻を持ちあげていてもらう。この技術は熟練を要するので、誰彼というわけにもいかず、内供と呼吸の合った一人の弟子の法師に決められていた。

④　しかし、ある時、この鼻もたげ役の弟子が病気になり、弟子たちが困っていると、お調子者の童が名乗り出る。そこでこの童に鼻もたげの役が命ぜられた。

⑤　二人は向かい合いに坐り、童は木片で鼻をもちあげ、内供は粥をすする。事態は予想外に上手く運ぶ。例の法師よりも上手いといって内供は満足する。

⑥　するうち童はくしゃみをする。とたんに手が動き、内供の長い鼻は鋺の中に落ち、粥が四散する。

⑦　内供は激怒して「何という、貴様は間抜け野郎だ！このたびはわしだからよいものの、もっと高貴な方の御鼻を持ちあげているときに、こんな粗相があったら何とする！」と言った。

⑧　退下した童は「こんな鼻を持っている奴が、他にいるものか」といって、仲間と笑いあった。

この話は最後の童の捨て台詞をオチとして構成された笑話といわれている。すなわち前半部においては、内供の長大な鼻の描写や、その鼻が短くなったり、長くなったりするという話が、ユーモラスに語られており、後半部では、鼻を持ち上げる弟子に焦点があてられ、彼（庶民）の立場から禅智（高徳の僧）を面白おかしく笑う、という構図になっているのである。

しかし、このようなストーリーが「鼻」では大きく変えられる。主な変更点としては「今昔物語集」において、メインストーリーになっている内供と童のやりとり――④から⑧の件が、「鼻」では軽んじられているという点であろう。そうして禅智内供を視点人物として、全体の展開は以下のように変えられている。

①　池の尾の禅智内供は、五六寸もある長い鼻を持っていた。彼は、表面的には、さほど気にならないような顔をしてすましているが、内心ではこの長い鼻によって傷けられる自尊心のために苦しんでいた。

②　そこで内供はこの傷つけられた自尊心を回復しようと考えた。彼は鼻を実際以上に短く見せる工夫をしたり、自分と同様に長い鼻を持った人物を世間や書物のなかに探したが、無駄であった。

③　そんなある年の秋、京へ上った弟子の僧が、知己の医者から長い鼻を短くする方法を教わってきた。それは鼻を熱湯で茹でて足で踏み、毛穴から出る脂を鑷子《けぬき》で抜くというものであった。その後、内供は、弟子の僧にその治療法をやってもらう事になる。

④　すると、果たして鼻は短くなった。「こうなれば、もう誰も哂うものはないにちがいない」――内供はそう思って大いに満足する。

⑤ところが、短くなった内供の鼻を見て、世間はかえって嘲笑する。その笑いの中に「傍観者の利己主義」を感じた内供は憂鬱になり、次第に鼻の長かった昔が懐かしくなってくる。

⑥しかし、ある晩秋の朝、内供がいつものように眼を覚ますと、なぜか再び鼻が長くなっている。「こうなれば、もう誰も哂うものはないにちがいない」――内供はそう思って満足する。

このように「鼻」では「今昔物語集」に較べて童の扱いが軽い。先にも述べたように「今昔物語集」では、語り手は童（庶民）の立場に立って内供（高徳の僧）の鼻を笑うという構図になっているが、「鼻」のほうでは、むしろ内供（高徳の僧）の立場に立って庶民（童を含む）に笑われるという構図になっている。ここに〈笑う側〉（童）から〈笑われる側〉（内供）へ、という話の枠組みそのものを変える大きな違いが認められる。

三―二、「ストーリー／プロット」

前節では「今昔」と「鼻」のストーリーを比較してきたが、見てきたような話の枠組みの変容は、物語の展開や構成のあり方とも関係してくる。すでに確認してあるように、原話である「今昔物語集」のストーリーは、まず前半部において、内供の長い鼻についてユーモラスに紹介された後、童に焦点があてられ、彼の立場から内供のその長い鼻を笑っていくというものになっている。物語の骨子になるのは、この後半部であるが、その展開は基本的に時間軸に沿った形で「それから、それから」と順接的に展開している。

しかし、「鼻」のほうでは童は殆んど登場せず、最初から最後まで内供のほうに焦点があてられている。そのため、被害者（笑われる側）である内供の心理や自意識（なぜ他人に笑われるのか？）という問題に関心が向けられており、「今昔」とは違って「なぜか、なぜか」という原因理由を、明らかにしていくような要素が加わっている。

すでに第九章（「『羅生門』草稿ノート」をめぐる問題（その２）――プロット的文体の生成」）でも指摘したように、こうした小説の展開のモードの違いは、それぞれ「ストーリー」と「プロット」に分類されるものでもある。以下、Ｅ・Ｍ・フォースター『小説の諸相』（中野康司訳、みすず書房、平成六年十一月）の説明を見てみよう。

> まずプロットを定義しましょう。われわれはストーリーを、「時間の進行に従って事件や出来事を語ったもの」と定義しました。プロットもストーリーと同じく、時間の進行に従って事件や出来事を語ったものですが、ただしプロットは、それらの事件や出来事の因果関係に重点が置かれます。つまり、「王様が死に、それから王妃が死んだ」といえばストーリーですが、「王様が死に、そして悲しみのために王妃が死んだ」といえばプロットです。時間の進行は保たれていますが、ふたつの出来事のあいだに因果関係が影を落とします。あるいはまた、「王妃が死に、誰にもその原因がわからなかったが、やがて、王様の死を悲しんで死んだのだとわかった」といえば、これは謎を含んだプロットであり、さらに高度な発展の可能性を秘めたプロットです。それは時間の進行を中断し、許容範囲内で、できるだけストーリーから離れます。王妃の死を考えてください。ストーリーなら、「それから？」と聞きます。プロットなら、「なぜ？」と聞きます。これがストーリーとプロットの根本的な違いです。（百二十九、百三十頁）

ここでフォースターは「それから、それから」と時間軸に沿って「事件や出来事を語ったもの」が「ストーリー」で、そこに「なぜか、なぜか」という謎や因果関係を追っていく要素を加えたものが「プロット」であると説明しているが、「今昔物語集」と「鼻」における筋の組み立て方も、まさにこのような分類に相即するのではないか。すなわち「今昔物語集」の方は、基本的に出来事《アクション》の連続で構成された「ストーリー」といえるが、「鼻」

における物語の展開は、一応の「時間の進行は保たれている」ものの、内供の心理や内面への探求という「因果関係が影を落とし」ている。従って「鼻」は「プロット」の要素が加えられているといえる。

また、フォースターによれば、「ストーリー」は好奇心に訴える構成法であり、「プロット」は知性に訴える構成法であるとも述べているが、(注6)このような理解に従うと、「今昔物語集」は高徳の僧である内供に対し、お調子者の童がどんな事をするのか、という好奇心に訴える展開となっているのに対し、「鼻」の場合はそれよりもむしろ内供の（他人には見せない）心の秘密を分析していく、という知性に訴える展開になっているといえる。いわば、こうした「プロット」への変形によって、原話は知的な話に組みかえられているのである。

四、「鼻」における語りの構造

前章では「今昔物語集」と芥川の「鼻」の話を比較し、前者が滑稽な出来事を「それから、それから」と追っていく「ストーリー」型になっているという事――また、それによって読者が童と一緒になって〈笑う側〉の立場から、内供を眺めていく笑話になっているのに対し、後者ではむしろ〈笑われる側〉である内供を視点人物として、被害者の心理を追っていく「プロット」型の小説になっている事を指摘した。

ところで、一口に「プロット」といっても、これには推理小説のようなものもあれば、「羅生門」のようなものもあり、その内実は様々である。そこで原話を「プロット」型に変換した「鼻」の表現や言説の特徴について、さらに考察を進めていくために、ここでは「鼻」の因果関係が一体どのような形で探求されているのかという問題を、本文の記述に沿いながら、より詳しく分析していくことにしたい。

四-一、「鼻」の言説

まずは本作における言説の枠組みから確認しておこう。「鼻」という小説は、冒頭において内供の長大な鼻が紹介され、その後、鼻を気にする内供の心理的な葛藤や、人知れず自尊心を回復しようと努力している姿が説明される。内供は自身の長大な鼻について、「表面では、今でもさほど気にならないやうな顔をしてすましてゐる」が、そのような振舞いの背景には「自分で鼻を気にしてゐると云ふ事を、人に知られるのが嫌だつたから」という理由があり、またそのように「内供が鼻を持てあまし」ていたのも、鼻によって傷つけられる自尊心のためとされる。

ここで他人の知らない内供の心理や葛藤を分析していく語り手は、作中人物の知らないような情報まで知っており、何でも見通せる「全知」のような立場から語っているが、このように作中人物よりも語り手の情報量の方が上回っているスタイル（語り手＞作中人物）は（本書でも何度か紹介しているように）、「焦点化ゼロ」というものになる。これは「潜在的には、物語世界のあらゆる時間・空間に起こった出来事、そしてあらゆる登場人物の内面を記述することが可能」な体制であるという。

また、叙法としては「叙述」（語ること telling）になる。この「叙述」（語ること telling）というのも、本書がキーワードとしているもので、具体的には語り手が物語に前景化してきて、読者に向かって直接説明したり、報告したりする体制のことをいう。

もっとも、この「叙述」（語ること telling）というスタイルは、語り手の観念領域で展開されるモードでもあった。従って「鼻」も基本的には「羅生門」のように、語り手がナレーターとして前景化してきて、自らの〈観念の世界〉のなかで展開される内供の物語を、読者に向かって直接語って聞かせる（第七章参照）というスタイルになっているといえる。

それゆえ「鼻」の語りが「プロット」的要素——被害者である内供の抱える問題の理由や原因を明らかにしていこうとする「プロット」的な要素——を備えているといっても、そのように心理的因果や要因を探求しているのは、主に語り手であって必ずしも内供ではない。主人公である内供は語り手の観念の中で想起され、その心理を分析される対象にすぎないのである。一つ例を挙げる。

> 内供が鼻を持てあました理由は二つある。――一つは実際的に、鼻の長いのが不便だつたからである。第一飯を食ふ時にも独りでは食へない。独りで食へば、鼻の先が鋺の中の飯へとゞいてしまふ。そこで内供は弟子の一人を膳の向ふへ座らせて、飯を食ふ間中、広さ一寸長さ二尺ばかりの板で、鼻を持上げてゐて貰ふ事にした。しかしかうして飯を食ふと云ふ事は、持上げてゐる弟子にとつても、持上げられてゐる内供にとつても、決して容易な事ではない。一度この弟子の代りをした中童子が嚔をした拍子に手がふるへて、鼻を粥の中へ落した話は、当時京都まで喧伝された。――けれども之は内供にとつて、決して鼻を苦に病んだ重《ママ》な理由ではない。内供は実にこの鼻によつて傷けられる自尊心の為に苦しんだのである。

ここでは「内供が鼻を持てあました理由」について語られているが、これが内供自身による理由の説明というよりも、むしろナレーターである語り手による理由の説明である事はいうまでもないだろう。いわば語り手が内供の心理を想起し、対象化し、これを分析しているのであって、内供自身は語り手の検閲を離れて、主体的に生きているわけではなく、語り手の観念のなかで傀儡化されたような存在（第七章参照）になっている。

四―二、語り手による理由探求

見てきたように、本作は語り手が前景化してきて、ナレーターのような立場から、自らの頭の中でイメージされた登場人物の心理を自ら分析していた。

　そして、そのような「プロット」的な思考に基づいた分析は、その後も行われていく。例えば、物語はその後、内供が長鼻によって傷つけられた自尊心を回復しようとして、消極的・積極的な努力をした話となり、さらに京都から帰ってきた弟子の僧の話を聞いて、鼻を短くしてもらうというエピソードへと展開していくが、ここで語り手は、まず内供の「消極的な努力」を「第一に」→「それから」→「最後に」といった具合に、自身の文脈に即して整頓した形で語り、その後「積極的な努力」に続けて、本題となる〈実際に鼻が短くなるエピソード〉へと移していく。

もっとも、こうした件では、内供が鏡と向かい合ったり、人の鼻を観察したりする行為や、弟子の僧に治療される話について語られているので、一見「それから、それから」という行為《アクション》の連続だけで話が展開しているようにみえるが、必ずしもそういう訳ではない。語り手はアクションだけでなく、そのように様々なアクションを起こす人間の心理的な原因や理由も、細かく補足的に説明しながら語っているのである。以下、その幾つかの例を確認してみたい。

池の尾の町の者は、かう云ふ鼻をしてゐる禅智内供の為に、内供の俗でない事を仕合せだと云つた。
→あの鼻では誰も妻になる女があるまいと思つたからである。

内供はかう云ふ人々の顔を根気よく物色した。
→一人でも自分のやうな鼻のある人間を見つけて、安心がしたかつたからである。

鼻の先をつまんで見て、年甲斐もなく顔を赤めた
→この不快に動かされての所為である。

弟子の手数をかけるのが、心苦しいと云ふやうな事を云つた。
↓内心では勿論弟子の僧が、自分を説伏せて、この法を試みさせるのを待つてゐたのである。

内供は苦笑した。
↓誰も鼻の話とは気がつかないだらうと思つたからである。

腹を立てたやうな声で、／――痛うはないて。／と答へた。
↓痛いよりも却て気もちのいゝ位だつたのである。

内供は、不足らしく頬をふくらせて、黙つて弟子の僧のするなりに任せて置いた。
↓自分の鼻をまるで物品のやうに取扱ふのが、不愉快に思はれたからである。

ここで注意したいのは、語り手が作中人物（主に内供）の言動を紹介した後、そのような言動を起こす心理的な要因・原因について、「…からである（のである）」といった形で後から補足しているという事である。語り手は、いわば作中人物（主に内供）の言動の理由となる因果関係や心理を明確にしなければ、気のすまない人物なのだといえ、そこに様々な人間の心理的要因にも注目していこうとする「プロット」的な思考様式の潜在している事が見て取れるのである。

ちなみに、このようにまず人物の言動や出来事（ないし出来事の結果）を最初に語っておいて、後からそのような言動や出来事の理由・原因を付け加えていくというパターンは、文単位だけでなく、物語の（もっぱら内供の心理の探求が行われる）前半部と後半部における展開の組み立て方とも相似している。たとえば、先にも述べたように、物語の冒頭部では「表面的には、鼻の長いことを気にしないような顔をしていた」という事柄を語った後で、その心理的理由を「僧侶の身で、鼻の心配をするのが悪いと思ったから」「人に気にしている事を知られるのが嫌だったから」と付け加えたり、また「鼻を持て余していた」という事柄についても、その心理的理由を「鼻の長いのが不便だったから」「自尊心が傷つけられるから」と後から説明したりしていくのが、それである。――そして、鼻の短くなった後半部でも、語り手は「他人に笑われる」という出来事を最初に語っておいて、「なぜ笑われるのか？」という原因・理由を後から追究していくという展開を取っている。いわば語り手が作中人物の心理へと言及していくときに、こういう展開のパターンになる傾向があるのであり、それが心理探求を主とした「プロット」型としての「鼻」の言説を特徴づけているともいえる。

四―三、内供による理由探求

見てきたように、「鼻」では語り手が前景化してきて、読者に向かって直接物語を語り聞かせるというスタイルになっていた。物語のもっぱら前半から中盤にかけて、そのような語り手は主に「〜のである」「〜からである」という形で、主人公や作中人物の心理を明確にしつつ、自身が主導する形で物語を展開させていたが、そのような理由・説明の仕方は、その後の後半部に入ると少し様相が異なってくる。

というのも、後半部に入ると、それまで作中人物（主に内供）の言動に対して心理的理由を説明していた語り手に代わって、内供自身による理由探求も紹介されていくようになるのである。以下、その箇所について引用してみたい。

用を云ひつかつた下法師たちが、面と向つてゐる間だけは、慎んで聞いてゐても、内供が後さへ向けば、すぐにくすくす笑ひ出したのは、一度や二度の事ではない。

内供は始、之を自分の顔がはりがしたせいだと解釈した。しかしどうもこの解釈だけでは十分に説明がつかないやうである。――勿論、中童子や下法師が哂ふ原因は、そこにあるのにちがひない。けれども同じ哂ふのにしても、鼻の長かつた昔とは、哂ふのにどことなく容子がちがふ。見慣れた長い鼻より見慣れない短い鼻の方が滑稽に見えると云へば、それまでである。が、そこに何かあるらしい。（略）

――人間の心には互に矛盾した二つの感情がある。たとへば誰でも他人の不幸に同情しない者はない。所がその人がその不幸をどうにかして切りぬける事が出来ると、今度はこつちで何となく物足りないやうな心もちがする。少し誇張して云へば、もう一度その人を、同じ不幸に陥れて見たいやうな気になる。さうして何時の間にか、消極的ではあるが或敵意をさへその人に対して抱くやうになる。……内供が、理由を知らないながらも、何となく不快に思つたのは、池の尾の僧俗の態度に、この傍観者の利己主義をそれとなく感づいたからに外ならない。

ここでは語り手が内供に焦点化した――いわば内供の視点からの――理由探求が行われている。鼻の短くなった内供は（鼻が短くなったにも関わらず）なぜ他人に笑われるのかという他人の心理的要因を推量し、「自分の顔がはりがしたせいだと解釈」（傍線部）するが、結局理由がわからない。

注意したいのは、こうした推量が前節で引用した語り手の「…からである」「…のである」といった断定形とは異なった言い方になっているという点である。すなわち前半部において、語り手は心理に言及する際、「理由は二つある」といったり、「…からである（…のである）」と断定的な言い方をしていたのに対し、後半部になると、内供の視点から「理由を知らない」とか「…らしい」「…感づいた」（傍線部）などといった曖昧な解釈を行っており、内供自身は必ずしも自分の笑われる理由について、明確な情報を知り得ていないという事を紹介している。

しかし、語り手自身は、そのような内供に代わって、内供が笑われている理由も、また理由を探求しても答えを出せない心理も、全てを知っているという断定形――つまり「…感づいたからに外ならない」（点線部）という形で語っている。

語り手の理由探求……「…からである（のである）」「…に外ならない」という断定形

＜

内供の理由探求……「…らしい」「…感づいた」という推量形

このような事から、理由探求に対する語り手と内供の二つのアプローチの仕方に違いのある事がわかる。すなわち、内供自身は自分を笑う他人の心理的な理由を明確に知らないが、語り手はそのような内供が笑われている理由も、また理由を探求しても答えを出せない心理も知っている（少なくとも内供よりも知っている）。ここに高徳の僧である内供よりも自分のほうがより多くの事を知っている、という語り手の知的優越が認められるのである。（注７）

四-四、ユーモアとペーソス

これまで本稿は「鼻」における言説構造の問題について、もっぱら本作における因果探求《プロット》の文脈に即して考察してきた。内容を確認すると、「鼻」は「今昔物語集」の原話を吸収・変形していくに際し、話を「プロット」に変形しており、またそのような変形が原話を知的で分析的な物語に変えているという事であった。もっとも、内供の〈他人に笑われる〉原因を明らかにしていこうとする語り手が、「全知」的な立場を取っているのに対し、内供自身の原因・理由の究明の仕方は不確実な情報を含んでおり、必ずしも完全なものではないという事であった。

ともあれ、そのようにして語り手は、不確実な情報に翻弄される内供の滑稽な姿を眺めていくが、いったい自分よりも無知な人間の右往左往している言動を眺める時、そこには自ずから滑稽や皮肉なまなざしが生まれてくるものでもあろう。この小説は従来「自然其儘の可笑味」（夏目漱石）や「アイロニカルな視線」（戸松泉）があるなどといわれてきたが、この小説における、かかるユーモアやアイロニー、ペーソスは、このような語り手と内供の情報量のズレから生まれているのではないか。

《――かうなれば、もう誰も哂ふものはないにちがひない。

内供は心の中でかう自分に囁いた。長い鼻をあけ方の秋風にぶらつかせながら。》

明らかに錯覚である。今日からはまた、長くなった鼻を内供は笑われねばならぬはずである。この錯覚に被害者としての内供のあわれがあり、ふしぎなペーソスがにじむのである。（略）一般に、ある種のペーソスや笑いは〈距離〉のからくりとともに可能である。対象と書く主体との距離、というより対象への共感やシンパシイそのものから、書く主体としての自己をひき離して客観化する方法である。漱石が〈非人情〉と呼んだ方法もこれに近かったのだが、「鼻」の終章にただよう笑いとペーソスは、明らかに、〈距離〉の感覚なしに不可能であった。

――三好行雄『芥川龍之介論』（筑摩書房、昭和五十一年九月）七十六―七十八頁

ここで三好が述べているような「ペーソスや笑い」は、読者が不確実な情報に翻弄される内供の滑稽な姿を眺

める所から来るものであろう。

「鼻」は原話とおなじくユーモアを扱った話といえるが、「鼻」のユーモアは「今昔」と違って、主に「なぜか、なぜか」と理由を探求していく作中人物と語り手の情報量の違い（距離）から生まれている。「鼻」はこうした語り手と内供の間の距離によって、原話の持つ単純で直截的な笑いを、ペーソスやアイロニーの漂う悲喜劇的な味わいを持った笑いへと変換しているのである。

五、むすびに

以上、ここでは「鼻」と「今昔物語集」の比較に際し、「プロット／ストーリー」の概念を用いて考察したわけであるが、見てきたような「プロット」への変形は、なにも「鼻」だけに限ったことではなく、初期の「今昔もの」の代表作である「羅生門」や「芋粥」などにも認められるものである。

たとえば、前田愛がその遺稿ともなる『文学テクスト入門』（ちくま学芸文庫、平成五年九月）において述べているように、「羅生門」もまた「今昔」の「ストーリー」を「プロット」へと変換しており、それによって「盗賊になるか、ならないか、つまりは二者択一の謎と、老婆の述懐を媒介として得られたその解答」を求めていく小説になっているのである。

また、次章で論じる「芋粥」については、「プロット」に変形されているという事を指摘した論考はない。しかし、この小説もまた、原話において主人公のような立場にある利仁将軍ではなく、五位の方に視点人物を移し、その被害者の心理を追っていくという形になっているという点で、「鼻」と同様、原話のストーリーの背後にある因果を究明していこうという「プロット」的な思考が見て取れる。

繰り返しになるが、こうした「プロット」への変換は、芥川の初期の小説スタイルの方法と結びついている。

というのも、芥川文学は語り手が自らの語る作品世界や作中人物に対し、自ら批評したり、分析を加えたりしたがるところに特徴があるが、だとすれば（作中人物よりも、むしろそれを対象化する語り手自身の批評に力点の置かれた）芥川の表現が「プロット」的な展開になりやすいのは、ある意味必然的な事だからである。また、こうした事が「今昔物語集」を受容する際に野生美の捨象という形で表れるのであろう。「鼻」は、そうした初期の芥川文学の特徴を、典型的に表したものとなっているのである。

注1　藤岡作太郎は、『国文学全史』（東京開成館、明治三十八年九月）のなかで、「惜しいかな、今昔物語は文学的価値甚だ薄く、さりとて歴史的価値もまた多しとせず。（略）この書の貴ぶべきは、当時の社会の風俗を見、公衆の思想を察するに、重大なる価値を存するを以てなり」と述べ、「今昔物語集」の文学的価値を認めておらず、これを風俗資料として捉えている。もっとも、同様の理解は、芳賀矢一『国文学史十講』（富山房、明治三十二年十二月）の中にも見られる。「この書（注・『今昔物語集』）によつて其時代の人の迷信、風俗などが分ります。又男女の間の関係など源氏物語等に書いてあるやうなことが事実の上に沢山あつたと云ふことも分ります。」

2　下西善三郎「説話という典拠と『今昔物語鑑賞』――芥川龍之介における〈古典典拠〉の意味――」（「説話」平成十二年二月）

3　注当時出版されていた「今昔物語集」の活字本の種類は、永井和子「『鼻』を茹でる―今昔物語と芥川龍之介」（「学習院大学国語国文学会誌」昭和五十四年三月）の紹介に従った。

4　西山康一「明治・大正期における『今昔物語集』受容状況　芥川龍之介が『今昔物語集』に注目した時代背景を探る」（「芥川龍之介研究年誌」芥川龍之介研究年誌の会、平成二十年三月）

5　〈怪談ブーム〉については、横山茂雄「『怪談』の近代」（「日本文学」平成十七年十一月）を参照した。

6　E・M・フォースター『小説の諸相』（中野康司訳、みすず書房、平成六年十一月）のなかに以下のような記述がある。

ぽかんと口を開けて聞く原始時代の穴居人や、シェーラザードに毎晩面白い話を強要する暴君や、彼らの子孫である現代の映画の観客などには、プロットは語れません。彼らを居眠りさせないようにするのは、「さて、それから――さて、それから――」というストーリーの興味だけです。彼らには好奇心しかないのです。しかし、プロットは読者に知性と記憶力も要求します。（略）好奇心だけではお互いを深く理解することはできません。そして、小説を深く理解することもできません。せいぜいストーリーどまりです。プロットを理解するには、知性と記憶力も必要なのです。（百三十頁）

7　もちろん、嶌田明子「『鼻』における語り手の意味」（「上智近代文学研究」平成元年三月）などが述べるように、語り手は主人公以外の人物について、「弟子の僧の同情を動かしたのであろう」「こらえかねたと見えて」などと推量形で述べることもあるが、これは語り手が内供によりそうような立場に立っている事にもよるのであろう。本稿ではこうした推量形を用いた箇所は、語り手の認識というより、むしろ内供に焦点化した、（内供の認識）に近いものと捉えた。

第十一章　「芋粥」試論
――「自己発見」のアイロニー――

一、はじめに

周知のとおり、芥川龍之介は「鼻」（初出「新思潮」大正五年二月）が漱石に激賞され、続く「芋粥」（初出「新小説」大正五年九月）が認められたことをもって、文壇の表舞台に登場してきた作家である。その登場は華々しいものであったらしい。しかし芥川が新進作家として登場してきたことの背景には、単に漱石の推挙のみではなく、彼の小説スタイルが当時にあって新しかったからでもある。実際、芥川自身、そのような当時の自身の小説作法について、次のような解説を加えている。

「文章倶楽部」が大正時代の作品中、諸家の記憶に残つたものを尋ねた時、僕も返事をしようと思つてゐるうちにつひその機会を失つてしまつた。僕の記憶に残つてゐるものはまづ正宗白鳥氏の「死者生者」である。これは僕の「芋粥」と同じ月に発表された為、特に深い印象を残した。「芋粥」は「死者生者」ほど完成してゐない。唯幾分か新しかつただけである。（略）世人は新らしいものに注目し易い。従つて新らしいものに手をつけさへすれば、兎に角作家にはなれるのである。

――「続文芸的な、余りに文芸的な」（「文芸春秋」昭和二年七月）

ここで芥川は自分の小説が、同時期に発表された「死者生者」（正宗白鳥）ほど完成していないが新しいものであった、という事を強調しているが、では、そのような芥川の小説表現の新しさとは何だったのか。――そうした問題について考察するためには、加藤武雄の同時代評が参考になるかもしれない。以下、少し長い引用になるが、加藤の評を紹介したい。

「新思潮」の諸君にのみに見るところのものでなく、文壇の全般に、ストリイ跋扈の徴があるやうに思ふ。その由来するところを考へて見るに――

第一、これは前にも一寸云つたが、世は従来の創作の平板に飽いて、何か新奇なものを求め出した。すくなくとも自然派の諸作家の書いた短篇のやうに、漠とした或る意味と感じとを与へて足れりとするところの作品では満足せず、何か、あるはつきりとしたポイントを明示した作品の方へ読者及び作者の興味が傾いて行つた。而してその中心的意味を明瞭に浮き上らす為めに、あるまとまつた「事件」を描くといふ要求は、短篇の小説に於ては、当然描く事を止めて、叙述する事に語る事に就かしめた。それから又、一方客観的平面的の観方書き方から、主観的内面的の観方書き方へといふ傾向も当然、同様の結果に導いて、かくて従来の描写本位の形式を、叙述本位の形式に引戻し（敢て「引戻し」といふ、単に形式の上から見れば、これは正しく「逆転」でなければならない。）て了つた。そこで、近頃の作品が、おしなべてストオリイ風になつて来たとも見れば見られるのであらうと思ふ。

兎に角、近来の作品が「描く」よりも、「語る」事により多く傾いて来た事は争はれない。少なくとも、傾いて行かうとしつゝある事は争はれない。この傾向は、ある程度迄は許さる可きである。併し、「描く」事は、芸術に於ては矢張大切な事である。「描く」その事よりも、描き得る丈の十分なる観察と了解とに於て大切な事なのだ。（「白樺派」の短所は、こゝの用意に貧しい事にあるのは、云ふまでも無い事であらう。）私は、新しい作家が語る――即ち叙述するといふ新形式、実は所謂自然主義前派の旧形式を尚んで、「描く」事の難きを捨てゝ、徒に易きに就くのをあき足らずとするものである。

――加藤武雄「芥川龍之介氏を論ず」（「新潮」大正六年一月）

ここで加藤は、大正五年当時の文壇の気分が、従来の「描写本位の形式」を脱して、次第に「叙述本位の形式」へと移っていると説明している。この「描写／叙述」というのは、本書の文脈に即していえば「示すこと」（showing）中心のスタイルから「語ること」（telling）中心のスタイルへの移行という事になるが、加藤によれば、そうした風潮の背景にあったものは、自然主義への反動であり、自然派作家の「平板」で「客観平面的な書き方」への「飽き」が、「はっきりとしたポイントを明示した」「主観的内面的の観方書き方」へと文壇の風潮を向かわしめたと分析している。こうした加藤の説明に即してみれば、芥川のデビュー作ともいえる「鼻」の表現スタイルなども、まさに当時の文壇の、そうした新しい風潮に合致したものであったといえる。実際、前章（「『鼻』論―『今昔物語集』の受容をめぐる問題」）でも論じたように、芥川の「鼻」なども語り手がナレーターのように登場してきて、「旧記」を引用しながら自らの〈観念の世界〉で再現された物語に、自ら批評・分析を加えながら物語るという、まさに「叙述」（語ること telling）中心の様式となっていたからである。

もっとも、こうした芥川の小説スタイルは、単に「ストオリイ風」になったというだけではない。たとえば、芥川文学はこれまで本書でみてきたように、登場人物や作品世界を自らの意識の統治下におき、これを「傀儡師」のように分析してゆこうとする性質も備えている。そこには従来の自然派の「描写本位」（示すこと showing）とは異なった様式の変化があるが、それは必然的に「読み」の様式の変化も伴うであろう。本章はそのような点にも注目しつつ、主に内容の側面に注目して「芋粥」を読解するものである。

二、「芋粥」の問題

「芋粥」は波線で区切られた五つのブロックから構成されている。――これを便宜上、「ブロックⅠ」～「ブロックⅤ」と呼ぶことにすると、まず「ブロックⅠ」では五位という主人公の紹介がなされ、「風采の甚揚らない男」である五位が周囲から迫害を受けながらも、実は芋粥を飽きるほど食べてみたいという欲望を秘めた人物であると説明される。続く「ブロックⅡ」では利仁将軍が登場。「残肴の招伴」の席で芋粥を飽きるほど食べさせることを五位に約束する話となる。「ブロックⅢ」はそれから四五日後、芋粥を馳走するために利仁が五位を敦賀まで連れ出すエピソードとなる。「ブロックⅣ」は敦賀に到着。道中、利仁が伝言を与えていた狐が夢の中で言伝を伝えている不思議な話が紹介される。そうして「ブロックⅤ」では実際に五位の前に芋粥が振舞われるが、「なみなみと海のごとくたたえた」芋粥に五位は食べる前からうんざりしてしまう。そういう話になる。

さて、このようなテクストは、先にも述べたように、語り手がナレーターのように登場してきて「旧記」を引用しながら、自らの〈観念の世界〉で再現された物語に、自ら批評・分析を加えながら物語るという様式になっている。語り手は作中人物の心理や無意識についてまで言及するが、このように作中人物よりも語り手の情報量が上回っているスタイルは、「羅生門」や「鼻」などと同じように「焦点化ゼロ」（ジュネット）とよばれる。また語り手が前景化してきて説明的に物語る叙法は「叙述」（語ること telling）である。(注1)

さらに、このような語り手は予め結末まで知っており、すでに「旧記」を読み終えた地点から語っている。――いわば、未来について何も知らない作中人物に対して、語り手自身は最初から物語の結末まで見据えて語っている。そのようにして語り手は作中人物と自らを差別化し、両者を語り分けながら物語っているともいえる。

次の箇所をみよう。

しかし、五位が夢想してゐた「芋粥に飽かむ」事は、存外容易に、事実となつて、現れた。その始終を書かうと云ふのが、芋粥の話の目的なのである。

ここで語り手は「その始終を書かうと云ふのが、芋粥の話の目的」と述べているが、このように物語の先の展開を予め予言することを、「先説法」（ジュネット）という。(注2)つまり、「芋粥」は語り手が最初から予め定められた結末に向って、予定調和的に物語っている小説なのである。

このことは「芋粥」が通常の三人称小説——たとえば、自然主義のような三人称スタイルなどとは異なる点でもある。本書で何度か指摘しているように、自然主義などの場合は「作者」が説明するのではなく、「描写」(showing)を中心にして、物語の自然な働きで伝えていこうする事が理想とされており、「作者」よりも作中人物のほうを前景化させ、「作者」の人為性や作為性は排除するかのように装うのであった。

しかし「芋粥」をはじめ「羅生門」や「鼻」などの場合はそうではない。これらのテクストでは語り手が作中人物を自らの観念のなかで傀儡化し、それに自らの解釈や分析を加えながら語っている。そこで語り手の人為性や作為性を顕在化させているといえる。

従って、このようなスタイルの小説においては、語り手と作中人物の関係性をどう捉えるか、ということが読解のポイントになってくる。物語が語り手の〈観念の世界〉において展開されたもの（第七章参照）であるなら、語り手は自らの再現する作中人物を、どのようなものとして自ら演じ、またそれをどのようなものとして自ら解釈しているのか。——前述したように、本章の試みは、そのような〈語り手レベル／主人公レベル〉の相関関係に注目して、主に内容面から「芋粥」を読解するものである。

三、〈語り手レベル／主人公レベル〉の相違

「芋粥」という小説は、主人公の五位が周囲の迫害を受けている話から始まる。主人公の五位は「みすぼらしい男」であるが、有位無位の侍たちは、そのような五位を軽蔑して冷淡な態度を取り、彼を「相手にしなかったり「五位の悟性に欠陥がある」と思ったりしている。そういう書き出しである。

もっとも、ここで注意したいのは、上記のような内容は基本的に語り手の認識に基づいたものであって、五位の認識とイコールではないという事である。先に述べたように、本作では語り手が、予め結末を知っているという立場から語っているため、主人公との認識の間には相違がある。たとえば〈語り手レベル〉でいうと、冒頭部では五位が周囲から迫害を受けていると認識されているが、〈主人公レベル〉では「腹を立てた事がない」とか「一切の不正を、不正として感じない」「全然、無感覚であつた」などとあるように、哀れな被害者としての自覚がどれだけ備わっていたのか疑わしい。主人公はむしろ自我意識に乏しい男であって、(注3)〈被-迫害者〉としての自己の姿に盲目であった、というべきであろう。

従って、冒頭部において、読者が五位に対して「臆病」「みじめ」「貧乏」などというレッテルを貼りつけて理解したとしても、それは語り手の認識に即した理解であって、主人公の認識とは区別されなければならない。以下のような箇所もみてみよう。

かう云ふ例外を除けば、五位は、依然として、周囲の軽蔑の中に、犬のやうな生活を、続けて行かなければならなかつた。

始終、いぢめられてゐる犬は、たまに、肉を貰つても、容易によりつかない。五位は、例の、笑ふのか泣くのか、わからないやうな笑顔をして、利仁の顔と、空の椀とを、等分に見比べてゐた。

ここで語り手は五位のことを「犬」に喩えているが、五位自身が自分を「犬」と認識しているわけではないので、これも語り手の下した五位の人格への解釈であり、語り手と主人公の認識の差異を表すものである。もちろん、見てきたような〈語り手／主人公〉の認識のズレは、こうした箇所だけに限ったことではない。語り手はさらに物語のモチーフとなる五位の〈芋粥に対する欲望〉に関しても、やはり主人公と自身の認識を語り分けながら物語っている。以下の箇所をみよう。

では、この話の主人公は、唯、軽蔑される為にのみ、生れて来た人間で、別に何の希望も持つてゐないかと云ふと、さうでもない。五位は五六年前から芋粥と云ふ物に、異常な執着を持つてゐる。芋粥とは山の芋を中に切込んで、それを甘葛の汁で煮た、粥の事を云ふのである、当時はこれが、無上の佳味として上は、万乗の君の食膳にさへ、上せられた。従つて、我五位の如き人間の口へは、年に一度、臨時の客の時にしか、はいらない。その時でさへ、飲めるのは、僅に喉を沾すに足る程の少量である。そこで芋粥を飽きる程飲んで見たいと云ふ事が、久しい前から、彼の唯一の欲望になつてゐた。勿論、彼は、それを誰にも、話した事がない。いや彼自身さへ、それが、彼の一生を貫いてゐる欲望だとは、明白に意識しなかつた事であらう。が事実は、彼がその為に、生きてゐると云つても、差支ない程であつた。――人間は、時として、充されるか、充されないか、わからない欲望の為に、一生を捧げてしまふ。その愚を哂ふ者は、畢竟、人生に対する路傍の人に、過ぎない。

ここで五位自身は「彼の一生を貫いてゐる欲望だとは、明白に意識しなかつた」（傍線部）とあるので、「芋粥に飽かむ」欲望が、必ずしも主人公には自覚的なものではなかった事がわかる（あるいは、自覚していたとしても、それが「一生を貫」くほど、深刻な欲望だとは考えていない）。しかし、語り手自身は、そのような五位の欲望を「事実は、彼がその為に、生きてゐると云つても、差支ない」（波線部）と述べて、「芋粥に飽かむ」欲望が五位にとって「一生を貫」く「唯一の欲望」であったことを指摘している。

このように「芋粥」は、語り手が主人公の認識と自身のそれとを差別化しながら物語っている。具体的にいうと〈主人公レベル〉でいえば、五位は「犬」のような生活をしているという認識や被害者としての自覚に乏しく、また芋粥に対する欲望も、明白に意識していたとは言い難い（五位にとって芋粥は、いわば意識と無意識の間にある〈憑き物〉のような、盲目的な欲望であったといえる）。――しかし語り手自身にとっては、そのような五位は「みじめ」な被害者であり、「芋粥に飽かむ」欲望こそが彼の希望であり、「一生を貫」くほど大切なものであると認識している。――語り手はそのようにして主人公を紹介しつつ、自らそれに批評・分析を加えるという仕方で物語っている。

四、〈主人公〉レベルの認識

見てきたように、「芋粥」は〈語り手／主人公〉の間に認識のズレがあり、両者が語り分けられているのであるが、筆者はこのような両者の認識のズレを読むこと――また、その相関関係を読んでいく事を読解の基本としている。

このことを強調するのは他でもない。従来の研究者が〈語り手／主人公〉の違いをあまり意識してこなかったようにみえるためである。たとえば、従来の研究は古くから「芋粥」のテーマについて「理想は理想である間が尊い」（竹内真）とか「いわゆる幻滅の悲哀を描いたもの」（片岡良一）などという形で説明することが多く、そうした読みはいまだ支配的といえるが、かかる評を読むと、あたかも主人公が「芋粥に飽かむ」欲望を最初から自身の「唯一の欲望」と認識しているかのようである。――しかし前述したように、五位自身は最初「芋粥に飽かむ」欲望が、「一生を貫」く「唯一の欲望」であると認識していたわけではない。主人公には、当初、失われるべき理想などなかったのである（あったとしても、自覚されていない）。が、それにも関わらず、本作のテーマを「五位の理想の喪失」などと読んできたのは、従来の研究者が語り手の認識を主人公のそれと混同してきたからに他ならない。

では、〈主人公のレベル／語り手のレベル〉の認識の相違を意識しながら、両者の関係性で読んでみると、どうなるか――以下、本章ではそのような問題も考慮に入れつつ、まずは〈主人公レベル〉に沿って物語を読み直してみることにしよう。

さて、〈主人公レベル〉の認識に沿って内容を確認していくと、冒頭部、五位は自我意識に乏しい人物で、「芋粥に飽かむ」欲望に対しても、最初それが「一生を貫く」ほどの欲求とは捉えていないのであった。しかし、こうした五位の内面は、その後の敦賀行のエピソードのあたりから変容していくことになる。たとえば、道中において五位は「利仁の意志に、支配される範囲が広」くなると「心強く感じる」ようになり、権力者である利仁の力に圧倒されつつも、自身と利仁の間の距離を感じる暇もなくなっていく。つまり、これまで周囲からの迫害を受けても、「無感覚である」かのように盲目的な人物であった五位は、中盤以降、利仁の「意志の中に、抱容される」自分を感じることで、意志の自由を得、また利仁の家来からも、「犬」ではなく人間として扱われるようになっていく（注4）。

そして、注意したいのは、そうした周囲の人間関係や環境の変化、内面の変化とともに、それまで必ずしも五位に明瞭なものではなかった芋粥への認識にも変化が起ってくることである。

もし「芋粥に飽かむ」事が、彼の勇気を鼓舞しなかつたとしたら、彼は恐らく、そこから別れて、京都へ独り帰つて来た事であらう。

…我五位の心には、何となく、釣合のとれない不安があつた。第一、時間のたつて行くのが、待遠い。しかもそれと同時に、夜の明けると云ふ事が、――芋粥を食ふ時になると云ふ事が、さう早く、来てはならないやうな、心もちもする。

特にここで「芋粥を食ふ時になると云ふ事が、さう早く、来てはならない」とあるように、五位は芋粥を食すことが実現可能となるにつれて、しだいに〈幻滅の予感〉のようなものを感じていることがわかる。すなわち、主人公にとって元々「芋粥に飽かむ」欲望は、「一生を貫く」ほどの欲求とは認識されていなかったが、中盤以降「芋粥に飽かむ」欲望が、自身にとって大切な欲望なのではないか（芋粥を食う時が早く来てはいけないのではないか）という意識が、無意識のうちに芽生えてくるようになる。いわば前半部から中盤部にかけて、五位のなかで欲望の覚醒のようなものが起こってくる。(注5) さらにこうした心理は、後半部に入るともっと明瞭になっていく。

どうもかう容易に、「芋粥に飽かむ」事が、事実となつて、現れては、折角今まで、何年となく、辛抱して、待つてゐたのが、如何にも、無駄な骨折のやうに、見えてしまふ。

…自分が、その芋粥を食ふ為に京都から、わざ〳〵、越前の敦賀まで旅をして来た事を考へた。

ここで芋粥のために「何年となく、辛抱して、待つてゐた」「わざ〳〵、越前の敦賀まで旅をして来た」などとあるように、主人公はほとんど芋粥への欲望に目覚めた状態となっている。

しかし、ここでは芋粥のことだけ（「こまつぶり」のように錯乱した思考で）考えている状態に近く、いまだ完全に自己の欲望を認識しているとはいえないだろう。五位にとっての芋粥とは、周囲に迫害される惨めな状況のなかで大切にされた欲望だった筈であり、単なる欲望を超えたアイデンティティのようなものだからである。そして先走って述べれば、そのような意味での芋粥への欲望の発見は、物語の結末においてなされるのである。

五、〈語り手レベル〉の認識

前節では「芋粥」の前半部から中盤部にかけての内容を、〈主人公レベル〉の認識に沿って捉え直してみた。内容をまとめると「芋粥に飽かむ」欲望は、主人公にとって元々〈憑き物〉のような盲目的な欲望であったが、利仁将軍との敦賀行の件から、主人公のなかで「意志の自由」を感じる意識が起こり、またそれとともに芋粥が自身にとって大切な欲望であるという認識が明瞭化されてくる、ということであった。

もっとも、これはあくまで〈主人公レベル〉の話であって、〈語り手レベル〉の話ではない。繰り返しになるが、語り手は自らの観念のなかで主人公の世界を再現しつつ、さらにそこに自らの批評を加えるという二重の語りを展開しているのであった。従って「芋粥」を読むときも、このような〈五位の物語〉（主人公レベルの物語を、語り手がどのように捉え、批評しているのかが問題となる。そこで今度は〈語り手レベル〉に即して（〈主人公レベル〉との相関関係も視野に入れつつ）物語の内容を確認してみることにしよう。

さて、〈語り手レベル〉の認識に沿って「芋粥」を読んでみた時、注意したいのは、中盤部において、主人公が利仁将軍に対して「尊敬と驚嘆」を感じ、自らの欲望に覚醒していったのに対し、すでに結末まで知っている語り手自身は、そのような五位を、やはりいじめの被害者、哀れな被迫害者として認識しているということである。たとえば、語り手の〈利仁将軍＝迫害者〉の認識は、将軍の「嘲笑つた」とか「軽蔑と憐憫とを一つにしたやうな声」「意地悪く笑ひながら」といった言動にも表れているし、次のような比喩表現にも示されている。

利仁は微笑した。悪戯をして、それを見つけられさうになつた小供が、年長者に向つて、するやうな微笑である。

ここで利仁は「小供」と喩えられているが、利仁が自分を「小供」だと認識しているわけではないので、これは語り手が物語の外側から与えた比喩である。そして、この「小供」という比喩は、「犬」と同様、語り手自身が〈周囲の人々―五位〉の関係を〈迫害者―被迫害者〉として捉える際に、よく用いる比喩なのである。(注6)

このようにみると、敦賀行において五位に芋粥を振舞う利仁将軍は、五位の視点からいえば「尊敬と驚嘆」を感じる存在といえるが、すでに結末まで知っている語り手のレベルでいえば、利仁将軍は〈小供＝迫害者〉の〈悪意〉を備えた人物と認識されていることがわかる。語り手はそのようにして〈主人公／語り手〉の認識を、語り分けながら物語っている。

そして、このような〈主人公／語り手〉の認識の差異を見ていくと、前半部から中盤部にかけて、語り手が〈五位の物語〉をどのように認識しているのかも明らかになろう。すなわち、語り手は五位が「犬」のような哀れな人物で、「芋粥に飽かむ」欲望も、そのような五位にとって「唯一の欲望」であったが、そうした欲望は中盤部以降において、利仁将軍という「悪戯好きな小供」（迫害者）によって失われてしまうものと認識しているのである。もちろん、それは主人公の認識ではない。先にも述べたように〈主人公レベル〉でいえば、利仁将軍の行いによって、五位は「意志の自由」（注7）を感じつつ欲望に覚醒していくのであり、五位はそのような利仁に「尊敬と驚嘆」を感じてさえいたからである。

前述の通り、こうした〈主人公の認識／語り手の認識〉というズレは、語り手がすでに結末を知っているという地点から、何も知らない主人公の姿を眺めていることが関係している。語り手はそのような無知な主人公の姿を描きつつ、同時にそれを「全知」的な立場から眺めていくことで、五位を滑稽で哀愁のある人物として語っていくのである。たとえば、語り手は利仁将軍の言動（狐を行使する姿など）に子供じみた悪意のある事を知っているが、主人公はそれを知らずに利仁に「尊敬と賛嘆」を感じており、また語り手は主人公の盲目的な欲望が幻滅に終わってしまうという事も知っているが、主人公はそれを知らずに自らの欲望に覚醒、邁進していく。主人公を「我五位」と呼ぶ語り手の五位に対する愛情は、そのように既に結末を知っているという立場から、無知な主人公を見下ろす知的優越に基づいているのである。

六、〈自己発見〉のアイロニー

本稿はこれまで「芋粥」という小説を〈語り手レベル〉と〈主人公レベル〉の認識に分けて読んできたが、見てきたような両者の認識のズレは後半部になるにつれ、次第に解消されていくようにみえる。

というのも、クライマックスが近づくにつれて、主人公の認識が語り手の認識に近似していくようになるからである。実際、結末に至って、主人公は失意とともに、ようやく「芋粥に飽かむ」欲望こそが、自身にとって「唯一の欲望」（アイデンティティのようなもの）だったことを悟るようになる。以下の結末部を見てみよう。

五位は、芋粥を飲んでゐる狐を、眺めながら、此処へ来ない前の、彼自身を、なつかしく、心の中でふり返つた。それは、多くの侍たちに、愚弄されてゐる彼である。京童にさへ「何ぢや。この鼻赤めが」と、罵られてゐる彼である。色のさめた水干に、指貫をつけて、飼主のない尨犬のやうに、朱雀大路をうろついて歩く、憐む可き、孤独な彼である。しかし、同時に又、芋粥に飽きたいと云ふ欲望を、唯一人大事に守つてゐた幸福な彼である。――彼は、この上芋粥を飲まずにすむと云ふ安心と共に、満面の汗が次第に、鼻の先から、乾いてゆくのを感じた。晴れてはゐても、敦賀の朝は、身にしみるやうに、風が寒い。五位は慌てゝ、鼻をおさへると同時に、銀の提に向つて、大きな嚔をした。

これは本作の結末部分、五位がなみなみと注がれた芋粥を前に幻滅してしまう場面であるが、「此処へ来ない前の、彼自身を、なつかしく、心の中でふり返つた」とあるように、ここではじめて五位の自意識が明瞭に語られている。――これは或はがっかりしながら、芋粥という〈憑き物〉が落ちて、我にかえったような状態といったらよいだろうか。もっとも、この結末部において昔の自分をなつかしく思い返している主人公は、すでに昔の彼ではない。五位は自意識に目覚めており、芋粥への欲望もすでに失っているのである。しかし、ここで注意したいのは、そのような幻滅と共に、主人公は皮肉にも芋粥がそんな惨めな自分の唯一の欲望（アイデンティティのようなもの）であった事を自覚している、ということである。

いったい、我々も、普段、自明だと思っているもの（たとえば、幸福や健康など）を失った時に、失意とともにはじめてその価値に気付くという経験があるが、この結末部において五位の身に起こったことも、まさにそのような事態であろう。五位は自身の欲望を失い、卑小な自己の存在に気付いた時――はじめて（失意とともに）芋、粥、の、価、値、を知ったのである。主人公が「芋粥に飽かむ」ことが「犬」のような自身にとってアイデンティティのような大切な欲望であった事を知るのは、それが既に失われた時だったのである。
そして、このような点を考慮すると、「芋粥」は五位の欲望が単なる「幻滅」に終わる話――五位の〈生〉の「レーゾン・デートル」が奪われてしまう物語（三好行雄）というわけではないこともわかるだろう。「芋粥」の結末部をみると、本作はむしろ主人公が自身の唯一の欲望を失った時に、はじめてそれが唯一の幸福な欲望だった事に気付く物語だったといえるからであり――あるいは芋粥という〈憑き物〉が落ちるとともに、五位にはじめて（「犬」としての）自我意識が芽生える物語だったといえるからである。語り手はそうした主人公の認識を先取りしながら、主人公の無知な姿を滑稽さと哀れさを交えて語り、最終的にそうした五位の悲喜劇的な心理に同調していく。(注8)
ともあれ、語り手はこのようにして〈語り手／主人公〉という二つの立場を語り分けながら物語っており、その二つの認識を結末部分において重ねていく。語り手は最終的に見てきたような主人公の認識に同調していくことで、その悲哀を「理想の喪失」というよりも、むしろ主人公の認識の目覚め――つまり〝幸福や理想は、それが失われた時に、はじめてそれが幸福や理想であった事に気づく〟という〈自己発見のアイロニー〉として語っていたのである。

七、むすびに

冒頭でも述べたように「芋粥」が発表された大正五年当時、わが国の文壇では自然主義への反動から、作者の「主観的内面的の観方書き方」に比重を置いた「はつきりとしたポイントを明示した」小説が台頭してくるようになっていた。

今回、取り上げた「芋粥」も、その点、当時の文壇の先鋭をよく表した小説になっているといえよう。見てきたように、「芋粥」は語り手が自らの頭の中で「旧記」を引用して、これを対象化しつつ、自ら分析や批評を加えていくスタイルを取っているが、それは従来のリアリズム的なスタイルとは異なっているのである。リアリズム文学の方法とは、作品世界が（語り手から自立して）、まるで「いま・ここ」で展開されているかのように、錯覚（偽装）させていく事に主眼を置いており、〈語り手レベル〉を極力ゼロにする――あるいは、ゼロであるかのようにみせかける（第五章参照）。

しかし、芥川の小説スタイルはそうではない。芥川文学の場合、語り手がナレーターのように前景化してきて、自らの観念のなかで展開される話を自らの観念のなかにいる読者に向かって語る、という自閉化された構造を顕在化させているのである。

こうした問題については、同時代において田中純が以下のようにふれている。

…吾々に取つては、技巧の中心問題は、現実に対する作者の見方や、捉へ方や、感じ方であり、更に作者の現実に対する解釈の問題である。私が「特にその技巧方面に於て」と云ふ時に、それは「材料に対する作者の解釈に於て」と解さるべきである。

私は、新作家等の取り扱ふ現実や、彼等が作品に取り入れる材料が、自然主義時代に比して殊にその範囲を広めて居るとは思はない。無際限な広い現実の中から、特に狭い現実の一角が切り取られて来て居ると云ふ感じを、依然として今の文壇に対して持たねばならないのは事実であるが、たゞその材料に対する扱ひ方や、見方や、感じ方や、云ひ換へればその解釈に於て、新作家等には特に特異な努力が見せられて居ると思ふ。つまり、彼等の独自欲が、材料の範囲の方面に延びないで、その表現の方面に延びたものと見ることが出来る。（略）里見弴、芥川龍之介、武者小路実篤、相馬泰三等の人々が、それ〴〵特殊な独自欲の刺衝せられて、現実の新らしい解釈を企てゝ居るのは事実である。而してその解釈が、大体に於て、静的な観照的なものであるよりも、むしろ動的な内観的な傾きを持つて居るのが事実である。而してこれらの事実から感情から感得せられて彼等の精神は、充分「新」の名に値ひするものでなければならない。

――「新技巧派の意義及びその人々」（「新潮」大正六年十月）

…「首が落ちた話」に見ても、あの「人間はあてにならない」と云ふ主題の如きは、吾々が二十枚三十枚の原稿紙を費して特に語つて貰はねばならない程新味のあるものでもなければ有難いものでもない。しかしそれにも拘らず、あの作はあの作として充分、芸術的な価値を持つて居る。それは、氏（注・芥川）の作の主要な興味は今の処、その作の主題の問題になくて、その主題を語る語り方、言現はし方、もしくは材料の扱ひ方の中にあるからである。而してその表現の中に、氏の作品の何れをも生かして居る氏の性格的な特質が、濃厚に滲み出して居るからである。それを文章の気品と云つても可い、味はひと云つても可い、兎に角、氏の作品の一句の中に滲み出て来る、あの晴朗な、鮮かな、時としてはユウモラスな性格的な特質が何時も吾々を牽引して行く。

表現の巧みな点に於ては、彼は全く独自的な境地を持つて居る。或る主題が一度彼を捉へた時に、彼は全く讃嘆すべき機智と聡明と完結と適度とを以て、縦横に分解し、描写し物語る。吾々はそれを読んだ時に、それに就て深い思慮をめぐらす前に先づ、その主題に就て語られ得る凡てのものが其処に語られ尽されたと云ふ感じを受ける。それは全く完成されたものゝ与へる印象である。

――「所謂技巧派の人々＝芥川・里見・有嶋三氏の作を読む＝」
（「時事新報」大正七年一月二十六～二十七日・二十九日～二月一日）

ここで田中は、芥川文学における「材料に対する作者の解釈」の仕方に新味を見出し、その「主題を語る語り方、言現はし方、もしくは材料の扱ひ方の中」に「讃嘆すべき機智と聡明と完結と適度」があり、そこに「独自的な境地」があると述べているが、実際こうした点にこそ芥川の表現の新しさの一端があったのだろう。

たとえば、今回の「芋粥」では、語り手は「芋粥に飽かん」という盲目的な欲望に突き動かされる五位の無知な姿――「利仁の意志に盲従」しながら将軍に阿諛追従を述べる五位の無知な姿を、すでに結末を知っているという「全知」的な立場から語っていくことで、その滑稽さや哀愁を描き出すという方法が用いられている。そこには前作の「鼻」と同様、無知な人間が右往左往している様子を、「全知」のような立場から眺め、分析し、批評を加えていく語り手の「晴朗な、鮮かな、時としてはユウモラスな性格的な特質」が出ているといえよう。

注1　G・ジュネット『物語のディスクール』（花輪光・和泉涼一訳、書肆風の薔薇、昭和六十年九月）

2　ジュネット前掲書、七十―八十四頁

3　このことは清水孝純「『鼻』『芋粥』にみるグロテスク感覚の行方」（海老井英次・宮坂覺編『作品論　芥川龍之介』双文社、平成二年十二月所収）にも指摘がある。清水は「鼻」の内供と「芋粥」の五位を比較し、前者が自意識過剰であるのに対し、「五位には自意識が欠如している」として、以下のように述べている。

五位には通常の人間に備わっている自我の核が欠けている。〈だらしなさ〉とはその欠如を意味する。自我が、社会生活上自己防衛の機能を有しているとすれば、五位はその機能を有しないものとして、実はこれまた〈異形の者〉、グロテスクな存在であるはずである。自我の核を欠いた存在は、一種不定形の存在、不透明な存在として、これはそれなりの社会への侵害なのである。（略）五位は、〈だらしない〉という表現によって示される無定型の、人格は解体され、アイデンティティを有しない、存在の底辺は暗黒の世界につながっている存在として、社会的に排除されたひとびとと存在の根をひとしくしている。五位のべそとは、そうした意味で排除されたひとびとの、いわば非人称の「人間」の叫びなのである。（五十九、六十頁）

4　清水康次「『鼻』『芋粥』論」（『芥川文学の方法と世界』和泉書院、平成六年四月所収→初出「『鼻』・『芋粥』論—『解釈』という方法にふれて」「国語国文」昭和五十五年十月）も、「朔北の野」は、「京都」と違って、「五位が、正当に人間らしく扱われる世界」であると述べており、また槇本敦史「神話に回帰できなかった男—『芋粥』への一視点」（「日本近代文学」平成七年十月）も「敦賀の人々の歓待ぶり」は、京都の人々の意地悪さと対照的であるとしている。

5　中盤以降、五位のなかで「芋粥に飽かむ」欲望が自意識化されてくることはすでに指摘されている。たとえば、今野哲「『芋粥』論」（「二松学舎大学人文論叢」平成五年三月）では、五位の「欲望の機構」は「第一段」（ブロックI）では「不明なまま」であったが、その後の中盤部以降「芋粥への欲望が『一生を貫いている欲望』であったこと」が「具現化」し「欲望の機構も次第にはっきりとした形で五位に見えてくる」と述べている。また、清水前掲論でも「五位は自分自身の欲望に対する明白な意識を欠いていた」が、中盤部以降、「〈欲望〉に対する自意識の覚醒が起きた」と述べている。

6　語り手が「利仁-五位」関係を〈迫害者-被迫害者〉と認識している事は、以下の場面にもあらわれている。

…或日、五位が、三条坊門を神泉苑の方へゆく所で、子供が六七人、路ばたに集つて何かしてゐるのを、見た事がある。「こまつぶり」でも、廻してゐるのかと思つて、後から覗いて見ると、何処かから迷つて来た、尨犬の首へ縄をつけて、打つたり毆いたりしてゐるのであつた。

ここに出て来る〈子供-尨犬-こまつぶり〉の関係性こそ、〈利仁（迫害者）-五位（被迫害者）〉の関係性を象徴したものに他ならない。語り手は五位を迫害する人々を「小供らしい、無意味な悪意」（同僚）、「悪戯をして、それを見つけられさうになった小供」（利仁）などのように「子供」という形でよく形容するが、こうした「子供＝迫害者」の比喩が、引用文で尨犬をいじめる「子供」に対応し、「尨犬」は「被迫害者」である五位（＝犬）に対応している。さらに、そのように子供が犬をいじめている様子が「こまつぶり」に喩えられている。〈それは五位が芋粥を食す前夜の葛藤が「こまつぶり」に喩えられているのをみても明らかである。〉

7　もっとも、これ以外にも〈語り手／主人公〉の認識のズレを表すものとして、狐のエピソードがあげられるだろう。たとえば、高橋博史『芥川文学の達成と模索』（至文堂、平成九年五月）も〈主人公レベル〉と〈語り手レベル〉の違いに注目したうえで、このエピソードを次のように分析している。

…利仁が狐に使いをさせるということについても、平安朝の人間の受け取り方と、現代からのそれとの二つが示されているということにほかならない。語り手は、〈五位〉が利仁の言葉を信じたこと自体は疑わない。遠い平安朝の人間であれば、信じるということもあろうかというように、利仁に向ける〈五位〉の〈ナイイブな尊敬と賛嘆〉の眼差しを語る。と同時に語り手は現代の立場から、そういう〈五位〉を見下す。〈略〉狐に命令を下す利仁は、〈わざと物々しい声を出して〉いると評される。利仁が狐を使うということが、所詮は芝居なのだということをことさらに仄めかすのである。（二十五頁）

ここで高橋が指摘しているように、五位自身が狐を行使する利仁を「尊敬と賛嘆」の眼差しで眺めるのに対し、現在の合理主義的な立場に立つ語り手には「利仁が狐を使うということが、所詮は芝居」であり、自らの権力を誇示するための演出芝居であると認識されている。語り手はそのように狐を行使する利仁の行為に、幼稚な滑稽さを看て取っている。

8　笠井秋生「『芋粥』―五位の悲哀」（『芥川龍之介作品研究』双文社、平成五年五月所収↓初出「梅花短期大学研究紀要」昭和六十年二月）が指摘しているように、「五位は、〈芋粥を飽きる程飲んで見たいと云ふ〉唯一の欲望が充される前に、その欲望を喪失」しているので、正確にいえば五位の欲望は達せられていない。笠井の述べるところによれば、五位の失望は利仁と五位の間にある「財力や権力の圧倒的な距離を痛切に自覚させられた」ことによってもたらされたという。傾聴すべき見解である。実際、「自分と利仁との間に、どれ程の懸隔があるか、そんな事は、考える暇がない」とあるように、五位は利仁との間に距離を感じるだけの暇がない。利仁に言動に、子供の悪意がある事を知っている語り手は、そのような無知な五位の勘違いを眺めながら、最終的に利仁の自身の間にある「財力や権力の圧倒的な距離」を痛感する五位に一体化して、そこに悲哀を感じているともいえる。

第十二章　「手巾」を読む

——長谷川先生と「他者」——

一、はじめに

芥川龍之介の初期小説スタイルは、語り手が「作者」のように前景化してきて、自らの観念のなかで、主人公の世界を再現しながら、自らそれに分析・批評を加えるという様式になっているものが多い。本書で取り上げてきた「羅生門」「鼻」「芋粥」などがそれである。

これらは「叙述」（語ること telling）に重心を置いたスタイルといえるが、「叙述」といっても、もちろん「描写」（示すこと showing）の要素が加えられることもある。——しかし、それは基本的には「説明的描写」とでもいうべきものといえるだろう。芥川文学の基本形は、あくまで語り手（作者）の観念空間のなかで〈主人公のレベル／語り手のレベル〉という二つ（以上）の領域で展開される、というのが筆者の考えである。

ともあれ、このような芥川文学を読解する際は〈対象化されている主人公の領域〉と〈対象化している語り手の領域〉を混同せずに、両者の相関関係のうちに読んでいく必要がある。たとえば、田中実も述べるように、単に〈主人公レベル〉を追っていくだけの読み方では「物語がいかに語られているか」という〈語り手レベル〉の問題が見落とされる。芥川文学を読む時は、語り手が主人公の世界をいかに捉え、批評しているのかを読むことが、読解の基本になるのである。（注1）

さて、その点、本章で取り上げる「手巾」（初出「中央公論」大正五年十月）などは、まさに語り手と登場人物の関係性が問われるテクストとなっている。いわゆる新渡戸稲造（長谷川謹造）をモデルにし、「文明批評を狙つた」もの（久米正雄）とされる本作であるが、先行研究は混乱しており、その原因は「作者の西山夫人観がはっきりと出ていない」（大里恭三郎）事にあるとされている。——いわば、この「手巾」は「語り手–作中人物」との関係が不明瞭なのであり、そのことがしばしば失敗作とも評されている小説なのである。

しかし「手巾」は、果たして「語り手–作中人物」の関係性が、それほど不明瞭な小説なのであろうか。——たとえば、磯貝英夫などは「手巾」における「語り手–西山夫人」関係の不明などを説き、それによって後半部で語り手は批評の対象を見失っていると指摘しているが(注2)、こうした読み方は一つの重要なポイントを見落としているように思う。そのポイントというのは、次の文章に表れている。

——先生は、今も丁度、その位な程度で、逆に、この婦人の泣かないのを、不思議に思つてゐるのである。が、第一の発見の後には、間もなく、第二の発見が次いで起つた。——

ここで注意したいのは「第二の発見が次いで起つた」とある事である。主人公も読者も未来の事は知らないから、この事は語り手が結末を予め知っていたという事を表している。つまり「手巾」は、予め定められた結末に向かっての予定調和的な展開となっているのであり、長谷川先生や西山夫人の所作や行動は、語り手にとっては最初から全て周知のものになっているという事である。

そして、このように語り手が予め結末を知っているという観点に立ってみた時、本作ははじめて「語り手–作中人物」の関係性を見失わない小説であった事がわかるのであり、また、そのように読んだ時、この小説で問題化されている芥川文学の切実なテーマも顕在してくるのである。――以下、本稿はそのような問題意識のもと「語り手-作中人物」の関係性を軸にしつつ、「手巾」を話の展開に沿って考察するものである。

二、「知」と「無知」

物語の前半部は、長谷川先生がヴェランダの藤椅子に腰かけて、ストリントベルクの作劇術を読んでいる場面から始まる。そこでは「西欧の演劇」に興味のない先生が読書しながらも、すぐに上の空になって自らの理想（武士道をもって東西両洋の橋梁になろうという理想）に耽ってしまう様子が語られている。しかし、そのように西欧の文物に興味のない長谷川先生が、自らの理想に耽ってしまうとしても、語り手はそうした長谷川先生と同じ立場を共有していない。たとえば、以下のような箇所を見てみよう。

先生は、警抜な一章を読み了る毎に、黄いろい布表紙の本を、膝の上へ置いて、ヴエランダに吊してある岐阜提灯の方を、漫然と一瞥する。不思議な事に、さうするや否や、先生の思量は、ストリントベルクを離れてしまふ。

…先生は、ストリントベルクが、簡勁な筆で論評を加へて居る各種の演出法に対しても、先生自身の意見と云ふものは、全然ない。唯、それが、先生の留学中、西洋で見た芝居の或ものを連想させる範囲で、幾分か興味を持つ事が出来るだけである。云はば、中学の英語の教師が、イディオムを探す為に、バアナアド・ショヲの脚本を読むと、大した相違はない。が、興味は、曲りなりにも、興味である。

ここで語り手がストリントベルクの作劇術を「警抜な一章」「簡頸な筆」（傍線部）などと形容しているのを見てもわかるように、語り手は既にストリントベルクの書を読んでおり、この先、何が書かれているかを知っていい、る。また、結末を知っているという観点から読むと、語り手は最初から東西の間に断絶のある事も知っていいると いえる。従って語り手は長谷川先生をありもしない東西の調和を無邪気に夢想する無知な人物として捉え、これを風刺しているのだとわかる。

もっとも、そのような語り手の風刺は、単に先生の理想にのみ向けられているわけではない。たとえば語り手は他にも「梅幸」を知らない先生の事を「流石、博覧強記」と皮肉って、その時代遅れな「旧弊さ」を揶揄したり、女性の訪問客を待ちわびる先生を「日頃から謹厳な先生」などと呼んで、その「俗物性」を風刺したりしている。語り手は表面上は先生に対して慇懃さを装いながら、その実、含みを持った言葉で先生の理想や武士道やその旧弊さに風刺を浴びせているのである。

ともあれ、このような前半部において確認したいのは、こうした語り手と長谷川先生の「知／無知」の違いである（この構図は「鼻」や「芋粥」でも同様であったが、「手巾」はこうした方法を、現代物に援用したものといえる）。――見てきたように、語り手はストリントベルクの書を既に読んでおり、またこれを高く評価する、いわば西欧の文物に博識な人物である。しかし、先生自身はストリントベルクもストリントベルクの価値も知らない、旧弊な人物である。〈主人公レベル〉でいうと、このような先生自身は「岐阜提灯」や「日本を愛する奥さん」といった自らの武士道思想に随順する「了解可能な存在」に囲まれており、いわば「他者不在」の世界に安らっているといえ、そのような立場から東西の調和を無邪気に夢想しているのである。

従って「手巾」における風刺のポイントとは、長谷川先生がそのように「他者不在」の世界に安らいながら、その事の滑稽さに気付いいていいないい点にあるといいえる。長谷川先生の武士道が滑稽に見えるとすれば、それは先生の思想や言動が、こうした無知の上に成り立っているからでもある。

三、「既知」と「未知」

物語はその後、そうした「他者不在」の世界に安らう先生の前に、西山夫人が登場してくるという形で展開する。この西山夫人というのは、かつて長谷川先生の世話になった西山憲一郎の母で息子の死を告げにきた人物とされている。しかし、夫人は息子の死をなぜか微笑を浮かべながら報告する。長谷川先生は、その事を不思議がるが、夫人の手元の手巾は震えており、実は微笑を浮かべながらも全身で泣いていることを発見する。それを見た長谷川先生は「女の武士道だ」と感動する事になる。

もっとも、語り手はこの西山夫人に対しては、長谷川先生のように風刺したり、揶揄したりしていない。たとえば、作中では「賢母らしい婦人である」「手巾であらう」「婦人の膝が見えた」などとあるが、こうした観察・推量表現は、語り手のものというより、むしろ長谷川先生の判断であろう。つまり、語り手は長谷川先生については、その心理や言動を対象的に眺めるが、西山夫人に対しては、ただ長谷川先生の視線を採用して、先生と一緒に観察しているだけなのである。

そして、このような「語り手‐長谷川先生」の視点の一体化は、物語の中心となる以下の場面において、もっとも印象的に語られることになる。

…先生は、婦人の手が、はげしく、ふるへてゐるのに気がついた。ふるへながらそれが、感情の激動を強いて抑へやうとするせいか、膝の上の半巾を、両手で裂かないばかりに緊く、握つてゐるのに気がついた。さうして、最後に、皺くちやになつた絹の手巾が、しなやかな指の間で、さがなら《ママ》微風にでもふかれてゐるや

うに、繍のある縁を動かしてゐるのに気がついた。――婦人は、顔でこそ笑つてゐたが、実はさつきから、
全身で泣いてゐたのである。

この場面は、西山夫人の「型（マニイル）の美」が描かれている箇所として、よく知られているが、この場面における描写は、すべて「気がついた」（傍線部）という観察行為によってなされており、あたかも語り手が長谷川先生と一緒になって、夫人の美を眺めているかのようである。

しかし、注意せねばならないのは、語り手がそのように長谷川先生と一緒になって、西山夫人を眺めているといっても、両者の認識の間には微妙なズレがある事である。なぜなら、語り手はすでに結末を知っているので、当然、西山夫人の所作が長谷川先生を感動させるものであるという事も知っているし、この先、夫人の所作がストリントベルクによって批判されるという事も知っている。また、そうした事を知りながら「第一の発見」→「第二の発見」といった具合に段階を踏んで、予定調和的に先生を感動へと導きつつ、長谷川先生と一緒になって、西山夫人を美として眺めていく。そのような語り手にとって、西山夫人の所作は既知であり、何も知らない長谷川先生にとっては、未知なものとなっている。

従って、〈主人公レベル〉でいえば、長谷川先生は西山夫人の所作が、ストリントベルクによって、この後、批判される事も知らずに感動しているが、既に結末を知っている語り手は、ストリントベルクに批判されながらも、なお美しいものとして西山夫人を眺めているといえる。また、先生の感動は夫人の「型」に対してのものであって、その悲しみに対するものではないが、それを対象化している語り手自身は、夫人を近代合理主義的な理屈を超えたところで捉えており、夫人と悲しみを共有しているとさえいえる。（注3）

語り手が長谷川先生と一緒になって、西山夫人を美しいものとして眺めているとしても、そこには、このよう

に「既知／未知」という形で差別化された両者の認識の相違が潜在しているのである。そして、こうした両者の違いは、その後の結末部におけるストリントベルクに対する捉え方の違いや、長谷川先生批判の問題にも表れてくる。以下、物語の後半部を見ていく事にしよう。

四、「他者」の問題

「手巾」の後半部は西山夫人が退去した後、長谷川先生が夫人を「日本の女の武士道だ」と賞賛する場面が語られている。いわば夫人の所作は「他者不在」の世界に安らう先生の武士道的思想に満足を与えたのであるが、物語はそうした先生の感動が、その後、偶然目にしたストリントベルクの次の記述によって、動揺を受ける形で展開される。

…顔は微笑してゐながら、手は手巾を二つに裂くと云ふ、二重の演技であつた。それを我等は今、臭味と名づける。

ここで長谷川先生の理想は、ストリントベルクの批判によって外部から打ち破られることになる。すなわち「岐阜提灯」や「日本を愛する奥さん」や「日本の女の武士道」といった、自らの武士道思想に随順する「他者不在」のなかに安らいながら、夫人の「型」の美に感動していた長谷川先生の無知な幸福は、ここで倒壊すべき危機に晒されるのである。しかし、それを眺める語り手に先生のような動揺はない。なぜなら、語り手はすでにその事を知っており、最初からこのような一撃を無知な先生に加えるために、この物語を語ってきたからである。繰り返しになるが、「手巾」において語り手が風刺しているのは、長谷川先生の無知であり、その武士道思想の浅墓さである。すなわち長谷川先生は武士道を国際化しえたと信じ、自身の理想を「他者不在」の自明化された世界のなかで、無反省的に信じ続けたゆえに、結局、自国の武士道や他人の悲しみすら理解できなくなってしまうという滑稽な人物となっている。先生は夫人の「型」に感動しているのであって夫人と悲しみを共有しているわけではなく、またその言動も「型にはまっ」ており、何でも「型」で理解してしまう人物になっている。(注4) 長谷川先生の武士道──観念的に国際化された先生のコスモポリタン的武士道は、(注5) すでに形骸化しているのである。

従って、ここで語り手は西山夫人（臭味）という、先生にとっての「他者」となりうる問題を投げかける事によって、そのような先生の自明化された世界（「他者不在」の世界）に揺さぶりをかけたのだともいえる。そして物語は、最終的にストリントベルクの批判によって呆然としてしまう先生の姿が描かれることになる。

先生は、本を膝の上に置いた。開いたまま置いたので、西山篤子と云ふ名刺が、まだ頁のまん中にのつてゐる。が、先生の心にあるものは、もうあの婦人ではない。さうかと云つて、奥さんでもなければ日本の文明でもない。それらの平穏な調和を破らうとする、得体の知れない何物かである。ストリントベルクの指弾した演出法と、実践道徳上の問題とは、勿論ちがふ。が、今、読んだ所からうけとつた暗示の中には、先生の、湯上りののんびりした心もちを、擾さうとする何物かがある。武士道と型と──

先生は、不快さうに二三度、頭を振つて、それから又、上眼を使ひながら、ぢつと、秋草を描いた岐阜提灯の明い灯を、眺め始めた。

もっとも、こうした結末部で注意したいのは、語り手の言説から前半部を特徴づけていた皮肉や風刺の口調が消え、「武士道と型と」といった具合に、徐々に先生の動揺に注目し、これと一体化していくような語りが展開されていることである。これは語り手が先生の動揺こそ、クローズアップして注目されねばならない事柄であると認識しているからといえよう。そして、そのように動揺する先生のなかから「得たいの知れない何物か」という東西の間に横たわる暗い断層のようなものも立ち上がってくる。

しかし、長谷川先生はこのような事態に直面しても、単に「不快さうに二三度、頭を振つ」た程度で、すぐにまた「岐阜提灯」という自らの了解可能な世界に回帰してしまう。つまり、先生は最後まで自己を倒壊させるような事柄とは向き合わなかったのであり、ここに「他者不在」の世界に安んじ続けようとする先生に対する、語り手のより辛辣な風刺があるといえるのではないか。

五、むすびに

以上、語り手がすでに結末を知っているという観点から「手巾」を読んできた。見てきたように、語り手は西欧の文物や新しい風物に博識であり、また、そのような西欧近代合理主義によって「臭味」と批判されても、なお美しい西山夫人の所作のあることも最初から知っていることを、はじめから知っており、そのような立場から「他者不在」の世界に安んじ続ける長谷川先生の無知や、その「型」にはまった言動、形骸化された武士道を批判しているという事であった。もっとも、先生はストリントベルクの批判に直面しても、すぐにまた「他者不在」の世界に回帰しようとしており、そこに語り手のより辛辣な批判があるという事であった。

さて、「手巾」という小説は、このように「他者」という問題が大きなキーワードとなっているが、それは芥川文学の切実な問題とも関係しているかもしれない。というのも、田中実などが指摘するように、芥川文学もまた自意識という牢獄の中で、自己の「外部」（他者）が志向されているからである。（注6）

今回、取り上げた「手巾」は、長谷川先生と西山夫人との出会いを通じて、語り手が長谷川先生に「他者」の問題を突きつけているが、後半部において動揺する先生の脳裏に一瞬立ち上がってくる「得たいの知れない何物か」こそ、語り手にも言語化できない、名状しがたい「何か」であり、その先におそらく芥川文学が目指した「外部」（他者）の領域があるのだろう。

いずれにせよ、「手巾」は、そういった「他者」の問題に注目する語り手と、それに気付かない先生の差異が、問われねばならない小説なのだと結論したい。

注1　田中実「批評する〈語り手〉―芥川龍之介『羅生門』」（『小説の力』大修館書店、平成八年二月所収↓初出「批評する〈語り手〉―『羅生門』」「国語と国文学」平成六年三月）

芥川の小説の主眼は登場人物どうしの対立（ドラマ）であるより、そうした人物を〈語り手〉がどのように捉え、批評していくのかに特徴があると私は考える。すなわち、芥川の「筋のある」小説の特徴を筋そのものの面白さ、お話の面白さとするより、その醍醐味は登場人物たちのドラマ（葛藤・対立、あるいは主人公の内部における葛藤）を対象化し、登場人物（主人公）に対して〈語り手〉がその人物の内奥まで解明し、批評の断案を下すところにあり、それは〈語り手〉が己れの語っている対象にむけて一種の〈神〉の立場に立とうとする、すなわち主人公を裁こうとすることになると思う。（三十九頁）

2　磯貝英夫「手巾」（「国文学」昭和四十七年十二月）は、西山夫人とハイベルク夫人のアナロジーの対応がうまくいっていないとし、「西山夫人それ自体を臭味と結びつけることは、論理的にできない」とする。また、「作品の必然らいえば、先生自身をあくまで論理の対象としてひき据えておくべき」でもあるのに、物語の最後で「一般的ななぞをぶっつけて先生自体はひっこんでしまう」ため、読者も「対象を見失ってマゴマゴする」と述べている。

3　愛川弘文「芥川龍之介『手巾』私論」（「日本文学」昭和六十一年六月）

4　神田秀美「芥川龍之介『手巾』論―帝国主義的言説の中で」(「青山語文」平成十六年三月)

5　長谷川先生のコスモポリタニズムについては、海老井英次『芥川龍之介論攷』(桜楓社、昭和六十三年二月)を参照した。

6　田中実は『読みのアナーキーを超えて』(右文書院、平成九年八月)のなかで、「(注・芥川は)強く自己の外部に出ようと希求し」ながら、「逆に観念の自己閉鎖のなかに閉じられ」た作家であると述べているが、本稿もこうした指摘を参照した。

補遺　〈ポスト真実〉と芥川文学

——むすびにかえて——

一、はじめに

最近、「ポスト真実」という言葉をよく聞くようになった。これは何かというと「事実よりも、信じたい嘘の方が優先される現象」のことをいうらしい。これには、ソーシャル・メディアの発達とともに、フェイクニュースが一般に出回るようになったことも関係している。そうした世相の具体的な様相について、日比嘉高が次のように述べている(注1)。

キャンペーンの中で大小さまざまな嘘を並べたドナルド・トランプ氏がアメリカ大統領となった。イギリスのEU離脱(ブレグジット。Brexit = Britain + exit の造語)の国民投票でも、虚偽の数字がばらまかれた。日本でも、首相が福島第一原発の事故は完全にコントロールされていると胸を張ったり、防衛大臣が南スーダンの治安が落ち着いていると述べたり、あるはずの行政文書がないと強弁されたりしている。

このような事実に基づかない主張がまかり通る政治状況は、「ポスト真実の政治　post-truth politics」と呼ばれる。(三頁)

日比はこうした「ポスト真実」の特徴とは、「不正確な数字」「根拠のない危険性」「根も葉もない原因論」「不確かな経歴」「憶測に満ちた陰謀論」、その他さまざまな「事実」や「伝聞」が「ネットや口コミ」で蔓延することであるという。

こうした指摘を読んでいると、現代という時代は、まるで〈言葉の底が抜けてしまった〉かのような印象を持ってしまう。〈言葉の底が抜ける〉とは言葉の信用性がなくなり、その真偽が無限に相対化されてしまうことをいう。

もっとも、そのことは言語の持つ性質とも結びついている。たとえば言語というのも、貨幣と似たように信用で成り立っているとされる。具体的にいうと、一万円札が一万円の価値を持つのは、それが日本銀行への信用の上に成り立っているからで、もし日本銀行への信用がない場合は、一万円札などただの紙になってしまう。言語の価値というのも、それに似ていて、発話者（発信者）に対する信用の上に成り立っており、「A君は天才である」という言葉が事実とみなされるためには、情報発信者に対する信用が必要になる。従って、もしその情報発信者が嘘つきであるなら、その言葉の価値は殆どなくなってしまうのである。

しかし、人間というのは疑い出せばキリがない存在でもある。どんなに信用できる機関の発信した情報でも、ひとたび疑い始めると「「嘘かもしれない」と疑う私」を疑う私」を疑う私」を…」といった具合に、真偽は無限に相対化されてしまうからである。

そして、現在、我々が直面している「ポスト真実」の問題というのも、そのように〈言葉の底が抜けた〉状況のことをいうのであろう。トランプ大統領の情報と大手メディアの情報とが正反対であった場合、我々はどちらを信じればいいのか？　また大手新聞社の発信する情報がまったく逆であった場合は？　――こういうことが繰り返されると、我々は何を信じたらいいのか、わからなくなってしまうだろう。現代は物事の真偽よりも時に感情の方が優先される。――「ポスト真実」の時代はマスコミ不信の時代でもある。

さて、筆者がこのような話をしたのは他でもない。――こうした状況は、実は芥川文学の抱えている問題とも通じているからである。たとえば芥川の代表作の一つに「藪の中」（初出「新潮」大正十一年一月）というのがある。これは殺人事件をめぐる「多襄丸／強姦された女／殺された夫」の三者の言い分がそれぞれ異なるという話で、従来から「真相が分からない（藪の中）ことを主題にした物語」などとされてきた。もっとも犯人の真相探しが行われる事もあるが、その場合「死んで幽霊になった人間が嘘をつく筈はないから、夫のいうことが真相に近いのではないか?」とか「極刑にしてくれという男が嘘をいうはずがないから、多襄丸の言葉が真相に近いのではないか?」といった具合に、真相探しが客観的事実よりも、信憑性や可能性の問題にすりかえられ、時に恣意的と思える読みがなされることもある。

こうした状況をみると、まさに「ポスト真実」――「真実よりも感情を優先する」「事実に基づかない読みがまかり通る」状況に類似しているのではないかと思えてくる。――芥川文学には、現代の「ポスト真実」時代に通底するものがあって、現代的な状況とも類縁性があるのではないか。最後にこれまでの考察の補足として、こうした問題について一言して結びにかえたい。

二、嘘の重層構造

見てきたように、芥川龍之介「藪の中」は、現代の「ポスト真実」に類似しているような所があるが、もちろん問題は「藪の中」だけではない。本書でも少しふれたが、「藪の中」的な騙りの問題は、芥川の初期テクストの段階から、既にそのスタイルのなかに胚胎していたものでもある。

たとえば、第六章（「『ひよつとこ』の語り―『嘘』の重層構造」）でも指摘した「ひよつとこ」などがそれである。重複になってしまうが、すでに引用した箇所を再び確認してみよう。以下は、主人公（平吉）の人生が紹介される件である。

平吉の口から出た話によると、彼は十一の年に南伝馬町の紙屋へ奉公に行つた。するとそこの旦那は大の法華気違ひで、三度の飯も御題目を唱へない内は、箸をとらないと云つた調子である。所が、平吉がお目見得をしてから二月ばかりするとそこのお上みさんがふとした出来心から店の若い者と一しよになつて着のみ着のまゝでかけ落ちをしてしまつた。（略）大騒ぎをした事があるさうだ。

それから又、そこに廿迄ゐる間に店の勘定をごまかして、遊びに行つた事が度々あるが、その頃、馴染みになつた女に、心中をしてくれと云はれて弱つた覚もある。（略）後で聞くと矢張其女は、それから三日ばかりして、餝屋の職人と心中をしてゐた。深間になつてゐた男が外の女に見かへたので、面当てに誰とでも死にたがつてゐたのである。

それから廿の年におやぢがなくなつたので紙屋を暇をとつて自家へ帰つて来た。半月ばかりすると或日、おやぢの代から使つてゐた番頭が、若旦那に手紙を一本書いて頂きたいと云ふ。（略）その通り書いてやつた宛名が女なので、『隅へは置けないぜ』とか何とか云つて冷評したら、『これは手前の姉でございます』と答へた。すると三日ばかりたつ内に、その番頭がお得意先を廻りにゆくと云つて家を出たなり、何時迄たつても帰らない、帳面を検べてみると、大穴があいてゐる。手紙は矢張、馴染の女の所へやつたのである。書かせられた平吉程莫迦をみたものはない。

それから……まだこんな事を書けばいくらでもある。しかしいくら書いても始まらない。何故かと云ふと、之は皆、平吉が捺へた嘘だからである。

すでに考察してあるように、この箇所（叙述ブロック）において、語り手は平吉の履歴についての話をしているが、ここで展開されている話は、すべて平吉の「嘘」であり、またかかる平吉の口から出る話（嘘）の登場人物達（紙屋の旦那、馴染みの女、番頭）もまた、「嘘」に欺かれたり、「嘘」をついたりする人たちになっていた。さらにいうと、こうした平吉の話を紹介する語り手自身の認識も、広義の「嘘」といえるものであった。――したがって、この箇所では、語り手の「噓」（声）のなかに、平吉の「噓」（声）があり、平吉の「噓」（声）のなかに、「登場人物達」（紙屋の旦那、馴染みの女、番頭）の「噓」（声）がある。もっというと、それらの人物と関係を持っている人たち（お上さん、深間になった男、馴染みの女）の「噓」（声）も話の深層に潜在している。ここにみられるのは、人間の「噓」が深層に向かって無数に重層化していく、という構造なのであった。したがって、ここでは客観性を保証する真実は、何も語られていない。ここにあるのは、人間の言葉（噓）の重層構造なのである。

もっとも、こうした「噓」（声）の重層構造は「ひよつとこ」だけではない。初期の「孤独地獄」（初出「新思潮」大正五年四月）、「酒蟲」（初出「新思潮」大正五年六月）、「貉」（初出「希望」大正五年五月）などにも認められるものである。これらの小説も、他人の話の〈又聞き〉であったり、「旧記」からの〈引用〉であったり、複数の人物の判断の〈錯綜〉であったりしており、そのことが事の真偽を特定できない「噓」の重層構造を生み出している。以下、その具体的な様相について確認してみることにしよう。

三、「酒蟲」「孤独地獄」における重層構造

たとえば、「酒蟲」における重層構造について確認しよう。本作は大酒飲みで大富豪の主人公・劉の腹の中に酒虫がいて、蛮僧が治療によってそれを取り除くが、酒虫を退治したことで、劉はかえって不健康で貧乏になってしまうという話である。

さて、この物語で注目したいのはその末尾になる。以下、その結末部を見てみよう。

酒虫を吐いて以来、何故、劉の健康が衰へたか。何故、家産が傾いたか――酒虫を吐いたと云ふ事と、劉

のその後の零落とを、因果の関係に並べて見る以上、これは、誰にでも起りやすい疑問である。現にこの疑問は、長山に住んでゐる、あらゆる職業の人人によつて繰り返され、且、それらの人人の口から、あらゆる種類の答を与へられた。今、ここに挙げる三つの答も、実はその中から、最、代表的なものを選んだのに過ぎない。

第一の答。酒虫は、劉の福であつて、劉の病ではない。偶、暗愚の蛮僧に偶つた為に、好んで、この天与の福を失ふやうな事になつたのである。

第二の答。酒虫は、劉の病であつて、劉の福ではない。（略）もし酒虫を除かなかつたなら、劉は必久しからずして、死んだのに相違ない。して見ると、貧病、迭に至るのも、寧劉にとつては、幸福と云ふべきである。

第三の答。酒虫は、劉の病でもなければ、劉の福でもない。劉は、昔から、酒ばかり飲んでゐた。劉の一生から酒を除けば、後には、何も残らない。して見ると、劉は即酒虫、酒虫は即劉である。だから、劉が酒虫を去つたのは自ら己を殺したのも同前である。（略）

これらの答の中で、どれか、最よく、当を得てゐるか、それは自分にもわからない。

ここでは劉の話が様々な人間の解釈によって、相対化されていることがわかる。すなわち、「劉が酒虫を除いた事とその後の零落との因果関係」について、「第一の答」は人間の解釈である以上、絶対ではなく、「第二の答」も人間の解釈である以上、絶対ではなく、「第三の答」も人間の解釈である以上、絶対ではない。そして、そのような三つの答えを引用した「自分」も「どれが正しいのがわからない」と答える。いわば「ひよつとこ」と同じく人間の認識（嘘）が重層化している。[注2]

一方、「孤独地獄」なども重層化しているといえる。もっとも、本作の場合、こうした騙りの重層構造が作品の主題とも関わっているようにみえる。この物語は、酒色に耽る禅僧が津藤に対して孤独地獄に墜ちた自らの苦しみを語る話であるが、その冒頭部分は以下のようになっているのである。

この話を自分は母から聞いた。母はそれを自分の大叔父から聞いたと云つてゐる。話の真偽は知らない。唯大叔父自身の性向から推して、かう云ふ事も随分ありさうだと思ふだけである。

ここでは津藤が母に話した話を聞いた私が読者に話すという、いわば「「津藤の話」を聞いた母の話」を聞いた私の話」という三層からなる重層構造になっているが、これもまた「ひよつとこ」や「酒蟲」と似た、人間の言葉（嘘）の入れ子型の重層構造になっている。すなわち「孤独地獄」の話も、「話の真偽は知らない」とあるように実話かどうかも定かでない。そもそも、この話は本当の事なのか――いや、本当の話であるにせよ、人から人へと語り伝えられる時に、幾分の変形や誇張もあったに違いなく、元の事実からはかなり逸脱している可能性もある。そして、そのような話が――人から人へ、伝言ゲームのように多様な解釈や変形が加わりつつ――真偽のほども定かでないまま、さらに人から人へと伝えられていくのであろう。「自分も亦、孤独地獄に苦しめられてゐる一人」と「自分」は述べているが、孤独地獄というのは、このように無限に連鎖していく人間の言葉（嘘）のなかにこそあるのかもしれない。（注3）

このように、芥川の初期テクストでは、複数の人物の話を〈錯綜〉させたり、人の言葉を何重にも〈引用〉したりすることによって、意味が一義的に決定されない、というケースになっている事が少なくない。ここで挙げたケース以外にも、「貉」のように「旧記」の〈引用〉という形をとることで、客観的真実を保証しない語りが展開されている事も、よく見られるのである。

四、語りの重層化と〈自意識過剰〉

見てきたように、芥川の初期テクストは〈又聞き〉〈多重引用〉〈（登場人物の）判断の錯綜〉といった具合に、複数の声（嘘）が潜在し、それが互いに反撥しあい、交響しあい、錯綜しあっていることが少なくない。こうした多声的な構造が芥川テクストの特徴の一つともなっている。

では、このような「嘘」の重層構造は、どのような表現意識によっているのか——というと、それには語り手の自意識過剰の問題が関係していると思われる。先ほども述べたように、人間の言葉とは、本来信用の上に成り立っている。しかし、表現主体のなかに、自分の語る物語への懐疑——すなわち、（この話は）「「嘘かもしれない」と疑う私」を疑う私」を…」という懐疑が生まれると、もうそれまでのような全知（神）の視点から物語ることは出来なくなってくる。その語りは自意識のなかで幾層にも重層化していくのである。

それは、後年高見順が「描写のうしろに寝てゐられない」（「新潮」昭和十一年五月）で提起した以下のような問題にも通じているのではないか。

…白いものを白いと突ッ放しては書けない（略）作家は黒白をつけるのが与へられた任務であるが、その任務の遂行は、客観性のうしろに作家が安心して隠れられる描写だけをもつてしては既に果し得ないのではないか。白いといふことを説き物語る為だけにも、作家も登場せねばならぬ

ここで、高見が「社会的共感性への不信」という言葉で表明しているのは、客観的立場から物語るという方法

に対する懐疑であろう。つまり、〈「白い」ものを「白い」と単純に書けない、それはあるいは「黒い」かもしれない〉――こうした自意識過剰の問題が、表現者のなかに芽生えてくると、「「作者はこう書いた」しかし、それは違うかもしれない」しかし、それは違うかもしれない」しかし、それは…」といった具合に、観念のなかで認識が重層化していく。

おそらくは、こうした懐疑精神というものが、芥川の特に初期テクストにおける騙り――他人の話の〈又聞き〉、文献の〈多重引用〉、〈（登場人物の）判断の錯綜〉などを取り入れた騙り――語り手の自意識のなかで、複数の人の認識（嘘）を重層化させた騙り、といったようなスタイルの背景にあるのだと考えられる。

また、芥川文学の多くが「旧記」や「伝承」、「他人の話」などを読んだ（聞いた）「作者」が、それに解釈を加えて語り直すという形式になっているのも、こうした事情（懐疑精神）が関係している。すなわち、「旧記」「伝承」「他人の話」は、人間の判断を含んでいるので絶対ではなく、それに解釈を加えて語っている「作者」の認識も、人の判断を含んでいるので絶対ではない。――そのように「人」の立場から語られることで、「〜らしい」「〜であろう」「〜かもしれない」といった曖昧な文末表現が多用され、芥川文学では意味の一義性が拒まれ続けるのである。

五、無数の声のアナーキー

ところで、見てきたような芥川テクストの騙り（嘘）の問題は、本書で考察した「鼻」「芋粥」「手巾」などについても当てはまるものである。本書では、これらを〈主人公の領域／語り手の領域〉という二項対立的な関係で捉えたが、その背後にも、かかる二項対立的な枠組みを揺すぶる〈無数の声のアナーキー〉が常に潜在しているという事を最後に補足しておきたい。

繰り返しになるが、「旧記」「伝承」「他人の話」は、人間の判断を含んでいるので絶対ではなく、それに解釈を加えて語っている「作者」の認識も、人の判断を含んでいるので絶対ではない。――したがって、〈語り手／主人公（旧記・伝承・伝聞）〉の二項対立といっても、厳密に意味を一義化しようとすると、物語の意味は無数の相対化にさらされることになる。

たとえば、以下に引用する「芋粥」と「手巾」の抜粋をみてみよう。

A・彼自身さへ、それが、彼の一生を貫いてゐる欲望だとは、明白に意識しなかつた事であらう。／恐らく、芋粥の二字が、彼のすべての思量を、支配してゐるからであらう

B・決して先生が無聊に苦しんでゐると云ふ訳ではない。さう解釈しようとする人があるならば、それは自分の書く心もちを、わざとシニカルに曲解しようとするものである。

「A」は「芋粥」からの抜粋であるが、引用箇所をみても明らかなように「…であらう」（傍線部）といった推量表現が、意味の不確定要素を生み出している。本書ではこの物語を〈語り手レベル／主人公レベル〉の認識の関係で読んだが、厳密にいえば〈語り手／主人公〉の認識といっても、それは表面的レベルのことにすぎない。語り手の認識といっても、それはあくまで「旧記」に対する解釈であって、「神」の絶対性・客観性を保証するものではない。つまり、語り手の認識は主観的な判断を含んだもので、実際は広義の「嘘」の上に成立しているのである（引用傍線部の言い方をみても、「もしかしたら五位は芋粥の欲望を明白に意識していたかもしれない」という可能性を否定しない曖昧なレトリックになっている）。

また、「B」の文章は「手巾」からの引用であるが、これも本書は〈語り手レベル／主人公レベル〉の二項対立的な関係で読んだ。しかし、厳密にいえば〈語り手／主人公〉の認識は、やはり一義的に規定できるものではない。たとえば、引用箇所などもアイロニカルな言い方で、普通に読むと、一見（長谷川先生が）「無聊に苦しんでいた」と風刺しているように見えるが、それはあくまで文脈から判断できる妥当な解釈であって、その客観的な真意は特定できない。――もしかしたら、長谷川先生は、文字通り「無聊に苦しんでいる訳ではなかった」かもしれないのである（これも、そうした可能性を否定しない曖昧な言い方になっている）。

先にも述べたように、芥川文学では語り手が「作者」という「人」の立場から、対象に解釈を加えて物語るという形になっている事が多い。そのため、その語りは常に（「作者」の主観や判断という形の）「信用のできなさ」がつきまとう。また、その解釈の対象も「旧記」をはじめ、「伝承」、「伝聞」など、様々な人間（話者、筆記者）の主観や判断（嘘）を潜在的に含んだもので、やはり〈信用のできなさ〉が潜在している。

従って、芥川テクストの物語内容を、一義的に規定しようとすると、我々は「「物語内容」を疑う私」を疑う私」を疑う私」を…」といったような自意識過剰の懐疑主義に捉われてしまう。――芥川のテクストが〈主人公レベル／語り手レベル〉という二項対立的な構図を取ったとしても、それは表層的なレベルのことであって、潜在的にはかかる関係を解体してしまうような〈無数の声のアナーキー〉に、テクストは常に曝されている。そこで読者もまた、程度の差はあれ、〈解釈の妥当性〉に落とし込んで読まざるを得ない。その事は、芥川文学を内容的な側面から読み解く際に、留意しておかなければならないだろう。

六、〈自意識〉のゆくえ

以上、ここでは芥川テクストの抱える騙りの問題――嘘の重層構造について考察した。内容については詳しく繰り返さないが、見てきたような嘘の重層構造は、客観性に対する懐疑や、語り手自身の自意識過剰の問題が関係しているという事であった。

もっとも、芥川文学はこのような自意識の問題ばかりに始終しているわけではない。たとえば、芥川文学のその後の展開を追っていくと、こうした自意識過剰の懐疑主義（「嘘」の重層化-状況）を超えていこうとする身振りのようなものも見られるのである。具体的にいうと、芥川文学では、件の〈肥大化する自意識〉（重層化する嘘）に対するものとして、次第に無意識（あるいは、無意識と結びついた身体性）の問題というものが、この後、前景化してくるように見える。

その特徴のもっともよく表れているのが「偸盗」（初出「中央公論」大正六年四月、七月）である。この物語では、沙金、二郎、猪熊の爺などといった、たくさんの「嘘つき」に囲まれ、過剰な自意識を抱え込んだ主人公が、最終的には無意識的な衝動によって、状況を突破していくというあらすじになっている。

> …彼の唇を衝いて、なつかしい語が、溢れて来た。「弟」である。肉身の、忘れる事のできない「弟」である。太郎は、堅く手綱を握つた儘、血相を変へて歯噛みをした。この語の前には、一切の分別が眼底を払つて、消えてしまふ。弟か沙金かの、選択を強ひられた訳ではない。直下にこの語が電光の如く彼の心を打つたのである。彼は空も見なかつた。路も見なかつた。月は猶更眼にはいらなかつた。唯見たのは、限りない夜である。夜に似た愛憎の深みである。

ここでは過剰な自意識によって生み出される錯乱状況（嘘の重層化-状況）を無意識的な直観を頼りに突破していこうとする登場人物の姿が描かれているが、こうした無意識の問題が、この後、芥川文学の小説スタイルの変容にも影響を与えていく。

その問題についての正確なところはまだ詳らかに出来ないが、芥川文学は、その後、自意識と並んで、こうした無意識の問題がクローズアップされてくる傾向がある、というのが、筆者の現在の見通しである。

いずれにせよ、こうした芥川文学における〈自意識のゆくえ〉を追っていく事――また、その表現にまつわる問題を分析していく事――は、冒頭でも述べた「ポスト真実」とよばれる現代の問題に向かい合う、という姿勢にも通じていくだろう。「ポスト真実とは何か?」「ポスト真実時代をどう生きるか?」――こうした問題は、実はきわめて芥川的なテーマなのである。筆者はそこに、芥川文学を研究することの現代的な意義があると考える。

注1　津田大介、日比嘉高『「ポスト真実」の時代』祥伝社　平成二十九年七月

2　水野亜紀子「芥川龍之介『酒蟲』論」(「阪大近代文学研究」平成十九年三月)も、「酒蟲」の「三つの答」について、「どれが本当でどれが嘘あるいは間違いなのかわからない」とし、この作品が「意味の不確かさをあぶり出している」と述べている。

3　松本常彦「小説の地層学―『孤独地獄』断層」(「叙説」平成九年一月)も、「孤独地獄」という作品に、津藤↓母↓私という地層が構造化されており、これらの話が人から人へ伝えられる間に変容しているとして、本作に潜在する多層的な流動性の問題について言及している。

初出一覧

一、感覚の変容——「老狂人」「死相」から「大川の水」へ——
（初出「文学研究論集　三十七号」平成二十四年〈二〇一二〉九月）原題：同

二、「大川の水」試論——その修辞的技巧をめぐって——
（初出「大正文学論叢　第一号」平成二十四年〈二〇一二〉二月）原題：同

三、「VITA SEXUALIS」論——換喩的文体へ——
（初出「芥川龍之介研究　第七号」平成二十五年〈二〇一三〉九月）原題：芥川龍之介『VITA SEXUALIS』論
——隠喩的認識からの脱却——

四、偽装された〈三人称〉——「老年」における語りの構造——
（初出「芥川龍之介研究　第五、六合併号」平成二十四年〈二〇一二〉九月）原題：同

五、「叙述ブロック」と「描写ブロック」——「ひょつとこ」の構造——
（初出「文学研究論集　三十八号」平成二十四年〈二〇一二〉九月）原題：同

六、「ひよつとこ」の語り——「嘘」の重層構造——
（初出「文学研究論集　三十四号」平成二十二年〈二〇一〇〉十月）原題：「ひょっとこ」のストラテジー——隠蔽する語り——

七、テクストの「作者」——「羅生門」における自意識的語り——
（初出「日本學報　第百十二輯」平成二十九年〈二〇一七〉八月三十一日）原題：「羅生門」の対自構造——四次元空間と自意識的語り——

八、「『羅生門』草稿ノート」をめぐる問題（その1）――生成過程の考察――

（初出「文学研究論集　三十五号」平成二十三年〈二〇一一〉五月）原題：「『羅生門』草稿ノート」をめぐる問題
――変容するテクスト――

九、「『羅生門』草稿ノート」をめぐる問題（その2）――プロット的文体の生成――

（初出「日本言語文化　三十八輯」平成二十九年〈二〇一七〉四月）原題：「羅生門」生成過程の考察――冒頭の推敲箇所について――

十、「鼻」論――「今昔物語集」の受容をめぐる問題――

（初出「芸術至上主義文芸　三十九号」平成二十五年〈二〇一三〉十一月）原題：芥川龍之介「鼻」論――「今昔物語」の受容をめぐって――

十一、「芋粥」試論――「自己発見」のアイロニー――

（初出「芥川龍之介研究　第十号」平成二十八年〈二〇一六〉三月）原題：「芋粥」論――「自己発見」のアイロニー――

十二、「手巾」を読む――長谷川先生と「他者」――

（初出「日本文学　六十一―十」平成二十四年〈二〇一二〉十月）原題：「手巾」を読む

補遺、〈ポスト真実〉と芥川文学――むすびにかえて――

（初出「日本言語文化　第三十二輯」平成二十七年〈二〇一五〉十月）原題：芥川テクストとメタ言語――芥川の初期小説テクストについての考察――

※本稿は、初出稿に大幅に修正を加えたものである。

あとがき

本書は、平成二十五年度（二〇一三年度）、明治大学大学院に提出した博士学位請求論文を書籍化したものである。周知のとおり、博士論文は一般公開が義務付けられているもので、五年以内に刊行するか、もしくはインターネットで開示しなければならない。

このうち、筆者が前者を選んだのは、新しい研究テーマに入る前に、一度、これまでの研究成果を清算しておきたかったという事もあるが、提出した論文に間違いのある事を、後から多く発見し、インターネット上とはいえ、そのまま公開したくなかったということもある。

自身、初めての単著刊行という事もあって、手探りの部分も多く、同じ文章や引用の重複、書誌の記載など、気になる点もないわけではないが、一応、本書に収録された論文は（一編を除いて）、すべて査読付きの学術誌に掲載させており、また、それをベースに、限られた時間のなかで、本文に推敲を加え、可能な限りの修正は加えた。

推敲に際し、特に気をつけたのは、先行研究との重複である。特に研究不正が問題視されている昨今、先行論との重複が起こらぬよう慎重を期したつもりである。

たとえば、本書の初出稿となる博士学位論文（平成二十五年度）よりも以前に発表された論文と重複している箇所は、出来るだけ脚注をつけるよう心掛けた。具体的にいうと、「羅生門」の「草稿ノート」に関する論文について、筆者は第八章で「羅生門」の小説スタイルが変化していくプロセスを分析したが、これと部分的に類似した考察は、すでに塩井正和によって行われていた。発表時は気がつかなかったので、本書では新たに脚注を付す、という形で対応した。

もっとも、平成二十五年度以降の論文については、この限りではない。博士学位論文は、国立国会図書館で「限定閲覧」の状態となっている筈なので、この点については、何も手を加えなかった。かかる問題に関して、不審な点などあれば、国立国会図書館に所蔵されている本書の原本（博士学位論文）か、初出稿と照合して頂きたい。

最後に、本書の執筆にあたって、永井聖剛『自然主義のレトリック』（平成二十年二月、双文社）の影響を受けている事を一筆しておきたい。

また、博士学位論文の査読をして下さった宮越勉先生、関口安義先生、生方智子先生に、この場を借りて御礼を申し上げるとともに、本書の刊行にあたって、大変お世話になった鼎書房の加曽利達孝氏にも、心から感謝の意を表したい。

平成三十年八月

早澤正人

※本書は、平成三十年度（二〇一八年度）明治大学大学院「文学研究科学生研究奨励基金」を受けたものである。

事項索引

＊主要な図書、事項の索引をのせる。なお、配列は五十音順とする。
小説名や評論名、雑誌名は、全て「　」とし、上記以外で単行本のものは『　』とする。

人名索引

＊主要人名をのせる。なお、配列は五十音順とし、日本人・外国人は分けて記した。

（あ）

（か）

（さ）

（た）

早 澤 正 人（はやさわ　まさと）

明治大学大学院文学研究科博士後期課程修了。博士（文学）。現在、仁川大学校（韓国）日語教育科助教授。日本近代文学研究者。主な業績に「『おぎん』―〈他力〉へ」（宮坂覺編『芥川龍之介と切支丹物―多声・交差・越境』翰林書房、平成26年所収）、「『妖婆』論―〈探偵小説〉の方法と構造」（「日語日文學研究」平成27年11月）、「物語を創作する授業―〈ライティング・スタディ〉の試み」（「日本近代學研究」平成28年８月）など。

芥川龍之介論
―初期テクストの構造分析―

発　行――平成三十（二〇一八）年十一月二十五日
著　者――早澤正人
発行者――加曽利達孝
発行所――鼎　書　房
〒132-0031　東京都江戸川区松島二-一七-二
TEL・FAX　〇三-三六五四-一〇六四
印刷所――太平印刷社
製本所――エイワ

ISBN978-4-907282-47-9　C3095

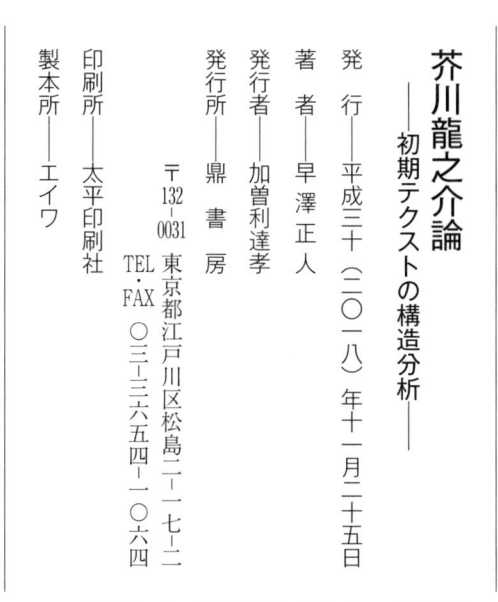